DEPOIS DO FIM

AMADEU RIBEIRO

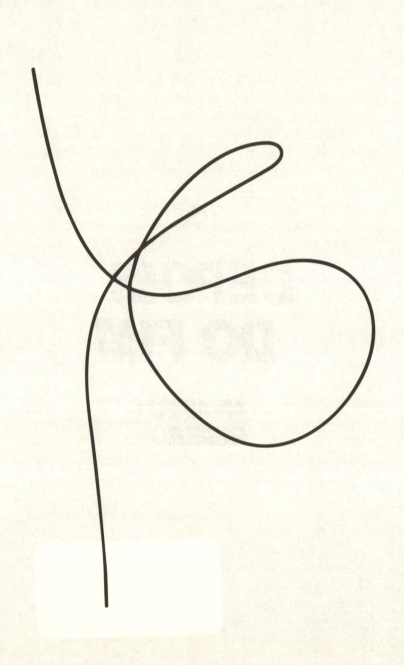

A VIDA E O AMOR

Por Bruno Cézar.

A Visita da Verdade nos leva a compreender o quanto podemos mudar para melhor e evoluir, atendendo aos princípios básicos da vida em conjunto com a sábia espiritualidade e revelando, assim, **Laços de Amor** que nos conduzem a **Reencontros** fundamentais, acima de tudo com nós mesmos.

A vida deixa claro e evidencia que **O Amor não tem Limites**. Entendemos que podemos nos perdoar e oferecer perdão até mesmo para nossos ofensores, assim como o Mestre Jesus nos ensinou na oração do pai-nosso, provando-nos que **O Amor Nunca diz Adeus** e está sempre conosco, se assim o permitirmos. Revela-nos ainda que o amor bem cuidado e zelado por aqueles que o sentem é **A Herança** dada aos homens de boa vontade, um presente divino, para que possamos seguir **Juntos na Eternidade** e descortinar os horizontes mais belos ofertados pelo Supremo Criador.

O amor divino é semelhante ao carinho singelo de uma mãe, tão sutil e grandioso. Se é possível ser **Mãe Além da Vida**, então o amor também pode se revelar majestoso além desta existência terrena.

Existem **Segredos que a Vida Oculta** e muitas vezes pagamos **O Preço da Conquista**. Tudo é inspirado pela vida, pois o próprio Cristo esclareceu isso quando disse: "O que eu faço, tu não o sabes agora; mas depois o entenderás".

A vida é bela! É mestre por excelência, sabe como agir em benefícios de todos, pois **A Beleza e seus Mistérios** guardam os **Amores Escondidos**.

Esta é a vida, que reflete com bondade e generosidade o amor em cada um de nós e nos oferece a convicção de que sempre podemos alcançar nossos objetivos e continuar **Seguindo em Frente**. E que, mesmo **Depois do Fim**, receberemos a oportunidade contínua de uma nova chance, dada a cada um para recomeçar e fazer tudo diferente.

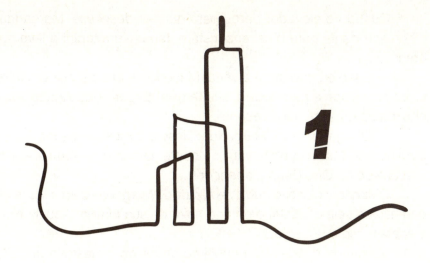

São Paulo, Brasil.

Ao notar que um dos elevadores do elegante saguão estava prestes a fechar suas portas, Margarida soltou um gritinho para que o ascensorista a ouvisse e aguardasse. Entrou na cabine murmurando um "muito obrigada" e olhou para as demais pessoas que subiriam com ela, mantendo ainda um sorriso de gratidão nos lábios. Não precisou informar o andar desejado, pois trabalhava naquele edifício havia muitos anos e era tão conhecida pelos funcionários que todos sabiam seu nome.

O toque discreto de seu celular sobressaltou-a um pouco. Margarida abriu a bolsa importada, procurou pelo aparelho e prendeu-o entre a orelha e o ombro, logo após atender à ligação:

— Anabele, já estou no elevador. Diga a eles que iniciarei a reunião em, no máximo, cinco minutos.

Margarida desligou o telefone satisfeita, confiante na competência de sua secretária. Conferiu as horas no relógio de pulso, grata por estar apenas três minutos atrasada, considerando o engarrafamento terrível do qual acabara de sair. Sempre fora uma mulher pontual, que não tolerava atraso das outras pessoas e cumpria à risca os horários determinados. Suas reuniões sempre começavam na hora marcada.

Quando o elevador parou para que ela descesse, Margarida olhou sorridente para o ascensorista e deu-lhe um tapinha leve no braço.

— Caso eu não torne a vê-lo, Macedo, quero desejar um feliz Natal para você e para toda a sua família! Espero que Anabele tenha lhe entregado meu presente.

— Obrigado, dona Margarida! Desejo o mesmo à senhora — os olhos de Macedo brilhavam de contentamento. — Eu recebi o presente, sim. Que Deus a abençoe!

O valor em dinheiro que a secretária de Margarida dera a Macedo garantiria a ceia de Natal e de ano-novo de sua família. Aquela mulher era mesmo um anjo!

Margarida desceu no penúltimo andar do majestoso edifício de fachada de vidro, localizado à Avenida Brigadeiro Faria Lima, na capital paulista, e seguiu rapidamente pelo amplo corredor, equilibrando-se em seus saltos altíssimos. Analisou distraidamente os discretos enfeites natalinos que ornamentavam algumas portas fechadas e pensou que gostaria de ter tempo para conferir a maquiagem. Produzira-se muito bem antes de sair de casa, pois era uma mulher vaidosa, que valorizava a autoimagem e sempre gostava de apresentar-se aos outros com sua melhor aparência.

Ela passou por uma porta dupla de vidro fumê, acenou para Anabele, uma loirinha simpática e sorridente, cujo rosto conferia-lhe a aparência de uma adolescente, e dirigiu-se à sala de reuniões. Ao abri-la, todas as seis cabeças masculinas voltaram-se em sua direção. Eles ocupavam cargos altos na empresa, mas todos se reportavam a ela. Demonstravam expectativa e ansiedade, não apenas devido ao assunto que seria tratado, mas também por estarem frente a frente com Margarida Lafaiete.

Ali estava a mulher que era considerada por muitos um mito no universo empresarial. Aqueles que se dispuseram a pesquisar sua história de vida sabiam que a mocinha que começara trabalhando como auxiliar no departamento de vendas de revistas, passara pelos cargos de vendedora, coordenadora de vendas, supervisora geral, assistente da presidência e finalmente se tornara a presidente daquela corporação. Seu exemplo de ascensão profissional despertava curiosidade, respeito e inveja em muitas pessoas.

Margarida Lafaiete era a gestora da editora que produzia uma das revistas de maior circulação no Brasil, que tinha como foco a política e a economia do país. Sob seu comando havia mais de cem funcionários, distribuídos em diferentes setores, além de repórteres que residiam no exterior. Constantemente, ela concedia entrevistas em colunas jornalísticas, publicava mensalmente alguns artigos em jornais norte-americanos e até fora entrevistada por um famoso apresentador de telejornal no horário nobre. Tudo isso só lhe trazia mais fama e *status*, o que beneficiava igualmente o nome de sua revista, cujas vendas não foram afetadas pela crise econômica da qual muitos empresários vinham se queixando nos últimos meses. Grandes indústrias e empresas faliram ou foram vendidas, porém, sua revista mantinha-se de pé, soberana.

Muito do que se falava sobre Margarida era verdadeiro. Ela realmente atingira o sucesso galgando cada degrau pacientemente, interessando-se por tudo o que lhe era passado, aprendendo cada detalhe com rapidez, trabalhando com precisão e eficácia, sempre se mostrando solícita e demonstrando boa vontade para com os colegas. Jamais faltava ou chegava atrasada, o que, com o decorrer dos anos, se tornara sua marca registrada. Diziam que Margarida mantinha pontualidade britânica e ficava de mau humor quando algum imprevisto a fazia atrasar-se.

Também era de conhecimento público parte de sua vida particular. Sabiam que ela era muito bem casada com um próspero advogado, que fora seu adversário no passado, e que tinham dois filhos pequenos. A própria Margarida gostava de contar essa história. Havia seis anos, sua revista publicara uma matéria especulando a possível existência de caixa dois envolvendo dois deputados e um senador. Um dos políticos revoltou-se com a publicação, alegando que estavam tentando macular sua reputação e acusando-o de algo do qual ele era inocente. Como forma de defesa e retaliação, ele abriu um processo contra a empresa. Na época, Margarida era a assistente do então presidente da revista e foi ela quem respondeu ao processo com o auxílio do exército de advogados que contratara.

O advogado do político chamava-se Guilherme e seu primeiro encontro com Margarida foi intenso, repleto de discussões acirradas, ameaças e troca de farpas, porém, com o decorrer do processo, o clima de tensão foi substituído por um clima mais leve, menos agressivo e mais respeitoso. Guilherme passou a encarar Margarida com um novo olhar até que veio o irresistível convite para um jantar.

— Jantar? — ela questionou, com um sorriso irônico nos lábios. — Seu cliente está processando minha empresa, e você me convida para jantar?

— Aquele que for rápido o bastante conseguirá envenenar a comida do outro primeiro! — ele respondeu, arrancando uma forte gargalhada da empresária.

Quando se encontraram em um sofisticado restaurante no bairro Jardins, descobriram naquela mesma noite que tinham muita coisa em comum. Ele era um homem agradável, simpático, inteligente, divorciado havia dois anos, não tinha filhos e era apenas dois anos mais velho que ela. Margarida saíra de um relacionamento turbulento havia nove meses, após o namorado traí-la com outro homem, e desde então não se envolvera afetivamente com ninguém. Jamais se casou, afinal, o matrimônio não era uma palavra que constasse em sua lista de prioridades. Seu trabalho ocupava quase todo o seu tempo.

Guilherme, contudo, conseguiu convencê-la de que havia coisas tão importantes quanto a responsabilidade que ela tinha pela empresa. Marcaram novos encontros até que, ao final de um deles, terminaram na cama do apartamento dele. Guilherme declarou-se apaixonado por ela e, para provar que suas palavras eram verdadeiras, comunicou ao político que abriria mão do processo e que o caso deveria ser encaminhado para outro advogado da confiança dele. O homem esbravejou, criticou-o e ameaçou destruir a carreira de Guilherme, principalmente quando veio à tona a notícia de que uma famosa empresária estava envolvida afetivamente com o advogado Guilherme Lafaiete.

Por fim, o esquema de caixa dois foi comprovado, e os três políticos renunciaram aos cargos. Aquele que processara a empresa de Margarida fugiu do Brasil às pressas, tornando-se procurado pela polícia. Na mesma época, Guilherme pediu a empresária em casamento, e, seis meses depois, eles viajaram para Londres em lua de mel.

O que antes parecia ser apenas um jogo de interesses transformou-se em um amor incondicional. Margarida era apaixonada pelo marido e sabia que era correspondida na mesma medida. Os dois se davam bem em tudo, raramente brigavam e quando o faziam era por motivos tolos. Sempre que lhes sobrava algum tempo, viajavam para países europeus e asiáticos. Tinham muita coisa em comum, como o fato de os pais de ambos estarem mortos e de serem filhos únicos. Não possuíam irmãos nem outros parentes próximos. Um era a família do outro, até que os filhos nasceram, e a felicidade do casal aumentou ainda mais.

Ryan era uma daquelas crianças que parecia ter nascido com o único propósito de espalhar felicidade pelo mundo. Não havia quem não se divertisse com o garotinho. Guilherme e Margarida riam sem parar quando o viam engatinhar de ré, assustar-se quando via a si mesmo no espelho ou fazer caretas hilárias quando comia algo que não apreciava. Aos três anos, o menininho já conversava como um pequeno adulto, ocasião em que Zara nasceu.

A menina era a criatura mais encantadora do mundo, e Guilherme tornara-se o pai mais coruja de que se tinha notícias. Quando Zara nasceu, Ryan mostrou-se um pouco enciumado, mas logo se rendeu ao charme da irmãzinha.

Assim como Ryan, Zara era engraçada e esperta, e Margarida, a mulher mais feliz do planeta. Sua família era um tesouro que Deus lhe dera, e a empresária era grata à vida por tudo o que tinha. Uma família absolutamente perfeita e um bom emprego, que ela conquistara por meio de seus méritos. O que mais poderia desejar?

Todos esses detalhes eram do conhecimento de muita gente, inclusive dos homens que estavam diante de Margarida naquele momento e aguardavam Anabele ligar o projetor para que as imagens preparadas pela empresária fossem exibidas num telão. Eles sabiam que Margarida tinha uma vida invejável, próspera e muito plena. Quem não desejaria possuir tudo o que ela tinha, inclusive sua beleza e seu conhecimento?

Os homens presentes na sala de reunião analisavam sem discrição a bela mulher que tinham diante de si. Margarida era alta, tinha pele clara e bem tratada, e um corpo cheio de curvas sensuais, perfeito para os seus trinta e seis anos. No rosto anguloso, de traços aristocráticos, via-se um par de olhos castanhos, brilhantes e muito argutos, que sempre pareciam sorrir. Os lábios cheios, que naquele momento estavam pintados com um tom vermelho-escuro, faziam qualquer homem sonhar com um beijo. Os cabelos castanhos, que chegavam até o meio das costas, sempre eram mantidos presos num coque impecável, quando ela estava trabalhando. Margarida dizia que não se sentia à vontade com a cabeleira esvoaçando no ambiente de trabalho.

O que aqueles homens não sabiam era que o passado de Margarida não fora um conto de fadas. A infância da empresária foi marcada por traumas e abalos emocionais. Ainda passavam por sua mente as imagens de um padrasto violento e agressivo e de uma mãe alcoolista, que nem sequer tomava conhecimento de que a filha única sofria abusos sexuais do homem que ela arrastara para dentro de casa.

Margarida passou a mão na testa, tentando afastar aquelas lembranças funestas. Ela colocara uma pedra gigantesca no passado e detestava pensar no padrasto. A única pessoa com quem ela conversara sobre isso foi Guilherme, que ficara tão indignado quanto chocado com o relato da esposa.

Que espécie de homem abusava de uma adolescente e seguia normalmente com sua vida? Que espécie de mãe fazia vista grossa diante dos ataques invasivos que sua filha sofria constantemente?

Por ter vivido assim até seus dezesseis anos — quando finalmente reuniu força e coragem para fugir de casa —, Margarida acreditava que a vida a recompensara com todas as coisas boas que vieram depois. Para ela, o mundo dera-lhe um pântano lamacento onde viver, mas a vida levara aquilo embora e a presenteara com um belíssimo jardim.

— Como hoje é dia 22 de dezembro e é nosso penúltimo dia de trabalho antes de entrarmos em férias coletivas, gostaria que os senhores acompanhassem algumas novidades que serão integradas às páginas de nossa revista a partir da edição de fevereiro.

Margarida falava suavemente, enquanto os homens acompanhavam as imagens que eram projetadas no telão. Um deles era o supervisor da empresa, o outro era o editor-chefe, e os três últimos eram o coordenador de vendas, o diretor de criação e o gerente de comunicação.

Ela conduziu a reunião com maestria e profissionalismo. Margarida era realmente uma mulher fantástica, gentil e atenciosa com todos os funcionários, admirada e respeitada pela maioria. Sempre generosa, distribuía "caixinhas" vultosas aos empregados que recebiam salários mais baixos, quando eles faziam aniversário ou às vésperas do Natal. Raramente, um funcionário era demitido ou pedia as contas, a não ser quando conseguia um cargo melhor em outra empresa.

Ao término da reunião, Margarida apertou a mão de cada um deles, confiante nos novos projetos que tinha para a revista. Desejaram entre si que os festejos de fim de ano fossem repletos de saúde, paz e amor e que no ano seguinte a revista estourasse nas vendas, superando todos os recordes.

— Nem acredito que chegamos ao fim de mais um ano, Anabele! — Margarida suspirou logo após os homens se retirarem e deixou-se cair pesadamente em uma das cadeiras de couro que ladeavam a imensa mesa oval.

— E graças a Deus foi um ano de muito sucesso! A senhora arrasou, como sempre — Anabele permitiu-se sentar-se ao lado da chefe. — Ainda bem que amanhã é nosso último dia de expediente. Adoro meu trabalho, mas estou tão cansada que, se eu for dormir pra valer, acordarei só depois do Carnaval.

— Então, somos duas! — Margarida conferiu as unhas bem-feitas. — Amanhã, viajarei para a chácara que alugamos e só retornarei depois do ano-novo. Vou me encontrar lá com Guilherme e as crianças.

— Ué! Por que eles vão antes da senhora?

— Porque Guilherme quer chegar primeiro para ver se está tudo bem com a casa. Nós a alugamos de um amigo, que não reside no Brasil. O caseiro adoeceu e não está trabalhando. A chácara está fechada há mais de um mês, e esperamos que esteja tudo em ordem. Ele viajará hoje à noite com Ryan e Zara. Por mim, iria com eles hoje mesmo, contudo, amanhã ainda teremos nossa última reunião do ano com todo o departamento comercial, esqueceu-se disso?

— É verdade. Só temos mais um dia de expediente e depois... — Anabele ficou de pé e executou uma pequena dancinha de alegria. — O céu é o limite!

Sorrindo, Margarida também se levantou e apanhou a bolsa. Ainda tinham um longo dia de trabalho pela frente. Mal podia esperar para voltar para casa e dar um beijo carinhoso no marido e nos dois filhos.

2

Quando Margarida embicou o carro na garagem de sua casa, um sorriso despontou em seus lábios. Enfeites natalinos de última hora haviam surgido nas paredes de concreto. Como as pequenas guirlandas e os festões decorativos estavam meio tortos, ela supôs que as crianças, sob a supervisão de Guilherme, haviam sido as responsáveis por aquela tarefa.

Quando adentrou a sala principal de sua belíssima residência de onze cômodos, Margarida sentiu-se abraçada pelo verdadeiro espírito de Natal e mal teve tempo de anunciar sua chegada, quando dois pequenos seres usando toucas do Papai Noel e vestindo roupas verdes vieram correndo em sua direção, agitando os braços energicamente. Ryan chegou primeiro e saltou direto para o colo de Margarida. Zara veio logo atrás, tão depressa quanto suas pernas curtas e rechonchudas permitiam.

— O que significa isso? — para que a menina não ficasse enciumada, Margarida foi obrigada a pegá-la no colo também. — Fui atacada pelos gnomos do Papai Noel?

— Somos duendes e não gnomos, mãe! — corrigiu Ryan. — E agora a senhora é a nossa escrava! Se não nos obedecer, será transformada em uma boneca.

— Meu Deus! — entrando na brincadeira dos filhos, Margarida fingiu uma expressão de pânico. — E eu sempre pensei que os duendes do Papai Noel fossem bonzinhos.

— A senhora está enganada, intrusa! — Ryan esticou o braço e mexeu no coque de Margarida, soltando seus sedosos cabelos castanhos. — Está presa para sempre aqui no Polo Norte.

— Polo! — repetiu Zara, mostrando seus dentinhos de leite.

Fazendo um esforço para manter as duas crianças no colo, Margarida seguiu em direção ao sofá, e, de repente, os três foram cobertos por algo que, a princípio, ela pensou ser um cobertor vermelho. Só quando analisou melhor, notou que aquela era a toalha da mesa.

— Ho! Ho! Ho! O que trazem para o Papai Noel, meus queridos duendes? — ela ouviu a voz de Guilherme perguntar.

— A nossa nova escrava — Ryan desceu do colo da mãe, saiu debaixo da toalha e pôs-se a fazer cócegas na barriga de Margarida.

Rindo, Margarida colocou Zara no chão, mas eles a envolveram ainda mais com a toalha e intensificaram as cócegas na barriga e nas axilas da mãe, obrigando-a a deitar-se no tapete felpudo.

— Parem, pelo amor de Deus! — Margarida estava quase sem fôlego de tanto rir. — Eu me rendo a vocês, seus malvados! Agora parem com essas cócegas!

Quando retiraram a toalha de cima de Margarida, ela deparou-se com três rostos corados e sorridentes fitando-a com adoração. Só Deus era testemunha do quanto ela amava cada um deles.

Aquela era uma face da empresária que poucos conheciam, com exceção dos amigos mais chegados. A mulher de negócios, que levava seu trabalho com seriedade e muita responsabilidade, era a mesma que agora estava jogada sobre um tapete, risonha e descontraída, admirando o rosto do marido e dos dois filhos.

— Eles estavam ansiosos para vê-la — explicou Guilherme. — Viajaremos assim que terminarmos de jantar.

— Vocês bem que poderiam ir amanhã cedo, não? — Margarida sentou-se e chamou as crianças com as mãos. — Sabe que não gosto que você dirija à noite.

Ryan sentou-se no colo da mãe antes que Zara tivesse o prazer de fazer isso, e Margarida viu-se obrigada a acomodar a linda menininha de dois anos em seus joelhos.

— Desde que estamos juntos, ou seja, há seis anos, quantas vezes sofri um acidente? — Guilherme zombou da preocupação da esposa. — Está para nascer outro motorista mais cauteloso do que eu. Além disso, não há previsão de chuva. Amanhã cedo, as estradas ficarão mais lotadas.

— Tudo bem! E lembre-se de que, se quiser me telefonar, não o faça dirigindo.

— Sim, mamãe — Guilherme revirou os olhos. — Mais alguma recomendação para seu irmãozinho mais novo?

— Besta! — ela apontou a toalha da mesa, que estava jogada no chão. — Não posso acreditar que vocês estavam brincando com isso.

— Eles queriam um tecido que imitasse o saco do Papai Noel — ele piscou um olho para Ryan e Zara. — Pena que não tive tempo de costurar.

— Essa eu pagava para ver. As malas já estão prontas?

— Tudo arrumadinho, patroa — Guilherme engatinhou até onde ela estava sentada e beijou-a com carinho nos lábios. Em seguida, beijou a ponta do nariz de Ryan e a testa de Zara. — Inclusive, já fiz suas malas. Basta conferir se esqueci alguma coisa. Assim, amanhã você levará consigo apenas uma valise de mão.

— Esse meu marido não existe — ela murmurou sorrindo.

— Existe sim — protestou Ryan. — Olha ele aí, em carne e osso.

— Osso! Osso! — gritou Zara a plenos pulmões. Estava naquela fase em que as crianças costumam repetir tudo o que escutam.

— Muito bem! — Margarida fez um gesto para que as crianças saíssem de cima dela e levantou-se. — Temos comida pronta?

Adelina, a cozinheira, já fora dispensada de seus serviços durante o restante daquele ano, já que a família estaria ausente por dez dias. A mulher fora contratada pelo casal quando Margarida estava grávida de Ryan. Era uma senhora na casa dos setenta anos, com a energia e disposição de um atleta e com dons incríveis na arte da culinária. Sua comida era magnífica.

— Adelina deixou tudo arrumadinho. Basta esquentar e devorar — Guilherme também ficou de pé e encarou os filhos. — Qual dos duendes está com fome?

— Eu! — as crianças gritaram em uníssono.

Os quatro seguiram para a cozinha, enquanto Margarida sorria discretamente. Às vezes, achava que não merecia tanta felicidade, ainda que compreendesse aquilo como uma recompensa pelo seu passado sofrido. E, mesmo que não fosse assim, o que importava era voltar do trabalho e encontrar duas crianças saudosas à sua espera, ansiosas para ganharem um beijo e um abraço da mãe, como acabara de acontecer. Sua rotina era assim, repleta de tranquilidade, harmonia, amor e muita paz.

Quando ela colocou a comida na mesa, todos a fitaram com curiosidade. Erguendo as sobrancelhas, ela indagou intrigada:

— Está acontecendo alguma coisa que eu perdi?

As crianças trocaram um olhar de cumplicidade com o pai, e Guilherme respondeu com ar inocente:

— Nada, meu amor. Por que não se senta conosco para jantarmos logo?

Desconfiada de que eles estavam aprontando alguma coisa, Margarida sentou-se e começou a comer. De vez em quando, flagrava Ryan piscando um olho para o pai e ambos olhando para ela.

— Vou deixar os três de castigo se não me contarem o que estão escondendo de mim — ela ameaçou, fazendo a expressão mais intimidadora que conseguiu.

— Ninguém está escondendo nada — declarou Ryan, falando com a boca cheia.

— Somos três anjinhos — completou Guilherme, retribuindo a piscadela.

— *Embulalam pesente* — anunciou Zara, orgulhosa de si mesma por ter expressado uma "frase completa" sem imitar ninguém.

— Que presente foi embrulhado, minha querida? — divertiu-se Margarida.

— Não seja fofoqueira, Zarinha! — ralhou Ryan. — Desse jeito vai perder a graça.

Guilherme revirou os olhos, rindo da inocência dos filhos. Não era preciso falar nada, porque sabia que, antes mesmo do término do jantar, eles estragariam a surpresa que haviam preparado para Margarida. A ideia era entregar a ela um presente de Natal antecipado, antes que ele pegasse a estrada com as crianças.

— Calma, não precisam brigar — Margarida colocou mais limonada no copo de Ryan. — Quando terminarmos de comer, vamos conferir todos os presentes que estão debaixo da árvore. Se tiver algum que eu não conheça, vou tentar abrir.

— A senhora não poderá fazer isso, enquanto não chegar o dia 25 — afirmou Ryan com toda a convicção.

— E o que acontecerá se eu abrir antes? — ela perguntou, animada.

O menino ia abrir a boca para responder, quando se lembrou de que o pai não comentara nada sobre aquela parte. Afinal, por que tinham de aguardar até o dia 25, se não esperaram tanto assim para montar a árvore e decorar a casa?

— O Papai Noel vai lhe dar uns cascudos — ele respondeu, arrancando gargalhadas dos pais.

Enquanto terminava o jantar, ela estudava amorosamente o rosto dos filhos. Eram bem parecidos um com o outro. Não fosse a diferença de três anos que os separava, qualquer um acreditaria que se tratava de um casal de gêmeos. Ambos tinham fartos cabelos escuros como os do pai, o nariz arrebitado da mãe e um sorriso que encantava qualquer pessoa que gostasse de crianças. Aos cinco anos, Ryan era um verdadeiro reizinho, e sua irmã, uma linda princesinha. Margarida até sabia que poderia estar mimando os filhos em demasia, mas pouco se importava com isso, pois amava-os profundamente. Eram dois presentes valiosíssimos que ganhara dos céus.

Depois de tomarem sorvete como sobremesa, Margarida disse a Guilherme que lavaria as louças enquanto ele terminava de arrumar as bagagens que levariam na viagem. O porta-malas do carro dele era maior do que o dela e caberia com folga tudo o que pretendiam levar.

A chácara que haviam alugado localizava-se no interior do Paraná, perto de Curitiba. A viagem de carro demoraria cerca de seis horas, se não houvesse congestionamento na estrada. A propriedade não chegava a ser uma fazenda, embora contasse com uma vasta extensão de terra. Ao redor do terreno havia dezenas de árvores, dando a impressão de que a casa estava cercada por uma pequena floresta. Além disso, bem próximo dali, havia uma cachoeira cravada no meio do matagal e um pequeno lago de águas límpidas, onde Guilherme e Margarida adoravam nadar na companhia das crianças.

— Amanhã de manhã, irei ao mercado da cidade para fazer compras e abastecer a despensa da casa. Precisamos garantir nossa ceia de Natal! — avisou Guilherme, checando mais uma vez as malas.

— Ótimo! Ligue-me assim que chegarem lá.

— Calculo que chegaremos por volta das 4 horas da manhã, meu amor.

— Não importa. Quero ser informada de que vocês chegaram bem.

— Que mulher cismada! — Para tranquilizar a esposa, Guilherme beijou-a na boca com força. Adorava roubar-lhe alguns beijos, quando os filhos não os estavam vigiando. Tentando mudar o foco do assunto, ele indagou: — Como foi a sua reunião de hoje?

— Perfeita! A edição de janeiro está finalizada e faltam apenas alguns detalhes para fecharmos a de fevereiro. Apresentei aos responsáveis pelos principais setores algumas novidades que pretendo implantar. Depois disso, recebi várias ligações de parceiros de merchandising, cujos produtos destoam um pouco da linha de nossa revista. Deve parecer estranho você terminar de ler uma matéria sobre as últimas decisões do senado e, ao virar a página, dar de cara com uma propaganda de fraldas descartáveis.

— Faz sentido! Ao ler sobre tanta sujeira na política, o leitor pode se lembrar de que precisa limpar outra sujeira: a fralda de seu bebê recém-nascido, por exemplo.

Margarida riu e apertou a bochecha do marido.

— Não tinha pensado nisso. Cadê as crianças?

— Pedi ao Ryan que trocasse de roupa e calçasse os tênis novos em Zara. Lógico que ele reclamou, me lembrou de que não é babá e que tem apenas cinco anos para fazer serviços "tão pesados". Então, eu lhe prometi que nadaremos o dia todo amanhã no laguinho da chácara, depois de comermos um monte de besteira, como chocolate e pipoca... e foi assim que ele se tornou meu melhor amigo.

— Acho que ele está seguindo meus passos — devaneou Margarida de bom humor. — Ryan se tornará um homem de negócios muito em breve.

Pouco depois, o menino entrou no quarto dos pais trazendo Zara pela mão. Ele invertera os tênis ao calçá-los nos pés da irmã, e Margarida decidiu que jamais saberia se aquilo fora proposital ou não. Enquanto consertava a distração do filho, Guilherme fechou o zíper da última mala. Por sorte, fazia um calor terrível e não precisariam viajar com agasalhos, embora estivessem levando alguns nas malas.

— Deixe-me ver se vocês estão bonitos para viajar — Margarida ergueu as crianças e colocou-as sentadas sobre sua cama.

— Eu sou muito lindo! — admitiu Ryan. E de fato, era mesmo.

Zara pôs-se a aplaudir entusiasticamente a declaração do irmão. Margarida arrumou a trancinha da filha, que estava torta, penteou os cabelos do garoto com as mãos e beijou cada um na bochecha.

— Estão maravilhosos e prontos para partirem, meus amores!

— Faz ideia do horário em que pretende sair daqui amanhã? — Guilherme perguntou, beijando-a levemente nos lábios.

— No mais tardar, devo finalizar todo o meu trabalho por volta do meio-dia. Amanhã só trabalharemos meio expediente. Quando eu sair de lá, passarei em alguma lanchonete para comer, voltarei para casa, pegarei minha valise e irei ao encontro de vocês. Estarei por lá até o início da noite de amanhã. Por fim, se eu me sentir cansada para dirigir por tantos quilômetros, irei de avião até Curitiba e de ônibus até a chácara.

— Vou aguardá-la ansiosamente — ele prometeu.

Os quatro pararam diante da enorme árvore de Natal, enfeitada com bolas vermelhas e douradas e pequenos sinos prateados que Ryan e Zara colocaram. Na parte inferior, havia mais de uma dúzia de pacotes, embrulhados com os mais variados papéis. As crianças deslocaram-se ao mesmo tempo e agarraram o que parecia ser uma caixa decorada com papel vermelho e um laço branco.

— Não é para hoje — recordou Guilherme. — Já se esqueceram do combinado?

— Ih, é mesmo — desapontado, Ryan colocou o pacote no lugar em que estava e sondou a mãe, tentando notar se ela desconfiara de algo. — Só amanhã, quando a senhora chegar à chácara, poderá abrir o pacote.

— Amanhã ainda será dia 23, meu anjo!

— Sim, mas o papai disse que esse a senhora poderá abrir o seu presente antes da hora, para deixá-la ainda mais feliz até o Natal chegar.

— Vou me contorcer de ansiedade até poder conferir que presente é esse! — avisou Margarida. — Agora, vamos ajudar o papai a levar todos esses presentes para o carro, pois não estaremos em casa no dia 25.

Pouco depois, tanto as bagagens quanto os pacotes já estavam guardados no porta-malas do automóvel de Guilherme. Ele acomodou as crianças no assento traseiro do veículo, cada uma sentada em sua cadeirinha, conferiu se o cinto de segurança estava afivelado e virou-se uma última vez para contemplar a esposa.

— Tente não chegar muito tarde, querida. Eu a amo muito.

— Dirija com cuidado, amor. Vá com Deus!

Eles se beijaram com sofreguidão e permaneceram abraçados durante alguns segundos. Ela estudou o rosto quadrado e bem barbeado do marido, cravou seu olhar no fundo daqueles olhos castanhos e acariciou seus cabelos lisos.

— Amo você, doutor Lafaiete — às vezes, ela brincava chamando-o assim.

Guilherme acomodou-se diante do volante e ligou o carro.

— Telefonarei para você assim que fizermos uma parada num restaurante de beira de estrada. E vou acordá-la com outra ligação tão logo chegar à chácara.

— Estarei aguardando. Amo muito vocês.

As crianças acenaram para a mãe, que retribuiu o gesto enviando-lhes beijos com a mão. Margarida acompanhou a família com o olhar até o momento em que o carro dobrou a esquina e desapareceu. Ela girou o corpo para retornar para casa e caminhou apenas alguns passos, quando subitamente estacou. Algo pareceu oprimir seu peito com uma força esmagadora.

Por instinto, Margarida olhou na direção em que o carro do marido partira. Tentando convencer-se de que aquela sensação era fruto de cansaço físico e mental, ela entrou em casa, trancou a porta e seguiu na direção do banheiro. Pretendia tomar um banho longo e relaxante, analisar alguns relatórios das vendas da última edição da revista e atirar-se na cama. Sabia que dormiria tão logo encostasse a cabeça no travesseiro.

A sensação incômoda, contudo, continuava, causando em Margarida uma inquietação cada vez maior. Por desencargo de consciência, ela pegou o celular e discou para Guilherme, que atendeu no terceiro toque.

— O que foi, querida? Não me diga que esqueci os documentos do carro em casa.

— Não... eu só... — sentiu-se boba de repente. — Só queria saber como vocês estão.

— Considerando que faz apenas dez minutos que saímos de casa, devo lhe dizer que todos nós estamos absolutamente bem. Ryan acabou de dizer que já está com saudades.

— Eu também, meu amor. Até mais tarde.

Margarida desligou o telefone aliviada. Não era uma mulher dada a acreditar em premonições ou pressentimentos e não se lembrava de já ter sentido algo parecido antes. Se a intuição não apontava para seu marido e os filhos, então, o que será que estava acontecendo? Seria algo relacionado à empresa?

— Bobagem! — balbuciou em voz alta, como se tentasse convencer-se de que estava sendo infantil. — Está tudo bem com todo mundo. Eu que sou uma idiota. A exaustão aliada ao fato de eu estar sozinha na casa vem me causando esses sentimentos esquisitos. Credo!

Quando terminou de tomar banho, vinte minutos depois, Margarida sentia-se melhor e mais tranquila. Foi para o quarto, ligou o *notebook* e começou a estudar planilhas e relatórios. Perdeu a noção do tempo e deu um pulo quando o celular tocou.

— Alô?

— Meu amor, estamos quase na metade do caminho — avisou Guilherme. — A estrada está uma beleza, muito tranquila. Paramos em uma lanchonete, porque as crianças queriam comer algo e usar o banheiro.

— Mamãe, estou com saudade — Margarida ouviu a voz de Ryan falar ao fundo, enquanto parecia mastigar alguma coisa.

— Saudade — tornou Zara, arremedando o irmão.

— Querida, acabei de ver que a bateria do meu celular está descarregando e não trouxe meu carregador veicular — Guilherme relatou. — Provavelmente, só voltarei a entrar em contato quando chegarmos à chácara.

— Sem problemas, amor. Pode me acordar, independente do horário. Continue dirigindo com cuidado. Amo muito vocês.

Ela despediu-se das crianças e desligou o telefone. Bocejou algumas vezes e decidiu que era hora de encerrar o expediente daquele dia, pois já passava de uma da manhã. Desligou o *notebook*, apagou as luzes, ajeitou-se melhor na cama e adormeceu. A sensação opressora ainda estava presente, porém, Margarida não queria pensar nela.

Margarida despertou quando o celular voltou a tocar, meia hora depois. Estava tão sonolenta que nem se preocupou em conferir o número que aparecera no visor:

— Diga, amor! Vocês fizeram outra parada?

— Eu falo com a senhora Margarida Lafaiete? — quis saber uma voz masculina, totalmente desconhecida.

— Sim. Quem está falando?

— Sou o tenente Marques, do Corpo de Bombeiros. Minha equipe está na Rodovia Régis Bittencourt, próximo à...

Antes mesmo de o homem completar a sentença, Margarida empalideceu na penumbra de seus aposentos e não conseguiu recobrar a fala para perguntar o motivo da ligação.

— Houve um acidente envolvendo três veículos. A senhora é esposa do senhor Guilherme Lafaiete?

— Sim... sim... — Margarida começou a gaguejar, e seus olhos encheram-se de lágrimas, como se pudesse adivinhar o que estava prestes a ouvir. — Meu marido bateu o carro? — conseguiu indagar. — Ele está bem?

— O carro do seu marido é um dos que se envolveram no acidente.

— Como... como ele está? — ao fazer essa pergunta, Margarida não teve certeza se queria ouvir a resposta.

O tenente Marques sabia que poderia trabalhar durante noventa anos fazendo aquilo, e mesmo assim jamais se acostumaria. Detestava ter que dar aquele tipo de notícia aos familiares das vítimas, principalmente por telefone, no entanto, era obrigado a ser direto e sutil.

— Infelizmente, seu marido faleceu, senhora. E as duas crianças que estavam no assento traseiro também não sobreviveram. A senhora precisa vir para cá o quanto antes.

Margarida não ouviu mais nada. Mesmo no escuro, viu o quarto girar cada vez mais depressa, enquanto o celular despencava de sua mão. Já estava inconsciente quando seu corpo tombou desfalecido na cama.

3

As últimas horas pareciam ser parte de um pesadelo. Margarida agia mecanicamente, como se não tivesse domínio sobre seus atos. Era como se seu corpo soubesse exatamente o que fazer, sem que seu cérebro precisasse lhe ditar ordens. Aliás, ela já não tinha certeza se todos os seus órgãos ainda estavam em pleno funcionamento, porque estava certa de que seu coração fora destruído.

Tão logo se recuperou do desmaio momentâneo e se lembrou das palavras do bombeiro, Margarida sentiu uma nova vertigem, que por pouco não a derrubou outra vez. Atônita demais para balbuciar qualquer palavra, com a mente em turbilhão impedindo-a de conseguir raciocinar direito e telefonar para alguém, ela só conseguiu sentar-se na cama e entregar-se a um pranto profundo. Parte de si queria acreditar que tudo não passara de um trote de alguma pessoa cruel, porém, sabia intimamente que não havia erro. Era como se aquele estranho e sufocante pressentimento culminasse no terrível telefonema, que marcaria para sempre sua vida.

Guilherme e as crianças não podiam estar mortos. Ele parecera tão tranquilo e feliz momentos antes, quando parara para lanchar com os filhos, e, pouco tempo depois, avisavam-na de que todos eles se foram. Em uma ligação, que não durara mais de dois minutos, o tenente de Corpo de Bombeiros a informara de que seu tesouro mais precioso lhe fora tirado.

Quando conseguiu reunir alguma força, que não soube de onde tirou, Margarida pegou o telefone e conferiu o número do qual lhe ligaram. Nem foi preciso discar de volta, pois o tenente Marques já estava entrando em contato outra vez.

— Dona Margarida, lamento muitíssimo por tudo. Espero que a senhora esteja bem... — ele fez uma breve pausa, notando como aquela frase havia sido ridícula, afinal, quem estaria bem após uma notícia como aquela? — Já encontramos a carteira do seu marido e localizamos seu endereço. Entramos em contato com o batalhão do Corpo de Bombeiros mais próximo de sua residência e também falamos com a polícia. Eles devem trazê-la até aqui para os devidos procedimentos.

Margarida queria fazer algumas perguntas, mas a voz estava presa em sua garganta. Tudo o que conseguiu expressar foi um trêmulo "tudo bem".

Não havia consultado as horas nenhuma vez, por isso não sabia dizer quanto tempo se passara até que batessem em sua porta. Margarida arrastou-se até ela como um zumbi, com todas as luzes da casa apagadas, com exceção da árvore natalina, que piscava alegremente. Abriu a porta e olhou vagamente para os bombeiros. Havia dois homens e uma mulher, que se adiantou e a segurou pelo braço, pois Margarida parecia prestes a cair.

— Vamos levá-la até o distrito de Jacupiranga. O acidente aconteceu na Rodovia Régis Bittencourt, próximo a essa cidade — informou a bombeiro gentilmente. — Peço que troque de roupa, pegue seus documentos e algum dinheiro.

Estava óbvio para todos que isso não seria problema, pois a residência de Margarida estava localizada em um bairro nobre da capital. Era notável sua excelente condição financeira.

— Eles não podem ter morrido... — ela sussurrou num fio de voz. — Por favor, digam-me que houve um engano.

— Infelizmente, as descrições que recebemos estão corretas — a mulher a contrapôs, observando um grande retrato da família em uma moldura, preso à parede como um quadro. — E peço que não faça muitas perguntas ainda para que não se sinta pior. Alguém poderia acompanhá-la? Algum parente, vizinho ou amigo?

— Não — Margarida pensou em Anabele, sua secretária, contudo, não lhe pareceu justo acordar a moça àquela hora. Lembrou-se, inclusive, de que a funcionária se queixara de cansaço. — Creio que possa fazer isso sozinha.

— De qualquer forma, gostaria também que levasse uma agenda telefônica, para o caso de precisarmos contatar outra pessoa. Viajaremos em uma viatura, se não se importar. Há alguns policiais conosco, nos esperando lá fora. Terá todo o apoio de que precisar.

Margarida fechou os olhos, assentindo lentamente. Não queria apoio nenhum. Só o que desejava era ver Guilherme, Ryan e Zara entrando pela porta de casa, gargalhando, dizendo que tudo não passara de uma brincadeira de mau gosto. Passariam os festejos de fim de ano juntos, exatamente como haviam planejado.

— Quer que eu a ajude a trocar de roupa? — a solícita bombeiro prontificou-se. — A cidade onde o acidente aconteceu fica a pouco mais de duzentos quilômetros daqui. Creio que chegaremos dentro de umas três horas ou até antes.

Margarida voltou a balançar a cabeça em concordância e apontou para o seu quarto, sem prestar atenção ao fato de que a bombeiro separara algo para que ela vestisse. Agia como um robô, sem vontade própria. Estava em uma espécie de torpor, que parecia bloquear suas ações.

Pouco depois, viu-se vestida e calçada, e a bombeiro entregou-lhe sua bolsa. Margarida conferiu que levava tudo o que fora solicitado e minutos depois já estava dentro de uma viatura.

Enquanto seguiam até o local do acidente, os funcionários do Corpo de Bombeiros foram gentis e educados com Margarida. Chegaram até a parar no caminho para comprarem um pastel e um refrigerante para que a empresária se alimentasse, porém, ela sabia que não conseguiria engolir nada, sob o risco de vomitar se o fizesse. Algo como uma bola de ferro instalara-se dentro de seu peito, e até sua respiração parecia entrecortada.

Margarida manteve os olhos fechados, enquanto a viatura deslizava velozmente pela estrada durante todo o trajeto. Estivera com o marido e os filhos havia poucas horas. Beijara e afagara carinhosamente cada um deles. Vira os olhos brilhantes de alegria das crianças, no momento em que colocaram no porta-malas do carro os presentes de Natal. Notara o olhar amoroso com que Guilherme a fitara pela última vez antes de entrar no carro. Ainda trazia nos lábios o sabor e a textura da boca do marido, logo após o último beijo.

Ao chegarem ao município, seguiram diretamente ao Instituto Médico Legal do local. Em seu torpor, Margarida teve a impressão de ouvir alguém comentar que o carro de Guilherme, além dos outros dois envolvidos no acidente, já havia sido retirado da área para que o fluxo da estrada fosse liberado. A bombeiro, que se mantinha ao lado de Margarida, notou que os olhos da empresária, nas raras vezes em que ela os abria, pareciam estar opacos e sem brilho. Ela não havia derramado uma só lágrima ao longo do percurso, num evidente sinal de que entrara em estado de choque.

O Instituto Médico Legal funcionava em um prédio grande e cinzento, com um aspecto tão fúnebre quanto as atividades que eram desenvolvidas em seu interior. Margarida jamais estivera antes em um necrotério e nunca poderia imaginar que sua primeira visita fosse justamente para reconhecer os corpos de seus entes queridos. Pensar naquilo a fez sentir uma dor profunda e uma terrível vontade de chorar.

— Será rápido! — prometeu a bombeiro com a fala macia. — Infelizmente, faz parte do protocolo que uma pessoa próxima às vítimas reconheça os corpos, pois só assim serão liberados. Lamentamos muito por tudo.

Margarida olhou a bombeiro demoradamente. Não conseguia falar nem cair num pranto sentido. Simplesmente não conseguia concatenar os pensamentos. Seu cérebro recusava-se a aceitar a notícia e a realidade.

Um novo choque, contudo, a aguardava. Instantes depois dessa rápida conversa, Margarida foi levada por uma funcionária do IML até a primeira sala. Guilherme estava em outro setor, que ficava ao lado de onde se encontravam as crianças. A moça aproximou-se de uma maca de inox sobre a qual jazia o corpo do advogado e puxou levemente a ponta do lençol. Os olhos escuros de Margarida baixaram na direção do rosto de Guilherme, e finalmente as lágrimas brotaram dos olhos da empresária.

— Meu Deus! Meu amor... — ela sussurrou, posicionando os dedos sobre os lábios. — O que fizeram com você?

Se não fossem os diversos arranhões e hematomas no rosto de Guilherme, Margarida diria que o marido estava dormindo, pois seus olhos estavam cerrados e seu semblante mostrava-se tranquilo. Ele estava despenteado e muito pálido. Alguém limpara seus ferimentos superficialmente. Ainda havia crostas de sangue em algumas áreas de sua testa e no maxilar.

Margarida não ousou puxar mais o lençol, pois não desejava ver mais nada. Também não quis tocá-lo, temendo a sensação que pudesse ter. Lembrou-se do último olhar que o marido lhe lançara e de ter sido abraçada e beijada carinhosamente por ele, momentos antes de embarcar no carro com os filhos. Guilherme dissera que a amava.

Margarida começou a tremer e a soluçar muito. Sensibilizada com a cena, a funcionária, apesar de já ter visto muitas outras parecidas ou até piores, segurou a empresária pelo braço delicadamente, conduzindo-a para outro lugar. Margarida olhou para trás, como se não quisesse deixar Guilherme sozinho, e foi só então que ela reparou que havia outros corpos na mesma sala, mas ninguém lhe disse que eram as demais vítimas do acidente. No total, sete pessoas haviam perdido a vida.

Se o sofrimento já estava insuportável, Margarida pensou que fosse desmaiar quando foi levada até os filhos. Ao ver Ryan, novas e grossas lágrimas desceram por seu rosto incessantemente. O menino também parecia adormecido e estava menos ferido que o pai. Desta vez, Margarida esticou a mão e tocou no rosto da criança, que sempre fora alegre, cheia de vida, inteligente e amorosa. Agora, contudo, seu filho estava enrijecido e muito gelado. Para onde fora toda a energia que animara aquele corpinho por cinco adoráveis anos?

— Meu príncipe, por que abandonou a mamãe? Por favor, não me deixe sozinha.

Margarida falava com o filho como se esperasse alguma reação. O ser abençoado que viera de suas entranhas seria entregue à terra em menos de vinte e quatro horas. Ela nunca o veria crescer, estudar, casar-se ou lhe dar netos.

Zara fora acomodada ao lado dele, tão minúscula sobre o fino lençol que mais parecia uma bonequinha. Estava nua, assim como o irmão. Ao contrário de Ryan e Guilherme, havia uma mancha escura na lateral do rosto da menininha, por onde o sangue escorrera e coagulara. Suas feições estavam contraídas, como se ela tivesse sentido dor. Margarida também a tocou e sentiu que a frieza do corpo da filha a contagiou. Imediatamente, a mulher sentiu um frio inexplicável enquanto chorava.

— A senhora terá de assinar alguns documentos. Já providenciamos para que os corpos sejam transferidos para sua cidade de origem. Vieram de São Paulo, correto?

Margarida apenas assentiu com a cabeça, sem encarar a funcionária. Não queria sair dali. Seus filhos e seu marido eram sua maior riqueza, seu tesouro de valor inestimável. Como seria sua vida daquele momento em diante? O quê ou quem preencheria o vazio que se instalaria em sua rotina? De que adiantaria ter um belo lar, se não haveria mais ninguém com quem dividi-lo? Por que a vida a castigara daquela forma? Por que punira suas crianças, ceifando-as e impedindo-as de ter um futuro promissor e feliz?

O pesadelo continuou durante as horas seguintes. Margarida assinou todos os documentos, embora mal tivesse lido o que diziam. Os corpos seriam trasladados para a capital paulista e ficariam disponíveis para algumas horas de velório, no cemitério da preferência de Margarida, se ela assim o desejasse. Também havia a opção de todos serem enterrados ou cremados tão logo chegassem a São Paulo.

Quando voltou à rua acompanhada da equipe do Corpo de Bombeiros, Margarida percebeu que os primeiros matizes alaranjados do sol já clareavam o céu a leste. Um novo dia nascia, mas para ela poderia ser o último. De uma coisa tinha certeza: sem as pessoas que mais amava, nunca mais seria feliz novamente. Sem nenhuma motivação para viver, tudo o que desejou foi estar morta também.

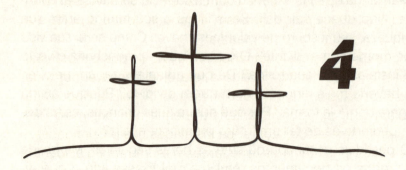

4

O enterro triplo foi o momento mais doloroso da vida de Margarida e aconteceu no final da tarde daquele mesmo dia. A essa altura, a mídia já havia se dado conta do acidente e espalhado as informações para todo o Brasil. Era notícia quente — e trágica — relatar que o marido e os dois filhos da famosa empresária Margarida Lafaiete haviam morrido em um grave acidente de carro, que envolveu outros dois automóveis. Por estarem a dois dias do Natal, as matérias vinham carregadas de drama e apelo emocional. Como não chegaram a tempo de fotografar a situação em que os veículos ficaram, pois a Polícia Rodoviária e o Corpo de Bombeiros agiram com admirável eficiência, só lhes restaram tentar capturar alguma imagem durante o enterro.

Anabele ficou horrorizada ao tomar conhecimento do ocorrido. Tentou telefonar para Margarida, mas, como as chamadas caíam o tempo todo na caixa postal, viu-se obrigada a sair de casa para procurá-la pessoalmente. Como trabalhavam em uma revista importante e dispunham de muitos contatos, não foi difícil descobrir qual era o cemitério em que Margarida enterraria seus entes queridos.

Também lera na internet uma nota sobre o acidente. Pelo que compreendera, um dos motoristas dos veículos envolvidos no acidente aparentemente estava embriagado e tentara ultrapassar o carro de Guilherme pela esquerda. Ao desviar, ele teria perdido o controle da direção e se chocado contra o acostamento. O outro veículo, que vinha atrás dele, não conseguiu frear a tempo e bateu na sua lateral com tal força que matou instantaneamente o motorista. Um terceiro carro, dirigido por uma mulher, que estava acompanhada de duas amigas, também atingiu os outros dois e capotou. No automóvel de Guilherme, as crianças, embora estivessem presas ao cinto de segurança, bateram a cabeça contra a porta e a janela e não resistiram aos ferimentos.

O que deixou todos indignados era o fato de que o motorista, que aparentemente estava bêbado e fora o responsável por toda a tragédia, desaparecera sem deixar rastros. A Polícia Rodoviária pronunciara-se dizendo que tentariam identificá-lo por meio das imagens das câmeras de segurança instaladas nas proximidades.

As três jovens mulheres, que também morreram no acidente, tinham como destino a cidade de Paranaguá. Segundo os familiares, era a primeira viagem que faziam juntas. Todas eram universitárias e pretendiam passar as festas de fim de ano com os familiares de uma delas. A mais velha tinha apenas vinte e dois anos.

O último homem que morrera era um senhor de idade avançada, que deixara filhos e netos. Morava sozinho e dirigia uma ONG próxima a Curitiba voltada ao atendimento de crianças carentes. Seu carro estava repleto de roupas e brinquedos que ele arrecadara em São Paulo e que desejava distribuir para fazer a alegria da criançada no Natal.

Quem lia as reportagens se revoltava. Pessoas que pareciam ter boa índole pereceram por causa de um inconsequente, que escapara do local do acidente sem nenhum arranhão. Não era o primeiro acidente ocorrido por motivo semelhante e certamente não seria o último.

Anabele quis inteirar-se de todas as informações possíveis, porque não sabia como encontraria Margarida, nem se ela lhe faria perguntas, ou se já estava a par daqueles tristes informes. Outros funcionários da revista, bem como supervisores, diretores e gerentes, já haviam telefonado para Anabele, pois Margarida não atendera ninguém.

Anabele trocou-se rapidamente e em menos de uma hora estava diante de Margarida. Outros funcionários da revista já haviam sido informados do local do enterro e estavam a caminho.

Anabele ficou boquiaberta com o que encontrou. A mulher elegante, bem-vestida e perfeitamente maquiada, com seu costumeiro cabelo castanho preso num coque bem-feito, que estivera presidindo a reunião da revista no dia anterior, era agora a imagem da derrota e da dor. Sua pele estava muito pálida, seus olhos turvos e tristes, sobre duas bolsas escuras que podiam ser chamadas de olheiras. Seus lábios estavam entreabertos, muito descorados. Vestia um camisão preto amassado, que era feio até mesmo para dormir. Estava de calça preta e tênis da mesma cor. Talvez aqueles fossem os trajes que ela escolhera para representar o luto.

— Marga, eu sinto tanto... — Anabele atirou-se nos braços de sua chefe e pôs-se a chorar. Gostava das crianças e admirava Guilherme. Sabia o quanto Margarida era apaixonada pelos três, pois raros eram os dias em que ela não os mencionava no trabalho.

Margarida não respondeu. Apenas se deixou envolver pelos braços fortes de Anabele. Outras pessoas que chegaram antes dela haviam feito o mesmo, transmitindo-lhe os pêsames e os sentimentos. Uma senhora de meia-idade, que era a secretária pessoal de Guilherme na firma que ele dividia com outros dois sócios, também chorava baixinho, enquanto rezava com um terço na mão. Outros amigos, colegas e até clientes dele também estavam presentes na cerimônia fúnebre. As duas professoras das crianças e a diretora da escola mostraram-se solidárias, todas elas abaladas demais para conceber a ideia da morte de dois seres tão pequenos e saudáveis. Ryan era um dos melhores alunos de sua turma.

Anabele jamais havia visto Margarida daquele jeito desde que a conhecera. Parecia que a empresária tinha vinte anos a mais. Ela envelhecera muito nas últimas horas. Soube também que, a pedido da própria Margarida, os três caixões foram lacrados. Ela não suportaria olhar novamente para os rostos feridos e machucados daqueles que tanto amava.

Quando os caixões foram baixados à cova, Margarida soltou um ruído rouco e sentiu a visão nublar-se. Sabia que não estava perdendo os sentidos. Talvez fosse sua pressão que estivesse oscilando. Não podia se lembrar de quando comera pela última vez, se é que o fizera. Em seu estômago parecia haver um bloco de ferro a impedindo de sentir fome.

Quando uma pá de terra cobriu o último caixão, Margarida fechou os olhos e abraçou a si mesma com força. Ali deveria despedir-se dos duendes e do Papai Noel malvado. Era naquele lugar sombrio e solitário que repousaria os corpos do homem que lhe mostrara o amor por meio de tanto carinho e dos filhos que eles geraram. Seu companheiro por seis anos simplesmente se fora, e as duas ternurinhas que ela tivera o privilégio de dar à luz certamente deveriam estar em um bom lugar, se é que esse tipo de coisa existia. Margarida nem sabia no que acreditar, mas certamente precisava de um consolo ou enlouqueceria.

Quando tudo terminou, ela olhou em torno e viu vários pares de olhos a fitá-la, como se esperassem dela alguma reação. Notou também a presença de repórteres de emissoras famosas com suas câmeras e filmadoras. Eles foram respeitosos o bastante para se manterem a distância e evitarem lhe fazer perguntas naquele momento.

— O que vai fazer, querida? — interessou-se em saber Anabele. — Quer ir a algum lugar?

Margarida balançou a cabeça negativamente. Para onde iria, se as pessoas que sempre a acompanhavam agora estavam sob a terra?

— Então vou deixá-la em casa — Anabele passou o braço por cima dos ombros de Margarida. — Vim de carro e lhe darei carona. Aposto que ainda não almoçou.

Margarida não respondeu e deixou-se conduzir. Na saída do cemitério, foi recebida por novos apertos de mão e abraços. Não dizia nada a ninguém. Apenas agradecia pelos cumprimentos com leves meneios de cabeça.

Antes de chegarem ao carro de Anabele, contudo, foram abordadas pela imprensa. Como se estivessem numa aula de esgrima, os repórteres lançaram seus microfones para frente, quase cobrindo o rosto de Margarida, enquanto *flashs* espocavam e filmadoras focavam o rosto lívido da empresária.

— Senhora Lafaiete, pode nos dizer como está se sentindo?

— O que este momento representa para a senhora?

— Como sobreviverá a partir de hoje sem sua família?

Algumas perguntas eram duras e agressivas. Como Anabele sabia que Margarida estava traumatizada e sensibilizada demais para pensar no que dizer, tratou de tomar a frente:

— Vocês não percebem o quanto ela está sofrendo? Respeitem-na, por favor.

— As perguntas foram dirigidas a ela e não à senhorita — retrucou de má vontade uma bonita repórter, que usava um terninho dourado.

— Vocês se esquecem de que nós trabalhamos no editorial de uma revista política e sabemos muito bem a importância de um furo jornalístico? — devolveu Anabele. — Mas, acima disso, somos colegas de trabalho. Margarida não vai dar entrevistas nem atender a telefonemas, ou responder a e-mails. Poupem-na de mais dor.

Como a resposta de Anabele foi tão direta quanto as perguntas anteriores, os representantes da imprensa decidiram obedecê-la, contudo, num momento oportuno, voltariam a procurar Margarida.

Anabele já estivera na residência de sua chefe em outras ocasiões, por isso não precisou perguntar o caminho. Ao entrarem na casa, a mulher colocou Margarida sentada no sofá. A empresária ainda mantinha os olhos vidrados, não se mexia, não falava e não expressava reação alguma. Parecia hipnotizada, olhando fixamente para um ponto qualquer na parede. Anabele quase se perguntou se ainda havia vida no corpo de Margarida.

— Vou ver o que tem na geladeira — anunciou Anabele a caminho da cozinha e, como já esperava, não obteve resposta.

Depois que Anabele saiu, os olhos de Margarida pousaram sobre um porta-retratos, onde havia uma foto que retratava a última festa de aniversário de Ryan, que acontecera três meses antes. O menino, usando um chapeuzinho colorido e de formato cônico, sorria ao lado de Margarida e de Guilherme, que segurava no colo a pequena Zara.

Margarida levantou-se do sofá, desviou o olhar para a árvore de Natal montada por eles e caminhou até a fotografia. Segurou-a na mão e levou-a aos lábios, murmurando baixinho:

— Não me deixem, por favor. O que será de mim sem vocês?

Outra nova onda de soluços a acometeu. Margarida apertou a fotografia contra o peito e chorou, e foi assim que Anabele a encontrou minutos depois.

— Minha querida, não fique assim — a moça foi até a chefe e a abraçou. — Sei que você tem todo o direito de chorar, mas olhe como está. Se continuar assim, acabará doente.

— E quem se importa com isso, Anabele? Minha família está morta! Não tenho mais futuro.

— Como não? A vida segue para você. Se ficou, é porque ainda tem muito a fazer, muito a conquistar.

Margarida não respondeu ao comentário de Anabele, que ficou surpresa por ouvi-la dizer aquelas poucas palavras.

— Vamos à cozinha, Marga. Estou preparando uma deliciosa macarronada para você. Posso não ser uma cozinheira de mão cheia, mas isso eu sei fazer.

— Não estou com fome.

— Você precisa comer, de um jeito ou de outro. Não servirá de nada desmaiar de inanição.

Margarida sabia que Anabele tinha razão, entretanto, parecia-lhe muito estranho sentar-se à mesa sem Ryan, Zara ou Guilherme. A casa estava tão fria, silenciosa e vazia. Não sabia como se sentiria quando tivesse de entrar no quarto das crianças ou em seu próprio quarto. Como poderia suportar dormir noite após noite sem o corpo quente e aconchegante do marido ao lado do seu? Como viveria sem beijar seus filhos, ouvir suas vozes e seus risos alegres? Nunca mais ouviria nenhum deles nem poderia tocá-los ou tirar outra bela foto com aquela que segurava. De um dia para o outro, sua vida fora destruída.

Comeria algo apenas para agradar Anabele. E depois? O que faria em seguida? Como seriam seus próximos dias? De antemão, já sabia que não teria condições de retornar ao trabalho. Talvez um afastamento amenizasse esse problema. Como lidaria com a dor da perda? Será que algum dia superaria tudo aquilo?

Margarida era fruto de uma infância dolorosa. Ela fora torturada física e psicologicamente pelo padrasto e não contou com o apoio da mãe. Depois de fugir daquela realidade cruel, esqueceu-os completamente e não sabia se eles estavam vivos ou mortos. Tempos depois, já com uma carreira bem-sucedida na revista, conheceu, apaixonou-se por Guilherme e juntos tiveram Ryan e Zara. Agora, no entanto, todos haviam partido. Em resumo, não entendia por que sua vida era marcada por mais momentos trágicos do que por passagens positivas. Seu marido e filhos permaneceram em sua vida por um período de tempo muito pequeno.

Margarida olhou para Anabele, que insistia em levá-la à cozinha e, como vinha acontecendo desde o acidente, deixou-se guiar passivamente. E foi então que teve uma ideia. Havia uma solução breve e eficiente para que não precisasse passar por dias, semanas ou até meses de angústia, desgosto ou aflição. Não seria necessário manter o luto por muito mais tempo. Tão logo se visse sozinha, tomaria uma atitude drástica, que a faria se reencontrar com Guilherme e as crianças.

Sentindo que tudo terminava ali, Margarida preparou-se para comer sua última refeição. Agora, só conseguia pensar no que faria para dar fim à própria vida. Queria uma morte rápida e brusca, como fora a de sua família e, depois disso, tinha certeza de que ficaria em paz.

El Alto, Bolívia.

Dolores sempre foi uma mulher tímida, possivelmente a mais retraída entre suas duas irmãs, por isso, aos dezoito anos, quando conheceu Vicenzo durante uma apresentação festiva no centro da cidade de El Alto, soube que ele seria o homem de sua vida.

Ela sempre foi uma mulher romântica, daquelas que sonhavam com o príncipe encantado. Depois que suas irmãs se casaram, eram raras as noites em que Dolores se deitava sem fazer uma prece para a Nossa Senhora de Copacabana, a santa padroeira da Bolívia, pedindo-lhe que um homem bom, virtuoso e amoroso surgisse em seu caminho. Para ela, esses eram os elementos essenciais que todo marido precisava ter para que o casamento desse certo. Ao menos, era assim que ela enxergava a sólida relação afetiva de seus pais.

O pai de Dolores não tinha a própria plantação de batatas, o tubérculo mais cultivado em hortas domésticas por todo o país, mas a mãe da moça apreciava preparar pratos saborosos em que esse ingrediente era indispensável. Por isso, ela ofereceu-se para ir ao centro da cidade adquirir *camotes*, que eram as batatas doces, ou *chunhos*, as deliciosas batatas desidratadas. Desde criança, era acostumada a fazer aquele pequeno trajeto de casa à quitanda. Conhecia a maioria das pessoas que encontraria em seu caminho.

Dolores era a irmã caçula. Após o casamento das duas mais velhas, ela sentiu-se muito solitária. Morava com os pais, porém, parecia que havia um vazio inexplicável em seu lar. A presença deles não supria a falta que ela sentia de Carmem e Rúbia. Mesmo quando se reunia com suas poucas amigas, a ausência das irmãs causava-lhe uma dor quase física, principalmente quando se lembrava de que Carmem se mudara para uma cidade bem distante dali. E Rúbia, embora estivesse a poucos quilômetros de distância, unira-se a um homem sério e rude, que não gostava quando Dolores a visitava. Ela já havia percebido isso, o que a fez rarear as visitas.

De posse das batatas, Dolores passou por um grande grupo de pessoas, que aplaudiam e gritavam em alegre torcida. Dolores não precisava olhar para saber que ali estava acontecendo mais um duelo das *cholas*, mulheres geralmente corpulentas e de meia-idade, com longas tranças, chapéus e vestidos rodados e coloridos, que subiam em uma arena improvisada a céu aberto para simular uma luta livre, num espetáculo que sempre divertia turistas e moradores locais.

Sorrindo discretamente por ver a animação das pessoas, Dolores continuou seu caminho de volta para casa. De repente, um dos sacos de papel que trazia nos braços rasgou-se, fazendo as batatas despencaram no chão e espalharem-se para todos os lados na calçada. Quando a jovem se abaixou para tentar apanhá-las, acabou se descuidando, e mais batatas acabaram caindo da outra sacola. Praguejando baixinho, embora sem perder seu habitual bom humor, ela ajoelhou-se para recolher os tubérculos.

— Precisa de ajuda, *chica*? — ela ouviu uma voz suave e grave perguntar. Desde criança ninguém a chamava de *chica*, que significava menina.

Ainda abaixada, Dolores ergueu a cabeça e avistou o mais belo sorriso do mundo. O homem, que lhe parecia imenso considerando a posição em que se encontrava, aparentava ter cerca de trinta anos e era muito bonito, com sua pele morena e seus cabelos muito escuros.

— Eu aceito. Não sei como isso foi acontecer — devolveu timidamente.

Imediatamente, ele começou a recolher as batatas. Depois de juntar todas elas aos pés de Dolores, foi até um rapaz que anunciava em altos brados os preços das frutas que vendia em sua barraca colorida e pediu-lhe duas sacolas plásticas. Quando voltou, ensacou todas as batatas e entregou-as à jovem.

— Parece que os seus problemas acabaram — ainda sorrindo, como se a experiência o tivesse divertido, ele esticou a mão. — Meu nome é Vicenzo, mesmo que isso não tenha nada a ver com as batatas.

Dolores ergueu o braço para tampar a boca, ocultar um sorriso e por pouco não derrubou as batatas outra vez. Vicenzo deu uma gargalhada, e ela corou, rindo também.

— Quer ajuda? — ele perguntou, galante. — Parece que não está acompanhada.

— Eu moro aqui perto. Estarei em minha casa em menos de vinte minutos. Minha mãe está esperando pelas batatas para preparar o almoço.

— Ora, creio que não me custa nada seguir com você. Não estou fazendo nada mesmo. Além disso, temo pelas batatas. Precisam chegar inteiras à sua casa.

Dolores riu e decidiu que não havia mal algum de o desconhecido lhe fazer companhia até sua residência. Durante o percurso, ele disse que tinha vinte e oito anos, dez a mais do que ela, e que se mudara de Cochabamba para a capital La Paz graças a uma boa oferta de emprego. E El Alto era a cidade satélite de La Paz, cuja distância entre elas podia ser vencida facilmente de bicicleta. Famosa por suas feiras e seus festivais, ele não podia deixar de conhecê-la. Era por isso que estava ali. Viera fazer um breve passeio. E quanto mais o rapaz falava, mais Dolores se encantava por ele. Mesmo que ainda fosse cedo demais para admitir, sabia que seu coração estava pulsando de uma maneira diferente.

Como sua mãe a esperava à porta, Dolores viu-se obrigada a apresentá-la a Vicenzo. Ele era um homem falante e extrovertido, que logo encantou os pais da moça. Foi convidado a ficar para o almoço, convite do qual ele não declinou. À mesa, durante a refeição, apesar de conversar com bastante entusiasmo, o rapaz não tirava os olhos de Dolores, que enrubescia a cada instante.

Após a refeição, despediram-se com empolgação, e o pai de Dolores convidou Vicenzo a retornar mais vezes à casa, e a moça mal pôde acreditar quando o viu novamente na semana seguinte. Ele chegou à sua casa trazendo uma imagem da Nossa Senhora de Copacabana de presente para a mãe da jovem e um par de sapatos para o pai. O casal de senhores não sabia como agradecê-lo.

Ademais, era visível que o rapaz não escondia seu interesse por Dolores. Mesmo que o conhecessem há pouco tempo, podiam sentir que ele era uma pessoa de boa índole. Confiavam nele e em suas atitudes e desejavam, de coração, que Vicenzo realmente quisesse cortejar a única filha que ainda estava solteira.

E foi o que aconteceu: na terceira visita que Vicenzo fez aos pais de Dolores, ele afirmou que a admirava muito, gostava da companhia dela e que desejava conhecê-la melhor. Sem pudores, pediu aos pais da jovem permissão para namorá-la. Dolores não coube em si de contentamento quando eles autorizaram o relacionamento. Pensava no rapaz dia e noite e pegava-se várias vezes por dia diante do espelho analisando a própria aparência. Como ela já sabia que ele sempre aparecia aos fins de semana, quando estava de folga do emprego, esperava-o com seus vestidos mais bonitos e com os cabelos lisos e pretos sempre presos em duas longas tranças.

Eles namoraram por três meses, sempre sob a aprovação dos pais de Dolores. A diferença de dez anos de idade não interferia em nada. Vicenzo estava sempre sorrindo, o que o tornava mais jovial, e os olhos de Dolores brilhavam quando estava com ele. Seus pais não se lembravam de vê-la tão contente desde que suas irmãs mais velhas se casaram.

No quinto mês de namoro, Vicenzo convidou Dolores e os pais a conhecerem sua família na cidade de Cochabamba. Foi uma viagem tranquila, que durou algumas horas. Foram e retornaram de ônibus. Na realidade, os únicos familiares vivos de Vicenzo eram seu pai e seu avô, já bastante adoentado e em idade avançada. Mesmo assim, tanto ele quanto o pai do rapaz aprovaram Dolores e torceram para que eles se casassem e fossem muito felizes. Sem nenhuma dúvida de que era aquilo que desejava para si, Vicenzo pediu sua namorada em casamento, e, no final daquele ano, tornaram-se, oficialmente, marido e mulher.

Após o casamento, Vicenzo mudou-se para El Alto, ainda que continuasse trabalhando em La Paz. Ele e Dolores alugaram uma casa pequena e aconchegante, a apenas dois quarteirões de distância da residência dos pais da moça, bairro em que ela viveu desde o seu nascimento. Vicenzo também conheceu Carmem e Rúbia, as irmãs de Dolores, bem como seus respectivos maridos. Declarava publicamente sua paixão pela esposa, que se considerava a mulher mais feliz do mundo. A moça, por sua vez, sempre que preparava para o marido algum prato especial à base de batatas, lembrava-o de que fora graças a elas que eles puderam se conhecer.

— As batatas sempre serão o símbolo do nosso casamento — ele costumava dizer, e isso arrancava altas risadas de Dolores.

A gravidez foi outro marco importante na vida do casal. Sabiam que, após o nascimento de seu primeiro filho, os dois amadureceriam muito. Em breve, seriam pais e dariam início a uma verdadeira família. Mal podiam esperar para conhecerem o rostinho da criança.

Foi uma gestação tranquila, sem sobressaltos. A barriga de Dolores crescia a olhos vistos, e o casal só deixou de pensar na possibilidade de terem gêmeos, quando os exames médicos confirmaram que ela esperava apenas uma criança do sexo masculino. Decidiram que o garoto se chamaria Juan. Vicenzo economizava cada centavo para que nada faltasse ao filho quando ele chegasse, e Dolores, que sempre tivera aptidão para a costura, fazia pequenos serviços nas roupas de amigas e vizinhas, de forma a também garantir um dinheirinho extra. Embora El Alto fosse a quarta maior cidade boliviana, o mercado de trabalho por lá não era tão fértil. Vicenzo e Dolores tinham amigos que decidiram buscar melhores oportunidades profissionais em outros locais, alguns deles até em outros países, e mais pessoas continuavam emigrando com maior frequência.

O bebê finalmente nasceu em meados de agosto, durante uma tarde gélida. Por estar geograficamente localizada a mais de três mil metros acima do nível do mar, sendo, junto com La Paz, a cidade mais alta do mundo, El Alto tinha um clima frio, que predominava durante todo o ano. O parto foi rápido, e Dolores, apesar do sofrimento despendido, chegou a pensar que seria pior. Com exatos três quilos, o pequeno Juan chegou ao mundo.

Era uma criança de pele morena escura, fartos cabelos pretos, ligeiramente ondulados, e olhos igualmente escuros. Sempre sorridente, mesmo antes de seu primeiro dente nascer, ele deixava qualquer adulto babando de admiração. Era lindo, *hermoso*, conforme muitos diziam. Vicenzo e Dolores jamais poderiam imaginar que gerariam um ser tão especial. Estavam apaixonados pelo filho e raramente brigavam, o que fortalecia ainda mais a união.

Os primeiros anos de vida de Juan foram motivo da mais sublime felicidade para seus pais. Ele era uma criança saudável, que só ficou seriamente doente duas vezes, durante seus cinco primeiros anos de vida. Era despojado, extrovertido, brincalhão, raramente chorava e sempre procurava agradar o pai e a mãe da mesma forma. Dizia que não queria que um sentisse ciúmes do outro. Aos três anos, já conhecia e falava muitas palavras e, aos cinco, já dominava o idioma espanhol quase perfeitamente. Na escola, tirava as melhores notas da classe, e as professoras brincavam, dizendo que ele era o aluno-modelo com o qual todo docente sonhava.

Vítima de um infarto fulminante, o pai de Dolores faleceu quando Juan completou doze anos, e, dezoito meses depois, a mãe da moça também se foi. Foi a primeira vez, desde que se conhecia por gente, que Juan viu tanta tristeza no olhar de Dolores. Amava os avós, mesmo que não fosse tão ligado a eles. Rúbia e Carmem também haviam tido filhos, que tinham idades próximas à de Juan. Ele também se dava bem com os primos, mas sempre ressaltando a importância que Dolores e Vicenzo tinham em sua vida. Sempre ria alto quando sua mãe contava a história da queda das batatas que a permitiu conhecer Vicenzo.

A morte dos avós de Juan fez a pequena família unir-se ainda mais. Eram apenas os três agora. O avô de Vicenzo também falecera, e seu pai casara-se com uma mulher mais jovem que o próprio Vicenzo e dizia que ainda tinha muito para curtir na vida. Por essa razão, os três apoiaram-se uns aos outros. Carmem e Rúbia não eram irmãs muito presentes, e, mesmo que adorasse a presença delas, Dolores não sentia mais a ausência de ambas com o decorrer do tempo. Para ela, só o que importava era seu marido e seu filho.

Aos quatorze anos, já na puberdade, Juan começou a sentir as primeiras modificações hormonais em seu corpo. Sua voz engrossou, pelos ralos nasceram em sua face e nas axilas, e seu corpo ganhou contornos mais definidos. Naturalmente, seu interesse por meninas começou a aumentar, e ele comprazia-se quando era correspondido por elas.

Juan também chegou a comentar com os pais que uma de suas disciplinas na escola estava tratando sobre o grande número de emigrantes bolivianos que deixava suas terras para aventurar-se em outros países em busca de melhores condições de vida. O jovem pediu a opinião deles a respeito.

— Penso que o nosso país nos oferece muita fartura — refletiu Dolores. — Eu jamais sairia daqui, porque amo a Bolívia.

— Acho que nós deveríamos ir em busca dos nossos sonhos, estejam eles aqui ou não — contrapôs Vicenzo. — O mundo não se resume às nossas terras.

Juan pareceu pensativo sobre a resposta do pai, que lhe soou muito mais convincente do que a da mãe. Não voltaram a discutir o assunto até porque ele estava envolvido com uma menina da escola de quem adorava roubar alguns beijos. Continuava tão inteligente e admirável quanto sempre fora. Vicenzo esperava que, se um dia ele se interesse de verdade por uma garota, que ela fosse tão romântica, bela e sensível quanto sua Dolores.

E finalmente esse dia chegou, pelo menos na opinião de Juan. Ele estava no último ano escolar, quando disse que precisava ter uma conversa séria com o pai. Ligeiramente preocupado, apesar de deduzir o teor do assunto, Vicenzo guiou o filho até a sala de estar. Dolores, respeitosamente, foi para a cozinha preparar uma sopa de frango.

— Como posso ajudá-lo, meu rapaz? — indagou Vicenzo com certa ironia, maravilhado com o filho.

Juan tornara-se um homem feito. Aos dezessete anos, era mais alto que o pai, possuía ombros largos, rosto de feições marcantes e bem desenhadas, além de lábios cheios e dentes brancos como a neve das regiões andinas. Dono de abundantes cabelos pretos e ondulados, que gostava de pentear para trás, e olhos pretos e perspicazes, era a alegria das moças, que sonhavam em namorá-lo.

— Estou apaixonado, *papito*. Ela é perfeita, linda e preciosa...

Os olhos de Juan fecharam-se, enquanto tentava imaginar a aparência da moça.

— E de quem estamos falando? — interessou-se Vicenzo com um sorriso.

— O nome dela é Marta. Entrou na escola semana passada. Veio de La Paz. Nunca vi uma menina tão bela. E acho... quer dizer, tenho certeza de que ela também gosta de mim. Hoje, nós conversamos no final da aula, e ela segurou minha mão. Quando eu a acariciei, ela não a tirou. Isso não é um bom sinal?

O sorriso de Vicenzo ampliou-se. Parecia que a história se repetia, pois seu romance com Dolores começara daquele jeito. Ele sabia que estava apaixonado no instante em que a avistou ajoelhada tentando recolher as batatas, dezoito anos antes. Não era um tolo piegas que acreditava em amor à primeira vista, pelo menos não da forma melosa que era ensinada na literatura romântica, contudo, acreditava que, quando um coração reconhecia o outro, surgia ali o amor. Embora a religião predominante da Bolívia fosse o catolicismo, havia vertentes espiritualistas que acreditavam na reencarnação e nos amores vividos em outras vidas.

— É um excelente sinal, meu filho. Provavelmente, Marta também gosta de você. Converse com ela e tente conhecê-la melhor. Foi assim que fiz com sua mãe. Fui apresentado aos pais dela no mesmo dia em que a conheci e só tive tanta coragem porque realmente me encantei por sua mãe.

Juan assentiu, satisfeito. Já namorara várias outras meninas, mas sabia que Marta era especial. Se aquele fosse o seu primeiro grande amor, queria que fosse o único.

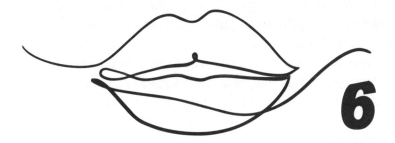

Pouco antes de o sinal ecoar pela escola pública em que Juan estudava, anunciando o término das aulas daquele dia, ele fazia um esforço imenso para parecer interessado no que a professora, de pé na frente da sala, falava acerca da Guerra do Gás, um conflito armado que acontecera mais de dez anos antes em La Paz, El Alto e em outras cidades dos arredores. A batalha teve início quando o presidente boliviano da época decidiu exportar gás natural, um dos principais produtos do país, para os Estados Unidos. A população revoltou-se e organizou várias mobilizações contra o ato, que, infelizmente, resultou em dezenas de mortos, incluindo os dois filhos de uma conhecida de Dolores.

Juan tinha poucas recordações dessa guerra, e a voz da professora, num tom monótono e arrastado, não estava ajudando-o a manter-se concentrado. Além disso, para ele, o assunto era chato e sem graça. Lamentava muito por quem havia morrido, mas achava que era preciso manter o foco apenas no presente e no futuro. Não era à toa que detestava as aulas de História.

Os alunos sentavam-se em duplas. Alguns bocejavam, outros tentavam manter os olhos abertos e outros tantos olhavam a paisagem através da janela. Mesmo que a aula não estivesse agradando ao seu público, a professora não se detinha em suas explicações, dizendo que aquele era um assunto que cairia futuramente em uma prova.

Fingindo prestar atenção, Juan virou a cabeça para a direita na direção de onde Marta estava sentada com uma colega e sorriu ao perceber que ela também o encarava. Com seus olhos negros, brilhantes e expressivos, Marta era capaz de seduzi-lo apenas por contemplá-lo. A menina era a mais linda que ele já conhecera até então.

Teria se surpreendido se pudesse ter acesso aos pensamentos dela. Marta também o admirava. Desde que fora transferida para aquela turma, notou que Juan era esperto, educado e muito dedicado aos estudos. Era muito tímida, porém, não conseguia deixar de observá-lo. Gostava de vê-lo sorrir, principalmente quando ele o fazia em sua direção.

Quando o sinal disparou, os alunos guardaram seus materiais numa velocidade espantosa, quase sem prestarem atenção ao que a professora dizia sobre a avaliação. Ademais, era sexta-feira e tudo o que queriam era curtir o fim de semana com a cabeça em outras coisas que não fosse uma guerra.

Marta despediu-se de suas amigas e, abraçada aos seus livros e cadernos, desceu os degraus da escadaria principal da escola que levava à rua. Percebeu uma sombra atrás de si e virou a cabeça para trás, sem conter a satisfação quando viu que era Juan quem vinha em seu encalço.

— Quer ajuda com os materiais? — ele apontou para o peito dela.

— Não, obrigada. Não estão pesados, e eu moro perto daqui — tornou Marta gentil.

— Posso ir com você até a metade do caminho? Desculpe-me se pareço intrometido, mas sei que você vai seguir reto até a avenida da praça.

— ¡Dios mio! Andou me seguindo? — Marta soltou uma gargalhada, fazendo Juan também rir.

— Quase isso. Desculpe, Marta... você é uma menina muito bonita, e eu não gostaria de ver os meninos de outras turmas provocando-a na rua. Sei que sempre vai para casa sozinha.

— Isso nunca aconteceu, pelo menos não até hoje — ela segurou os cadernos com apenas uma mão, enquanto usava a outra para jogar a longa trança por cima do ombro. — E você, onde mora?

— A dois quilômetros daqui, indo sempre em frente. Não é longe, e faço esse caminho há muitos anos.

Marta concordou com a cabeça, sem deixar de fitá-lo. Juan fazia o mesmo, impressionado com a beleza dos olhos dela. Nunca vira nada parecido. Aquela menina era mesmo perfeita. Lembrou-se da última conversa que tivera com o pai. Não havia erro. Ele estava apaixonado por Marta.

— Gostou da aula de hoje? — Juan perguntou apenas para arranjar assunto, enquanto caminhavam devagar, lado a lado. O clima estava fresco, quase frio, porém, nenhum deles vestia um agasalho.

— Não muito. Confesso que estava distraída e não prestei a devida atenção à aula. Precisarei ler a apostila, se quiser tirar uma nota razoável.

— Então somos dois. Que aulinha chata!

Tornaram a rir. Juan percebeu que gostava da companhia dela. Marta tinha algum diferencial em comparação às outras garotas que ele já namorara. Parecia ser mais meiga, sensível e tranquila. Algumas meninas da idade dela sempre se esforçavam para aparentar aquilo que estavam longe de ser. Com Marta isso não acontecia. Ela era natural e verdadeira no que dizia.

Falaram ainda sobre outras disciplinas e os planos para as férias. Juan descobriu que Marta fora criada apenas pela avó, que já contava com idade avançada e não estava muito bem de saúde nos últimos dias. Era a própria Marta e um casal de vizinhos quem prestava assistência a Rosário. Ela revelou sua preocupação com a avó, o que fez Juan gostar ainda mais dela.

— Vai ficar tudo bem — prometeu Juan, desejando que suas palavras fizessem efeito. — Tenho certeza de que dona Rosário, mesmo não a conhecendo, é uma senhora muito saudável. Logo, logo, ela estará caminhando com você por aí.

Marta agradeceu e beijou Juan na bochecha antes de se separarem. O rapaz entrou em casa e tocou no rosto o ponto onde os lábios dela haviam encostado. Dolores não precisou fazer nenhuma pergunta, pois o olhar do filho já denunciava o que tinha acontecido. Riu ao imaginar que Juan estivesse de namoricos por aí. Queria muito que o filho fosse feliz em sua vida afetiva do mesmo jeito que ela era com Vicenzo.

Marta faltou à escola na segunda-feira e, na terça, contou a Juan que a avó passara mal, mas melhorara. Conseguira alimentar-se sozinha e até arriscara sair da cama para preparar *salchipapas*[1] para o jantar.

— Não disse que você estava se preocupando à toa? — declarou Juan durante o intervalo das aulas. Os dois jovens estavam sentados juntos em um dos bancos espalhados pelo pátio. — Amanhã, sua avó estará ainda melhor que hoje.

— Que os anjos o escutem! Venho rezando tanto para que ela sare bem depressa, Juan. Acho que Nossa Senhora de Copacabana está cansada de me ouvir.

Ele riu, imaginando-a diante de um altar, tão serena e bela, suplicando à santa que ajudasse a avó a recuperar-se. Aquela menina era uma relíquia.

— Marta, você é incrível, sabia? — ele deixou a timidez de lado e tomou a moça pelas mãos. — Penso que, se um dia você se casar, esse homem será muito afortunado. Nunca encontrará esposa melhor.

— Por enquanto, acho que aceitaria ser pedida em namoro por uma pessoa em especial — Marta encarou Juan nos olhos. — E também me consideraria sortuda se isso acontecesse.

Juan sentiu um arrepio correr por sua espinha e direcionou seu olhar para os lábios macios que estavam a poucos centímetros de distância dos seus.

— Você aceitaria ser minha namorada? — o jovem decidiu arriscar-se, pois queria muito beijá-la ali mesmo. — Acha que eu teria esse privilégio de ficar com você?

— Juan, isso é tudo o que eu queria escutar — Marta apertou as mãos do rapaz com força. — Eu aceito.

Juan não falou mais nada. Ele inclinou a cabeça para frente e tomou-a para si, beijando-a com força. Os dois jovens ignoraram os gritos, os aplausos e as risadinhas irônicas que ecoaram em torno deles, quando os outros alunos que estavam por perto perceberam o que estava acontecendo. O mundo pareceu se resumir a eles dois. Não havia espaço para mais ninguém.

Quando o beijo terminou, e eles se afastaram, Marta estava com o rosto corado, os olhos iluminados e um sorriso de orelha a orelha. Juan sentia-se no céu, convicto novamente de que Marta era a moça

---

1 Prato típico boliviano, que consiste em uma mistura de salsichas com batatas temperadas a gosto.

que desejava desposar um dia. Dentro de algum tempo, os dois seriam maiores de idade e já poderiam oficializar algumas coisas, se ela também quisesse. Ele estava disposto a procurar um emprego, ou até mesmo dois, se fosse o caso, para ter condições de sustentar uma pequena casinha que se tornaria o lar de ambos. Os planos eram tantos que tudo o que conseguiu fazer foi beijá-la outra vez.

Naturalmente, não guardaram segredo sobre o namoro. Em pouco tempo, Juan apresentou Marta a Dolores e a Vicenzo, que adoraram a jovem. Ela também o levou para conhecer Rosário, que abençoou a união do casal. Era o primeiro namorado da neta, e a anciã garantiu que rezaria para que tudo desse certo. Estava bem mais fortalecida, e a última consulta médica rendera bons resultados.

Marta e Juan sempre eram vistos juntos, um na companhia do outro. As amigas da moça queixavam-se dizendo que ela as abandonara para ficar com o namorado, e os amigos de Juan, por sua vez, só falavam que queriam para si uma garota tão bonita e estudiosa quanto Marta.

O casal já namorava havia três meses quando teve uma aula sobre a economia do país. Não era segredo para ninguém que a Bolívia liderava várias pesquisas como o país mais pobre da América do Sul, mas talvez fosse superada em breve pela Venezuela. Tentando criar uma rota de fuga para evitar essa situação ou pensando na melhoria financeira, milhares de bolivianos deixaram sua terra natal em busca de empregos em que fossem mais bem remunerados e grande parte deles decidira viver em países como Argentina e Brasil.

Aquele era um tema que sempre despertava o interesse de Juan. O rapaz já tivera várias conversas sobre o assunto com os pais. Vicenzo era a favor da emigração, mas Dolores mostrava-se totalmente contra. Ela dizia que a população tinha de encontrar meios de sobrevivência no próprio país, ao passo que Vicenzo costumava alegar que cada um precisava ir em busca de seu progresso pessoal, fosse na Bolívia ou fora dela. Juan não tinha parentes fora do país, com exceção de um primo distante de Vicenzo, que fora morar no Brasil e que lá prosperara de tal forma que conseguira abrir uma fábrica de roupas.

— Marta, qual é sua opinião sobre os emigrantes? — Juan perguntou à namorada ao final daquele dia, enquanto a acompanhava após a saída da escola. Desde que começaram a namorar, ele sempre a deixava em casa.

— Nosso país é rico em cultura, histórias e lendas, em alimentos e em paisagens deslumbrantes, porém, nossa economia é muito fraca. Boa parte de nossa prata foi levada durante a invasão espanhola. Hoje em dia, 60 por cento da nossa população vivem em condições de pobreza. Apesar de nada faltar em nossas casas, estamos muito longe de viver no luxo — Marta se deteve e encarou-o. — Sabe, Juan, eu mesma já sonhei em sair daqui em busca de oportunidades mundo afora. Minha avó passou toda a sua vida nesta cidade, trabalhou arduamente durante seus quase oitenta anos de vida, e o que ela conquistou? Uma casinha simples, em que mal cabemos nós duas?

Juan assentiu com a cabeça. A residência em que morava com os pais não ficava muito atrás, embora ele amasse seu lar.

— Não estou reclamando de nada, Juan. Deus é testemunha do quanto sou grata por tudo que nós temos, entretanto, penso que isso é muito pouco. E estamos longe de ser um país de primeiro mundo.

— Concordo com você, meu amor. Muitas vezes, desejei morar em uma cidade onde pudesse ganhar mais dinheiro. Eu vejo meus pais, que trabalham tanto... Ele, em seu emprego eterno, e minha mãe reformando roupas para as vizinhas. O que eles ganham nunca sobra nem para fazermos uma viagem para uma cidade próxima. Estou prestes a completar dezoito anos e não consigo arranjar um emprego. Quero estudar, fazer um curso em uma boa universidade e viver muito bem, porém, acho difícil conseguir tudo isso aqui. Não vemos muito progresso, nem sucesso quando observamos os outros.

— E o que pretende fazer quando terminarmos a escola? Faltam poucos meses para concluirmos os estudos.

— Não sei. Talvez ainda seja cedo para discutirmos esse assunto, mas, mesmo assim, queria lhe perguntar uma coisa...

Marta aguardou em silêncio que Juan continuasse:

— Se não fosse por sua avó, você teria coragem de seguir comigo para outro país?

— Você está falando sério?

— Sim. Preciso saber até onde eu poderia contar com você ao meu lado.

— E seus pais? Você teria coragem de abandoná-los para realizar seus sonhos?

— Não vejo como um abandono, mas sim como uma separação temporária. Meu pai compreenderia, e minha mãe, aos poucos, também conseguiria aceitar.

Marta estava um pouco chocada com aquela conversa, embora percebesse que Juan não estava brincando. Ela mesma já quisera sair da Bolívia muitas vezes.

— Eu não poderia deixar minha avó, pois sou tudo o que ela tem. Mas tenha certeza de que, se eu fosse maior de idade e morasse sozinha, largaria tudo e iria com você até o fim do mundo. Eu o amo, Juan.

Emocionado e com lágrimas nos olhos, ele tomou-a nos braços e beijou-a ali mesmo na calçada. Repetiu várias vezes que também a amava e intimamente agradeceu a Deus pela escolha certa que fizera ao pedi-la em namoro.

O mês de dezembro chegou, e a formatura de conclusão da Educação Básica de Marta e Juan foi um evento majestoso e inesquecível. Dolores e Vicenzo voltaram para casa com os olhos marejados, e Rosário agradeceu à santa padroeira do país por estar em boas condições de saúde para comparecer à cerimônia de formatura da neta. Sua menina querida, desde pequena, sempre lhe fora motivo de orgulho.

Agora, a próxima etapa era pensar no curso universitário que os jovens fariam. A crise econômica que assolava o país não garantia empregos bem remunerados nem mesmo para quem tinha nível superior, por isso, era importante que eles sempre continuassem estudando para que seus currículos contassem com algum diferencial no momento que ingressassem no mercado de trabalho. E, enquanto não estivessem com o diploma nas mãos, teriam de se virar em serviços que não remuneravam muito bem.

Quando Juan completou dezoito anos, Vicenzo, Dolores e Marta prepararam-lhe uma festa-surpresa. Emocionado por ver as três pessoas que mais amava reunidas no mesmo local, ele aproveitou para relembrar o quanto era grato por tê-los. Disse ainda que tinha os melhores pais do mundo e a namorada mais perfeita do universo.

Infelizmente, quando chegou a vez de Marta comemorar a sua maioridade, o clima já não estava tão festivo. Rosário adoecera novamente e, desta vez, não dava sinais de recuperação. Começou com um resfriado simples, que evoluiu para uma gripe severa até terminar num quadro grave de pneumonia. O médico foi sincero ao conversar com Marta e explicar que estava fazendo tudo o que estava ao seu alcance, mas que, devido à idade avançada de sua avó, o tratamento não estava surtindo efeito. Rosário estava internada havia duas semanas, sem previsão de alta.

— Tenho tanto medo de que algo de ruim aconteça a ela — confessou Marta a Juan no dia de seu aniversário. A moça ganhara do namorado dois vestidos muito bonitos e, apesar de grata pelos presentes, não demonstrou muito entusiasmo. — Pneumonia na idade de minha avó é algo muito perigoso.

Os dois jovens estavam conversando na sala de espera do hospital, e Juan estava tão preocupado com a namorada quanto ela estava com a avó. A moça não vinha se alimentando direito e passava noites maldormidas nas cadeiras desconfortáveis do corredor à espera de notícias médicas.

— Vou repetir a mesma coisa que falei da outra vez — Juan tentou animá-la. — Dona Rosário é uma mulher muito forte, que vai tirar isso de letra. Quer apostar que antes do final deste mês ela estará em casa e pronta para dançar?

— Queria ter essa fé que você tem, Juan. Tomara que esteja certo.

Desta vez, contudo, as palavras de Juan não foram proféticas. Ao fim daquela semana, o estado de Rosário piorou, e ela foi transferida para a UTI do hospital onde estava internada. O médico que a acompanhava deixou claro para Marta que só mesmo um milagre poderia salvar sua querida avó.

— Não sei o que será de mim se ela morrer, Juan — Marta chorava desesperadamente no ombro do namorado. — Ela é toda a minha família.

— Calma, *corazón. Dios* é maior. Ore para Ele. Tenho feito isso desde que ela chegou aqui.

Marta assentiu com a cabeça e enxugou as lágrimas que teimavam em deslizar por seu rosto. Rosário estava em uma ala da UTI em que visitas não eram permitidas, o que deixava a jovem ainda mais aflita. Além disso, o médico garantira que Rosário permanecia quase o tempo todo adormecida, enquanto os medicamentos tentavam combater a pneumonia. Até o momento, contudo, o tratamento não estava surtindo efeito.

Três dias depois, o espírito de Rosário deixou o corpo e partiu para o astral. Quando soube da notícia, Marta sentiu uma violenta tontura e por pouco não desmaiou. Juan achava que isso se devia ao fato de que, ultimamente, ela mal tocava na comida e temia que a namorada também acabasse internada se aquela situação continuasse.

Marta chorou muito durante o enterro da avó e dizia que nem sequer lhe fora permitido despedir-se de Rosário, porque o médico proibira seu acesso ao leito dela. Só o que tinha agora eram alguns amigos próximos e o namorado, que não se desgrudava dela nem por um instante.

Juan pediu autorização aos pais para que pudesse dormir na casa de Marta nas noites seguintes. Sabia o quanto a namorada estava debilitada, carente e sensível. Dividiu a cama com ela, mesmo sem terem tido ainda relações sexuais. Ele era respeitoso quanto a isso e nunca a forçaria a nada. Enquanto ela não se sentisse preparada para o momento, não tocaria no assunto. Juan pedia a Deus que a namorada conseguisse superar a morte da avó o mais rápido possível, pois já estava com saudade de seus sorrisos animados e seus olhares divertidos e expressivos.

✳✳✳

Dolores chegou em casa trazendo duas sacolas imensas. Conseguira novos clientes e passaria os próximos dias reformando aquelas roupas. Tratava-se de uma família inteira, que fora indicada por uma amiga de Dolores, que adorava seu serviço. Era típico da cultura boliviana reaproveitar as roupas que estavam gastas ou rasgadas em vez de doá-las ou jogá-las fora. Preferiam guardar o dinheiro para outras utilidades e raramente compravam roupas, bolsas e sapatos.

Dolores percebeu que o carteiro passara por lá, quando notou algumas correspondências na caixinha dos correios que ficava ao lado do portão da casa. Havia duas faturas bancárias e um envelope pardo e grande destinado a Vicenzo, cuja caligrafia ela não reconheceu de imediato. Ao olhar o verso, descobriu que o remetente era o primo de seu marido, que morava em uma grande cidade brasileira chamada São Paulo.

Apesar de curiosa, afinal, Ramirez raramente enviava cartas ao primo, Dolores deixou o envelope lacrado sobre a mesa da cozinha. Não tinha segredos com o marido, mas jamais abriria correspondências endereçadas a ele, assim como Vicenzo não mexia nas que chegavam para a esposa.

Dolores espalhou sobre a cama as peças de roupas que trouxera consigo. Havia calças, blusas, meias, bermudas, vestidos, camisolas e até *polleras*[2]. A maioria delas necessitava de reparos simples, como costuras ou remendos. Enquanto analisava os trajes, pensava em Marta com compaixão. A moça ficara muito triste e deprimida após a morte da avó, e Dolores sabia como era difícil perder pessoas queridas, já que também sofrera quando seus pais morreram. Torcia para que Juan conseguisse despertar novamente na jovem a alegria e o prazer de viver, assim como Vicenzo fizera com ela anos atrás.

Quando o marido chegou e a cumprimentou com um beijo amoroso, Dolores comentou sobre a carta que chegara do Brasil. Vicenzo rasgou o envelope e retirou duas folhas simples de papel com um sorriso nos lábios.

— Dizem que quem é vivo sempre aparece. Ramirez mostrou que ainda vive através desta carta. E eu achando que ele já tinha se esquecido de mim!

Mesmo antes de o marido iniciar a leitura em voz alta, Dolores pressentiu que não gostaria muito de seu conteúdo. Ela nunca conhecera o tal Ramirez nem tinha nada contra ele, todavia, algo em seu íntimo a deixou agitada e temerosa.

Ramirez cumprimentava Vicenzo e mandava saudações para a família dele. Dizia que se casara em São Paulo com uma mulher também boliviana chamada Dinorá, mas que ainda não tinham planos de terem filhos. Ela auxiliava-o em sua indústria de roupas e tecidos, que vinha se desenvolvendo e prosperando rapidamente. Na carta, Ramirez dizia que fizera sua melhor escolha ao partir da Bolívia, pois lá ele nunca teria condições de progredir financeiramente. Encerrava o texto dizendo que precisava de funcionários, de preferência também bolivianos, pois muitos brasileiros tinham

---

2 Tipo de saia com pregas.

preconceito contra eles e recusavam-se a trabalhar em sua empresa. Com a aproximação do Natal, as vendas aumentaram e, por consequência, também a produção das peças. Aos que estivessem dispostos a se mudar para lá e trabalhar para ele, Ramirez garantiria as passagens, moradia e um bom salário pago na moeda local. Não havia a necessidade de saber falar português, que, por ser um idioma bem semelhante ao espanhol, poderia ser facilmente aprendido. Contava com a ajuda de Vicenzo para a divulgação de sua oferta de emprego e finalizava deixando seus contatos.

Quando terminou de ler e ergueu a cabeça para a esposa, Vicenzo percebeu que Dolores estava com a testa enrugada e fixava-o seriamente.

— Nem pense em mostrar essa carta a Juan, ou ele fará as malas em questão de horas. Sabe o quanto nosso filho sempre sonhou em se mudar para outro país.

— Sabia que você diria algo assim, *mi* amor — com um sorriso tranquilizador, Vicenzo abraçou Dolores por trás. — Isso tudo é ciúme do nosso filho?

— Não é ciúme. Sempre quis o melhor para Juan, Vicenzo, mas desde que fosse aqui mesmo, na Bolívia, e de preferência em nossa cidade. Nunca gostei dessa história de tentar melhorar de vida em outro país. Nunca permitiria que nosso único filho fosse viver tão longe de nós dois.

— E acha justo podarmos os sonhos dele, por acharmos que esse jeito é o certo? — Vicenzo deslizou a mão pelos sedosos cabelos negros de Dolores. — Nunca ouviu falar que criamos nossos filhos para o mundo, e não para nós mesmos?

— Não aceito isso — Dolores desprendeu-se do abraço do marido e girou o corpo para olhá-lo de frente. — Juan não pode nos abandonar nem deixar Marta para trás por causa de uma ambição mesquinha. Ele sempre falou que nos amava.

— Não creio que os sentimentos dele mudariam por conta desta oportunidade, Dolores. — Vicenzo apanhou a carta de Ramirez e a sacudiu. — Isso é um presente que caiu dos céus! É tudo o que Juan sempre desejou.

— Não quero ouvir mais nenhuma palavra sobre isso. — Irritou-se Dolores. Os olhos da mulher ficaram vermelhos, anunciando que lágrimas estavam chegando. — Juan ficará aqui, em nossa terra, vivendo do melhor jeito que puder.

— Querida, veja a situação do nosso país! Juan é um garoto muito esforçado e inteligente. Até agora, ele nunca teve uma oportunidade de trabalho, por pior que fosse. Está procurando emprego desde os dezesseis anos e nunca encontrou. Agora ele é maior de idade, dono do próprio nariz e pode decidir por si mesmo.

— Rasgue essa carta, Vicenzo! — Dolores começou a chorar. — Dê um fim nesse papel, antes que Juan descubra tudo e nos critique por termos escondido isso dele.

— Do que vocês estão falando? — interessou-se Juan, que entrava na casa naquele momento, trazendo Marta pela mão. — O que vocês querem esconder de mim?

— ¡Dios mio, Vicenzo! Não conte! — suplicou Dolores. — Por favor.

— Contar o quê? Que folhas são essas em sua mão, *papito*?

— Dolores, não podemos esconder nada dele. É direito de Juan saber do que se trata esta carta. — Vicenzo tentou tocar no rosto da esposa, mas Dolores afastou a mão dele com um tapa, visivelmente nervosa. — Caberá a Juan tomar a melhor decisão.

— Vão me contar ou não o que está acontecendo? — Juan olhava de um para o outro, certo de que os pais estavam ocultando algo muito grave a seu respeito. O rapaz raramente via Dolores chorar.

— Sabe aquele meu primo que está morando no Brasil? — indagou Vicenzo e, vendo Juan assentir, prosseguiu: — Hoje, recebemos esta carta enviada por ele. Leia você mesmo.

Quando Vicenzo esticou o braço para entregar as folhas a Juan, Dolores tentou arrebatá-las da mão do marido, porém, o rapaz foi mais rápido e apanhou-as primeiro. Marta, que estava aturdida com o que se passava ali, encostou o rosto junto ao do namorado para também ler o conteúdo da correspondência.

Quando Juan terminou de ler a carta, Dolores sentiu um golpe no coração ao perceber o brilho no olhar do filho. O rapaz abriu um sorriso de orelha a orelha e beijou Marta diversas vezes nos lábios:

— Não posso acreditar que isso seja verdade! É meu passaporte para um futuro próspero num país melhor que o nosso!

— E desde quando o Brasil é melhor que a Bolívia? — gritou Dolores, tremendo de raiva e de desespero e desejando pôr fogo naquela carta e encerrar aquele assunto tão angustiante. — Acha que não há pobreza e miséria lá? É apenas mais um país de terceiro mundo.

— Com uma economia mais desenvolvida que a nossa, mãe — rebateu Juan. — Não viu que tio Ramirez progrediu na vida?

— Tio?! — horrorizou-se Dolores. — Ele é apenas um primo distante do seu pai! Não é seu tio! Além disso, quem pode nos garantir que ele esteja dizendo a verdade?

— Por qual motivo ele mentiria para nós, querida? — interveio Vicenzo. — Se Juan quiser ir, não será na condição de prisioneiro. Se não gostar de lá, basta que retorne para El Alto quando tiver vontade. Ramirez está oferecendo a passagem de ida, mas tenho algum dinheiro guardado, que nosso filho poderá levar para comprar uma passagem de volta.

— Como você pode falar algo assim, Vicenzo? Você realmente está dando apoio para que ele vá? Quer se ver livre do seu único filho? — percebendo que estava perdendo terreno, Dolores virou-se para Juan. — E você, filho? Teria coragem de abandonar seus pais para viver num país estranho, cujo idioma nem sabe falar? E Marta? Não acha que sua namorada precisa de sua presença por perto, visto que a avó faleceu recentemente?

— Eu posso aprender a falar português rapidamente, se alguém se dispuser a me ensinar. Sempre aprendi tudo muito rápido — admitiu Juan tentando convencer a mãe.

— E nós já conversamos sobre isso, dona Dolores — Marta abraçou Juan e encarou a sogra. — Agora que minha avó se foi, nada mais me prende aqui. Se esse senhor Ramirez estiver disposto a me contratar, também irei para São Paulo com Juan.

Aquele comentário foi a gota d'água para Dolores, que jamais imaginaria que Marta também concordasse com aquela loucura. Vendo-se acuada e rendida, Dolores desabou sobre uma cadeira e enterrou o rosto entre as mãos, sacudindo os ombros enquanto soluçava. Vicenzo tentou abraçá-la outra vez, mas ela o repeliu de novo com a mão.

— Mãe, por favor, não fique assim — tentou Juan, triste por vê-la chorosa. — Não estou indo para um país em guerra. Marta estará comigo o tempo todo, ou seja, não irei sozinho. E, como o *papito* disse, se não gostarmos de lá, voltaremos imediatamente para cá. Preciso desta oportunidade, que é única e não voltará mais. Dê-me essa chance, eu lhe suplico. Abençoe nossa viagem e deseje que sejamos felizes.

Após mais alguns instantes de soluços entrecortados, Dolores encarou o filho com um misto de tensão, pavor e aflição nos olhos. Estava desesperada, desejando que tudo não passasse de um pesadelo horroroso. Não estava preparada para que seu amado menino saísse de casa para viver em um lugar tão distante.

— Sua decisão está mesmo tomada, não é mesmo? — ela perguntou num sussurro.

— Sim, está. Sempre esteve, e a senhora sabe disso. Poderá ir com meu pai me visitar sempre que quiserem. Tenho certeza de que Ramirez não se oporá.

— E por se tratar de alguém que tem parentesco comigo, creio que devamos confiar nele, Dolores — reforçou Vicenzo. — Podemos juntar dinheiro e viajar para visitar nosso filho. Juan sempre manterá contato conosco.

— Diariamente — garantiu o jovem. — Eu lhes prometo.

Dolores assentiu com a cabeça e tentou secar as lágrimas insistentes.

— Embora eu seja contra tudo isso, não posso desejar o mal para ninguém, muito menos a vocês dois — fitou Juan e Marta. — Queria muito obrigá-los a continuar aqui, porém, não posso fazer isso porque seria egoísmo da minha parte. Sendo assim, mesmo que eu sofra de tristeza e saudade durante muito tempo, só posso lhes desejar o melhor nesta nova fase da vida.

Juan não quis ouvir mais nada. O rapaz atirou-se de joelhos aos pés da mãe e abraçou as pernas dela com força, agradecendo e repetindo o quanto a amava. Sentia que seria muito feliz no Brasil ao lado de Marta e que, um dia, Dolores ainda sentiria muito orgulho dele. Tinha certeza disso.

8

    Logo depois de Vicenzo responder à carta de Ramirez dizendo que seu filho e a namorada dele estavam interessados na proposta de emprego, Dolores ficou mal-humorada e chorosa. Evitava conversar com o marido e, quando o fazia, acusava-o de estar colaborando para separá-la do filho. Por mais que Vicenzo tentasse fazê-la enxergar os pontos positivos da mudança de Juan para o Brasil, Dolores permanecia irredutível.

    Juan também tentava melhorar os ânimos da mãe de todas as formas possíveis. No fundo, ele sentia-se culpado por deixá-la, no entanto, gostaria que ela pudesse compreendê-lo. Só o que desejava era conquistar uma vida melhor do que a que tinha ali. Talvez fosse ambição, mas ele preferia chamar de sonho e conquista e não entendia qual era o pecado em querer isso.

    — Não sei por que você quer tanto nos abandonar, Juan — contestou Dolores, alinhavando a barra de uma das calças de seus clientes. Fazia o trabalho com cautela, porque, desde que o filho tomara a decisão de partir, seus olhos viviam marejados. — Por acaso fui uma péssima mãe?

    — Nunca, mãe. A senhora sabe que eu a amo muito.

    — Então, se esqueça desse disparate e permaneça aqui mesmo.

    — Para fazer o quê? Ganhar um salário tão baixo quanto o do meu pai? Ou trabalhar como costureiro, consertando as roupas de estranhos?

— Ainda está debochando do que faço, filho?! — esbravejou Dolores, colocando a calça e a agulha de lado. — Saiba que, se estou fazendo isso, é para ajudar nas nossas despesas. É para colaborar com o nosso sustento, principalmente o seu. Não arrumo as roupas dos outros porque acho engraçado.

Juan aproximou-se da mãe e passou o braço por cima de seus ombros.

— Eu sei disso. Perdoe-me, se fui grosseiro. Não quis ofendê-la.

— A gente se vira como pode, mas até aqui conseguimos sobreviver, não é?

— *Mamita*, minha intenção não é outra senão fazer com que mais dinheiro entre em nossa casa. Não gosto de vê-la trabalhando nisso e, por essa razão, lhe enviarei todos os meses uma boa parte do meu salário. Ficarei somente com a quantidade necessária para me manter.

— Não precisamos disso, meu filho! — Mais uma vez, lágrimas escorreram dos olhos de Dolores. — Não estamos passando fome. Seu pai e eu temos saúde, um teto sobre nossas cabeças e muita disposição para trabalhar. Ainda que ganhemos pouco, como você mesmo disse, nunca precisamos de dinheiro extra, muito menos vindo de um país desconhecido.

— Mas eu tenho direito de ter uma vida melhor, mãe — o tom de voz de Juan indicava que ele estava ficando irritado. — Não temos sequer uma linha fixa de telefone. E um celular? Nunca pude comprar um. Imagine um computador, um *tablet*, um aparelho de som sofisticado? Tudo o que temos aqui é um clima frio e pratos à base de batatas. Estou cansado disso!

Revoltado, Juan saiu de perto da mãe, antes que ela tivesse tempo de retrucar. Em seu íntimo, Dolores também queria que o rapaz ganhasse o suficiente para poder comprar as coisas que desejasse. No auge de seus dezoito anos, influenciado pela moda americana que, mesmo que muitos ignorassem, havia anos chegara à Bolívia, Juan só queria uma qualidade de vida melhor, e isso não era crime nenhum. Cedo ou tarde ela sabia que o filho iria embora, e seu coração parecia diminuir de tamanho quando pensava nisso.

Cinco dias antes do Natal, receberam uma nova correspondência de Ramirez. Mais uma vez, foi Dolores quem a recebeu primeiro e sentiu uma vontade quase incontrolável de rasgar o envelope sem nem ao menos abri-lo, contudo, sabia que Juan nunca a perdoaria se o fizesse. E, como se já não bastasse a saudade que sentiria do garoto, não suportaria conviver com seu desprezo e sua revolta.

Ela entregou o envelope para Vicenzo, que aguardou a chegada de Juan. Na realidade, independentemente do que estivesse escrito lá dentro, o maior interessado era seu filho. Quando o rapaz entrou na casa acompanhado de Marta, Vicenzo falou sobre a nova correspondência enviada por Ramirez.

— Estou curioso, filho! Leia em voz alta para que todos nós possamos ouvi-lo.

— Como se eu estivesse interessada em saber — resmungou Dolores.

Empolgado como uma criança que ganha um brinquedo sonhado, Juan rasgou o envelope em menos de dois segundos e retirou a única folha de papel que continha em seu interior. Desta vez, a carta de Ramirez estava bem mais sucinta. Ele apenas dizia que Juan e Marta teriam seus empregos garantidos, se realmente quisessem morar em São Paulo. Dizia também que trabalhariam juntos em sua indústria de roupas e que ganhariam um salário três vezes mais alto que o de Vicenzo.

Na carta, Ramirez também falava sobre a documentação necessária que os jovens precisariam levar, tanto para conseguirem viajar, quanto para viverem dentro da legalidade perante a Justiça brasileira. Um acordo assinado pelo Mercosul[3] em 2012, do qual a Bolívia é membro associado, dava direito a qualquer imigrante boliviano solicitar visto permanente para morar e trabalhar no Brasil. Juan lembrava-se de ter questionado sobre o assunto a um de seus professores, que lhe passou essa informação.

Ramirez encerrava a carta fornecendo os números de seus telefones para que pudessem conversar melhor e esclarecer as dúvidas que viessem a surgir antes que eles chegassem ao Brasil. Preferia que o contato entre eles acontecesse dessa forma, já que as cartas demoravam muito para ir e voltar, e ele tinha urgência em preencher as vagas na empresa.

A partir dali, Juan e Marta entraram num verdadeiro estado de euforia e excitação, ao passo que Dolores sentia que algo dentro de si estava morrendo. Na manhã seguinte, Vicenzo levou-os

---

3   Mercado Comum do Sul.

a uma agência dos correios e solicitou uma ligação internacional. Quando Ramirez atendeu à ligação do outro lado, e, após os cumprimentos habituais, Vicenzo informou:

— Meu filho e a namorada dele estão tão ansiosos com essa mudança que mal cabem em si de tanta expectativa. Creio que nem estejam dormindo direito à noite.

— Pois saiba que comigo e com Dinorá eles se sentirão em casa — prometeu Ramirez com animação na voz. — O trabalho é leve e tranquilo, nada que não se possa aprender facilmente. Terão de lidar com algumas máquinas na indústria têxtil, mas é tão simples quanto digitar num teclado. Trabalharão oito horas diárias, com intervalos para lanche e almoço. No fundo da minha fábrica, temos uma espécie de alojamento para os funcionários dormirem, e eles não precisarão pagar nada por isso. Poderão passar as festas de fim de ano com vocês e embarcarem em janeiro pra cá.

— Fico feliz por ouvir essas informações, primo. Dolores está muito preocupada — informou Vicenzo sendo sincero, embora preocupação não fosse a palavra que definisse melhor o estado de espírito de sua esposa. Na realidade, ela estava enfurecida e muito triste.

— Eu lhe garanto que seu filho estará em boas mãos. Nenhum dos conterrâneos que vieram trabalhar comigo quis voltar mais para a Bolívia. Eles amam o que fazem aqui. Sem falar na razoável quantia que conseguem economizar todos os meses.

— Juan e Marta, a namorada dele, estão aqui comigo. Por favor, converse com eles e repita tudo o que acabou de me dizer.

Vicenzo sorriu ao ver a alegria estampada na face do filho, enquanto ouvia Ramirez contar sobre os benefícios do novo emprego. Até mesmo Marta, que andara tão deprimida após a morte da avó, se mostrava mais entusiasmada e sorridente. No fundo, ele sentia que aquela mudança de ares seria uma bênção para os dois. Em breve, a vida de Juan e de Marta mudaria para melhor.

Juan encerrou a ligação dizendo que aguardaria a chegada das passagens aéreas que Ramirez enviaria. Enquanto isso, ele e Marta correriam atrás da documentação que seriam obrigados a ter em mãos para que pudessem embarcar. Ramirez garantiu que agendaria os voos para dentro de um mês, e isso daria tempo de a carta com as passagens chegar e de eles se organizarem melhor para a viagem.

Nos dias seguintes, Juan dedicou-se a preparar suas malas, sempre sob o olhar reprovador de Dolores. Ele evitava tocar diretamente no assunto da emigração com ela para que não travassem uma violenta discussão, como já havia acontecido outras vezes. Por outro lado, o rapaz também acreditava que a mãe estivesse mais conformada. Dolores estava muito calada e sempre era vista com os olhos avermelhados, ou diante do altar de Nossa Senhora de Copacabana, rezando baixinho com um terço na mão.

O Natal e o ano-novo chegaram e passaram rapidamente. Para Juan, eram apenas duas datas comuns em que passaria com os pais. Sabia que não seriam os últimos festejos em família, pois, assim que economizasse um bom dinheiro, viajaria de volta a El Alto para revê-los.

Em janeiro, quando as passagens chegaram, Juan conferiu seus documentos. Por sorte, havia conseguido a emissão de seu passaporte e do Cartão Migratório com extrema rapidez, considerando o período de fim de ano. Agradecera efusivamente ao pai por lhe emprestar dinheiro para que pudesse pagar algumas taxas no cartório. Vicenzo fez o mesmo por Marta, e a moça prometeu que o reembolsaria assim que recebesse seu primeiro salário.

Quando faltavam dois dias para embarcarem, Juan decidiu passar a noite na casa de Marta. Depois que a avó da jovem faleceu, a jovem se desfez de suas roupas, doando-as para um bazar filantrópico que funcionava em parceria com a igreja matriz de El Alto. Ela dizia que ver os objetos que pertenceram a Rosário a enchia de dor e tristeza, além de aumentar a saudade que sentia da avó.

— Tenho certeza de que ela está em um bom lugar, onde não precisará usar nada do que ficou aqui — Marta justificou ao namorado. Ambos estavam sentados na cama dela.

— Por isso passei tudo para frente! Para que seja útil a outras pessoas.

— E é por isso que amo você, Marta! Por ser bela, linda e bondosa... *La chica que ganó mi corazón*[4]. *La chica que ganó mi corazón* — ele repetiu, como que para ter certeza de que Marta sentiria a fundo sua declaração.

— Eu também o amo muito. Minha vida mudou completamente depois que o conheci. Após a morte da minha avó, não sei

---

4   A menina que ganhou meu coração.

o que seria de mim sem sua companhia e seu apoio. A vida é realmente muito sábia, não?

— Com certeza. Quem diria que iríamos um dia ao Brasil para trabalharmos? Quando conversávamos sobre isso, parecia que tudo não passava de um sonho distante.

— E que agora virou realidade! — Sorrindo, Marta enfiou a mão por dentro da blusa e tirou um escapulário que trazia preso ao pescoço. — Isso pertencia à minha avó. Foi o único objeto dela que não doei ao bazar, além de suas fotografias. Ela sempre o usou e tinha muita fé em seu poder. De um lado, há uma imagem de Jesus Cristo, e do outro, a de Nossa Senhora de Copacabana, nossa amada padroeira. Ela me deu um dia antes de ser internada e me pediu que o guardasse com carinho. Gostaria muito de ter um igual a este para lhe dar... a menos que queira ficar com este.

— De forma alguma. É um presente de sua avó. Além disso, quero que se sinta protegida no novo país que, dentro de dois dias, nos abrigará.

— Viu por que eu o amo tanto? É por isso que não me importo de largar toda a vida que tenho aqui para seguir com você rumo ao Brasil. Quero estar ao seu lado para que, juntos, possamos encarar todos os desafios que virão.

Rindo, Marta colocou o escapulário sobre a mesinha de cabeceira para que se lembrasse de recolocá-lo na manhã seguinte. Quando se voltou para o namorado, foi arrebatada pelo beijo ardente e apaixonado que ele pousou sobre seus lábios. A moça correspondeu ao beijo com a mesma intensidade, e, quando se deram conta, já se despiam no mesmo ritmo, na mesma sintonia.

Apesar de quase cinco meses de namoro, era a primeira vez que faziam amor. Mesmo quando Juan passou a dormir com ela após a morte de Rosário, o rapaz não ousou tocá-la, até porque Marta estava infeliz e depressiva. Agora, em clima de comemoração com a nova conquista, os dois sentiam que a hora havia chegado.

Quando terminaram, estavam suados, sorridentes e muito apaixonados. No peito tinham uma única certeza: independente do que acontecesse, eles superariam juntos todos os desafios, pois o amor que os unia lhes daria força para enfrentar qualquer obstáculo.

***

O dia da partida de Marta e Juan amanheceu tão acinzentado quanto o humor de Dolores. Ela perdera alguns quilos desde que o filho decidira morar no Brasil, e parecia que ninguém estava se importando muito com isso. Ela mesma não se importava consigo, pois toda a sua atenção sempre fora depositada no marido e no filho, os dois homens que tanto amava. E agora um deles a deixaria.

Dolores pensava que talvez estivesse sendo dramática, e o próprio Vicenzo já lhe dissera isso. Porém, qual mãe não choraria diante da mudança do filho para outro país? Ela sabia que deveria encarar o fato como uma conquista e não como uma tragédia, mas sua mente trabalhava num compasso diferente do coração. Ninguém a compreendia.

Ela foi obrigada a reconhecer que Juan e Marta estavam lindos, com as malas aos seus pés. Depois que os dois jovens começaram a namorar, Dolores passou a aceitar Marta como uma filha. Adorava cozinhar para ela e sabia que o filho estaria em boas mãos quando se casassem. Infelizmente, ao que tudo indicava, talvez o casamento nem acontecesse na Bolívia.

— Como está o coração? — sondou Vicenzo com um largo sorriso.

— A mil por hora. Não sabe o quanto esperei por esse momento — respondeu Juan, sorrindo como uma criança feliz.

— E você, Marta?

— Compartilhando dos mesmos sentimentos que ele — afirmou Marta, abraçando Juan pela cintura. — Curiosa, ansiosa e muito empolgada.

— Isso faz parte da aventura! — Vicenzo olhou para as horas no relógio da parede. — Consegui um carro com o Ernani. Ele levará todos nós ao aeroporto em La Paz.

Percebendo que Dolores estava calada e fitando o chão, Juan provocou:

— Mãe, não gostaria de viajar levando na mente sua imagem tão triste. Por favor, aceite essa mudança. Torça por mim e por Marta.

— Acredite que estou fazendo isso, filho — Dolores ergueu a cabeça e forçou um sorriso. — Sei que vocês estarão protegidos pelos anjos do Senhor. E mesmo tão triste, sei também que essa mudança é necessária e importante para o futuro de vocês.

Juan correu até a mãe e beijou-a repetidas vezes na bochecha. Quando Ernani buzinou do lado de fora, eles apressaram-se a levar as malas até o carro. A viagem ao aeroporto foi rápida, e, quando desceram do veículo, Ernani foi o primeiro a se despedir do jovem casal e desejar-lhe muita sorte no Brasil.

O coração de todos acelerou, quando Juan e Marta se prepararam para passar à sala de embarque.

— Chegou a hora, meu garoto! — Emocionado, Vicenzo deu um abraço bem apertado em Juan. — Honre nosso nome e deixe seus velhos pais orgulhosos de você. Prometa-nos que fará isso.

— Com certeza — Riu Juan. — Minha mãe verá que fez a escolha certa ao não me impedir de partir.

— E quanto a você, Marta, está autorizada a dar uns bons puxões de orelha em Juan, caso ele tente sair da linha.

— Farei isso com todo o prazer, senhor Vicenzo — a moça riu, secando as lágrimas discretas.

Juan parou diante de Dolores, que secava os olhos com um lenço florido, e, sem dizer nada, abraçou-a com força. O rapaz era vários centímetros mais alto que a mãe e já superara Vicenzo em altura. Ele beijou-a na testa e acariciou-lhe os cabelos.

— Eu vou voltar, mãe querida! E muito em breve.

— Eu sei disso. E ai de você se não voltar.

— Bem que a senhora também poderia ir com a gente trabalhar na indústria de Ramirez. Tem tanta experiência na área têxtil.

— Não diga bobagens, filho. — Dolores balançou a cabeça para os lados. — Sabe que eu nunca sairia do meu país. Bem ou mal, é aqui que quero continuar a viver e é aqui que quero morrer.

— Eu sei. E quero que saiba que eu a amo muito. Obrigado por ser a melhor mãe do mundo. — Quase a ponto de chorar, Juan voltou-se para o pai e segurou na mão dele. — Obrigado por ser o homem que me ensinou a ser um homem.

— ¡Que *Dios* os acompanhe! — desejou Vicenzo, tentando não cair num pranto sentido. — E nos mandem uma carta assim que chegarem lá. Deem notícias o quanto antes.

— Faremos isso, *papito*!

Juan e Marta beijaram novamente Dolores e Vicenzo e finalmente seguiram para a sala de embarque. Os dois acenaram e sopraram beijos uma última vez, antes de desaparecerem de vista.

— Eles serão felizes, Dolores — garantiu Vicenzo enxugando as lágrimas.

— Espero que sim. Acredita que já estou com saudades? — ela virou o rosto para o marido e, vendo-o chorar, tentou brincar: — Você vai apanhar se eu vir uma única lágrima em seus olhos, afinal, foi o principal responsável por tudo isso. Não se atreva a chorar agora.

— Alguma vez eu já lhe disse que a amo? — Vicenzo beijou-a no pescoço, fazendo Dolores corar por estarem em público. — E agora vamos para casa preparar uma deliciosa sopa de batatas, pois foi graças a elas que a conheci! Está lembrada?

Dolores segurou nas mãos do marido, e os dois caminharam devagar até onde Ernani deixara o carro estacionado. Voltariam para casa, que agora pareceria fria e vazia sem a presença de Juan.

**

Quando o avião se preparou para pousar, e os prédios lá embaixo se tornaram visíveis, Juan, que estava sentado na janela, sentiu uma emoção sem igual. O desconhecido causava-lhe certo temor, porém, o rapaz sabia que não havia razões para se preocupar. Ao lado de Marta, sua estadia no Brasil seria de grande aprendizado.

Após o pouso, os dois jovens passaram pela alfândega, apanharam as malas na esteira e seguiram o fluxo de passageiros na direção do desembarque. Fora a primeira viagem de avião dos dois, e ambos adoraram a experiência. Pouco depois, não tardaram a enxergar um casal que segurava uma placa com o nome do casal.

— Ramirez? — perguntou Juan parando na frente do casal.

— Sim, sou eu mesmo — tratava-se de um homem baixo e troncudo, com cerca de cinquenta anos, olhos apertados, cabelos escuros e pele bem morena. — Esta é minha esposa Dinorá.

A esposa de Ramirez era muito mais jovem que ele e talvez estivesse na casa dos trinta anos, contudo, ela não era uma mulher bonita. Tinha um corpo fino e estreito, ombros caídos e uma cabeça excessivamente grande. Era muito morena e usava os cabelos pretos e lisos em duas trancinhas presas atrás da cabeça.

— Sejam bem-vindos ao Brasil — reforçou Ramirez falando em espanhol.

Algo no olhar daquele casal causou um ligeiro calafrio em Juan, que, instintivamente, apertou a mão de Marta com mais força e pensou que certamente era só uma impressão. Porém, enquanto deixavam o aeroporto na companhia dos desconhecidos, o rapaz rezou para que não se arrependessem de terem viajado ao Brasil.

Ao abrir os olhos, Margarida não conseguiu lembrar-se de imediato em que dia da semana estava, mas não que isso fosse importante. Após o fatídico acidente que levara Guilherme, Ryan e Zara, nada mais tinha importância para ela.

Margarida sentou-se devagar na cama e colocou a palma da mão na testa, quando foi acometida por uma leve vertigem. Esperou alguns instantes até que o mal-estar passasse e, ao se levantar, praticamente se arrastou até o banheiro.

A imagem refletida no imenso espelho que se estendia do rodapé até quase o teto, preso em uma das paredes, mostrava uma mulher com olheiras profundas, rosto encovado e parcialmente encoberto por cabelos desgrenhados. A pele de Margarida estava muito pálida e seus lábios estavam ressecados. Lembrava a visão de uma morta-viva, como se tivesse saído de um filme de zumbis.

Essa ideia provocou uma dor de cabeça incômoda em Margarida, que a obrigou a tomar um comprimido. No armário do banheiro havia outros frascos e tubos, cujo conteúdo ela já ingerira quase completamente nos últimos dias.

Quando seus pensamentos começaram a formar uma linha de raciocínio coerente, Margarida lembrou-se de que deveria ser dia 2 de janeiro, o primeiro dia útil do novo ano. Passara o dia de Natal deitada na cama, tentando dormir ou fingindo para si mesma que estava adormecida. Manteve o celular desligado e o telefone fixo desconectado da tomada. Não queria ser incomodada de forma alguma. Avisara aos seguranças de sua casa que ninguém estava autorizado a visitá-la, com exceção de Anabele, sua secretária. No dia anterior, a moça permanecera na casa de Margarida durante algumas horas e prometera que retornaria todos os dias até que ela se sentisse bem. A cozinheira aparecera para trabalhar, porém, Margarida disse que não precisaria dos serviços dela até que estivesse emocional e psicologicamente em boas condições.

Admitiu para si mesma que se sentia melhor quando estava sozinha. Uma sensação de paz a invadia. O silêncio permitia que ela mergulhasse nas recentes memórias que tinha do marido e dos filhos e se lembrasse de seus sorrisos, suas vozes alegres, seus beijos e abraços. Chorava ao ter tais recordações.

Mesmo após dez dias do acidente, ela não se conformava nem aceitava a tragédia. Ainda nutria a esperança de que os três cruzassem a porta de entrada e fossem correndo ao encontro dela. Apesar de ter visto e tocado em seus corpos frios, o cérebro de Margarida simplesmente não podia admitir a ideia da morte prematura de toda a sua família.

Inclinou-se sobre a pia, abriu a torneira e jogou água fria no rosto. Margarida estremeceu e sentiu um arrepio estranho pelo corpo. Nem sequer tinha certeza de que tomara banho nos últimos dias. Só comia o que Anabele lhe trazia e, depois que a moça voltava para casa, Margarida não colocava um único grão de arroz na boca. Não tinha apetite. Seu corpo parecia pesado e cansado, por isso, gastava todo o seu tempo deitada, ora na cama, ora num dos sofás da sala.

As datas comemorativas de fim de ano praticamente não existiram para ela, pois Margarida se automedicara para garantir um sono pesado e ininterrupto. Não queria pensar que, um ano antes, todos eles estavam ao seu lado, abrindo os presentes de Natal e comemorando a chegada do ano-novo. E, agora, só restava um vazio sombrio e devastador.

Ela escovou os dentes e penteou os cabelos com os dedos, jogando os longos fios castanhos para trás. Aparentava, agora, estar vinte anos mais velha. Para onde fora toda a sua beleza e jovialidade? Provavelmente, estavam enterradas com Guilherme e as crianças.

Quando saiu do banheiro, notou um bilhete grudado na porta do guarda-roupa. Ela não ousara abri-lo desde o enterro, pois não queria se deparar com as roupas que Guilherme usava para trabalhar. Tudo estava no mesmo lugar esperando pelo homem que nunca retornaria para casa. Margarida não tinha coragem de mexer em nada ali e também não fora aos quartos das crianças. Sabia que não conseguiria fazer isso, pelo menos por enquanto.

O bilhete que Anabele escrevera no dia anterior era curto e objetivo. A secretária desejava-lhe melhoras, mas dizia que ela deveria comparecer à empresa o quanto antes, nem que fosse para delegar funções ao vice-presidente.

Margarida sabia que, apesar do fato horroroso que atingira em cheio sua vida pessoal, a empresa deveria continuar com ou sem ela. Rasgou o bilhete e prometeu a si mesma que faria um grande esforço para retornar ao trabalho, nem que fosse para tomar uma decisão radical. Havia profissionais altamente capacitados que poderiam dirigir a revista com maestria, sem que sua presença fosse requerida diariamente.

Ligou o telefone celular, ignorando os constantes bips que anunciavam que ela recebera ligações e mensagens enquanto ele permanecera desligado. Quando o aparelho silenciou, ela constatou que quase todos os recados eram de colegas e amigos que lhe expressavam condolências. Apesar de grata pelo carinho recebido, Margarida sabia que tudo aquilo não tinha serventia alguma.

Que tipo de vida ela teria dali em diante? Seria como um fantasma vagando pela imensidão da casa, sem rumo nem objetivos? Ou deveria voltar a trabalhar normalmente, como se o acidente nunca tivesse acontecido? É óbvio que nunca conseguiria agir de forma mecânica. Ao contrário do que faziam muitas pessoas que passavam por uma grande perda, ela não se dedicaria ao trabalho para "distrair a mente". Não adotaria nenhum tipo de válvula de escape.

Vestiu um conjunto social preto e sapatos sem saltos também pretos, mas não colocou nenhum adorno ou maquiagem. Não via mais razões para se produzir. O único homem que sempre a elogiara por sua beleza não estava mais por perto.

Como não se sentia fisicamente preparada para dirigir pelo tráfego caótico de São Paulo, optou por chamar um táxi. Foi seu primeiro telefonema desde a tragédia. Enquanto aguardava a chegada do veículo, colocou documentos e algum dinheiro na bolsa.

Seus gestos eram todos automáticos, sem nenhum tipo de emoção, como um robô programado para desempenhar funções.

Em momento algum reparou que não estava sozinha na casa. Imóvel em um canto do seu quarto, com os braços estendidos para frente, havia um vulto indistinguível. Estava de pé, com as costas apoiadas na parede, acompanhando atentamente cada movimento de Margarida. A figura era tão sutil, que, mesmo do lado astral, mal se podia definir sua aparência. Não dizia nenhuma palavra, não sorria, não chorava. Simplesmente observava Margarida e esticava os braços, como se quisesse tocá-la.

Quando o taxista apareceu dez minutos depois, Margarida já o aguardava do lado de fora da casa. Ela forneceu-lhe o endereço da empresa em voz baixa, e não tardou para que o motorista percebesse que sua passageira não estava nada bem. •

— Como foi a passagem de ano da senhora? — ele quis puxar assunto. Era um senhor negro, de cabelos grisalhos, na casa dos sessenta anos.

Margarida não respondeu. Odiava deixar transparecer a impressão de que era uma mulher mal-educada, mas, se dissesse qualquer coisa, sabia que fatalmente iria às lágrimas. Estava muito sensível.

— Começamos mais um ano, não é mesmo? Novos desafios, muitas surpresas... Eu espero que este ano seja tão bom quanto foi o ano passado, pelo menos para mim.

Do assento traseiro, Margarida levantou a cabeça e encontrou os olhos escuros do motorista pelo espelho retrovisor interno. Ela continuou calada, mas dessa vez assentiu com a cabeça. De que resolveria contar que sua vida jamais seria a mesma?

— Acho que a estou incomodando com minha conversa, não? — ele sorriu, como se estivesse pedindo desculpas. — Ignore meu falatório. É que normalmente não controlo a matraca.

Mesmo sem vontade de conversar, Margarida decidiu responder. Sempre gostou de bater papo com as pessoas, antes de perder toda a alegria de viver.

— É o senhor quem deve me desculpar... Não estou tendo um dia muito bom.

— Por quê? A senhora abriu os olhos, não foi? Já ganhou um belo presente com isso. Sempre quando abrimos os olhos, a vida nos dá mais um dia de aprendizado e de novas possibilidades. Viver é uma dádiva!

Isso foi o suficiente para Margarida se entregar a um pranto silencioso.

— Espero que o senhor não se importe — ela murmurou —, mas gostaria de viajar em silêncio até meu destino. Como lhe disse, não estou nada bem.

— Tudo bem — o taxista deu de ombros e cumpriu o pedido de Margarida.

Quando o táxi parou diante do enorme edifício de vidro na Avenida Brigadeiro Faria Lima, Margarida pagou a corrida e secou a última lágrima. Quando virou o corpo para abrir a porta do carro, ela ouviu-o dizer:

— Não importa o que tenha acontecido, lembre-se de que tudo vale como experiência. Cada pedra em nosso caminho serve para nos fortalecer. Independentemente do que tenha ocorrido com a senhora, saiba que a vida só nos empurra para frente, mesmo que às vezes tenha de apertar o cerco. Ninguém regride. Tudo está certo como está, e, mesmo que seja difícil aceitar ou compreender essa afirmação, um dia a senhora perceberá que tenho razão.

— A vida foi muito cruel comigo — Margarida conseguiu retrucar com voz trêmula.

— Ela nunca é cruel com ninguém, moça. Estamos neste mundo para aprender, porém, nós mesmos atraímos alguns resultados, que são frutos de nossas escolhas. Às vezes, o sofrimento é inevitável, porque só aprendemos algumas lições por meio da dor. Cada um aprende e vence de formas diferentes. Somos únicos. E mesmo que a senhora nunca concorde comigo, volto a repetir: a vida é uma dádiva. Todos os dias, agradeço a Deus por estar aqui. Amo viver, amo ser quem sou e amo os ensinamentos que a vida me traz. Amadureci muito depois que aprendi alguns dos verdadeiros valores da alma.

Margarida tornou a menear a cabeça em consentimento, forçou um sorriso ao motorista e desceu. Aquela conversa pareceu-lhe um papo religioso, mesmo que o senhor não tivesse feito menção a alguma religião. Ela imaginou que, se a conversa se estendesse mais um pouco, ele acabaria convidando-a para visitar sua igreja e isso Margarida não queria. Nem mesmo sabia se ainda acreditava em Deus, depois de Ele ter levado Guilherme, Ryan e Zara.

Adentrou a requintada recepção procurando não olhar para nenhum rosto. Queria passar despercebida, mesmo que isso fosse uma tarefa quase impossível. Assim que passou pela catraca com seu crachá e entrou em um dos elevadores, percebeu que subiria com outros dois funcionários da empresa, além do ascensorista Macedo, velho conhecido seu.

— Dona Margarida, meus pêsames! — balbuciou Macedo com pesar nos olhos. — Não consigo acreditar no que aconteceu...

— Obrigada — foi tudo o que ela respondeu, baixando o rosto em seguida, num sinal claro de que o assunto deveria morrer ali.

O homem, contudo, insistiu:

— Não consigo imaginar como a senhora esteja suportando tanta dor.

— Nem eu, Macedo — Margarida encarou-o, desviou o olhar para os outros dois homens que estavam no elevador e mal conteve o alívio quando chegou ao seu andar. — Obrigada mais uma vez.

Depois que Margarida saiu do elevador e as portas se fecharam, Macedo virou-se para os homens:

— Vocês viram como ela está acabada? Não se parece em nada com a mulher que me deu uma gorda caixinha de Natal. Judiação! Ela sempre foi tão boa conosco.

— É a vida, Macedo — tornou um dos homens. — Quem morreu descansou. Para quem ficou, a vida segue.

Enquanto caminhava até sua sala, Margarida cruzou com Anabele pelo caminho, que se levantou de um salto ao reconhecer a chefe.

— Não acredito que realmente tenha vindo! Meu bilhete funcionou!

— Anabele, por favor, convoque uma reunião às pressas com todos os supervisores, diretores, coordenadores e os principais editores. Também solicite a presença do vice-presidente aqui. Frise a informação de que todos devem interromper imediatamente o que estão fazendo para me encontrarem na sala principal de reunião dentro de vinte minutos. Obrigada.

Sem esperar por resposta, Margarida entrou em sua sala e fechou a porta ao passar. Anabele estava boquiaberta. Sabia que a chefe proferira aquela ordem de forma mecânica e impessoal. Como a acompanhara de perto após a morte do marido e dos filhos, sabia o quanto ela estava debilitada e alquebrada interiormente. Quem a visse ali, pronta para dar início a uma reunião importante, não faria ideia de que a mulher estava praticamente morta por dentro.

Quando todos os membros importantes da revista chegaram à sala de reunião, Anabele comunicou a Margarida que estava sendo aguardada. Assim que ela entrou na sala de reunião, notou a mudança na atmosfera quando os vários pares de olhos fixaram-se em seu rosto. Percebeu que todos estavam chocados com sua aparência, assim como ela mesma se assustara ao se encarar no espelho pela manhã.

Como desejava ser breve e sucinta para escapar dali o quanto antes, Margarida foi direto ao ponto:

— Bom dia a todos! Espero que tenham feito uma excelente passagem de ano. Eu os reuni aqui por um motivo muito simples: desejo colocar meu cargo à disposição. Estou saindo da empresa.

Um burburinho tomou conta da sala. Um senhor com uma farta cabeleira branca, que era o vice-presidente da empresa, ficou de pé e fitou Margarida duramente. Aquele era o maior disparate que já ouvira.

— Creio que eu e nossos colegas não tenhamos entendido bem o que disse, Margarida. O que está querendo dizer com isso? Não pode deixar a empresa sem mais nem menos.

— Cláudio, creio que tenha sido clara em minhas palavras. Todos aqui sabem que passei por uma dolorosa perda recentemente e que preciso cuidar de mim, pois não estou em condições de continuar à frente de uma empresa deste porte. Por essa questão pessoal, desejo me desligar das minhas funções. Você assumirá a presidência em caráter definitivo.

Um homem magro e alto também ficou de pé e mexeu no nó da gravata. Era o editor-chefe da revista.

— Margarida, sentimos muito pelo horror que você vivenciou antes do Natal. Todos nós desejamos lhe prestar condolências e nos colocar à sua disposição, caso necessite de qualquer tipo de apoio, entretanto, não pode sair da empresa de uma hora para outra. Sabemos que Cláudio é plenamente capaz de assumir o novo cargo, todavia, há mais do que isso em jogo. Além das questões burocráticas pelas quais teremos de passar, nossa revista tem seu perfil, pois você tem sido a principal colaboradora pelo seu crescimento. Temo que essa mudança não agradará nossos leitores.

— Discordo, Edmilson — rebateu Margarida, em pé diante da sala, sentindo as pernas tremerem. Nem sabia de onde estava tirando forças para sustentar aquela reunião. — Nossos leitores compram a revista, porque gostam de nossas matérias e dos assuntos abordados. Ponto final. Para eles, é indiferente quem assumirá a gestão da empresa, desde que isso não prejudique sua qualidade editorial. Ademais, por que acreditam que Cláudio não possa fazer um trabalho similar ao meu ou até melhor? Ele merece um voto de confiança, assim como todos vocês. Confio muito nessa competente equipe de trabalho. Ainda me deixarão muito orgulhosa.

E, diante de olhares estarrecidos, Margarida deu por encerrado seu pronunciamento e apenas comentou que faria outra reunião fechada com Cláudio para discutirem e acertarem todos os detalhes para a transição da presidência. Finalizou dizendo que não ficaria disponível após se desligar da empresa, pois queria preservar a mente dos assuntos profissionais.

Margarida seguiu direto para o departamento de Recursos Humanos, onde oficializou sua demissão. Não queria cumprir aviso prévio, nem permanecer mais um único dia ali, mesmo que amasse as pessoas e aquele trabalho. Não sabia ainda o que faria nos dias seguintes, se é que haveria algo de útil a fazer. Seu brilho interior apagara-se como um rastro de fumaça, da mesma forma que as três pessoas que mais amava também haviam desaparecido de sua vida.

Ela voltou à rua quase correndo, como se tivesse urgência de se afastar do ambiente onde praticamente construíra sua sólida carreira. Nem mesmo se despediu de Anabele ou de qualquer outro funcionário. Quando entrou no táxi, nem sequer se virou para olhar uma vez mais para o gigante edifício de vidro. Graças àquela empresa, tivera a oportunidade de conhecer Guilherme. Sempre seria grata por tudo o que aprendera lá dentro, porém, a empresária famosa, inteligente, que era vista como um ícone do mercado editorial, não existia mais. A própria Margarida sabia que agora era apenas a sombra da mulher que fora um dia.

10

De volta à sua casa, Margarida seguiu diretamente para o quarto, jogou a bolsa sobre a cômoda e atirou-se na cama chorando copiosamente. Chamava baixinho pelos nomes do marido e das crianças, como se com isso pudesse ter novamente a companhia deles.

O vulto, que mal passava de um borrão, permanecera no mesmo lugar. Assim que viu Margarida entrar correndo no dormitório, voltou a esticar os braços, caminhou alguns passos e parou diante da cama dela. Queria fazer alguma coisa, mas não se sentia capaz. Não depois de tudo o que acontecera.

Nem mesmo era capaz de secar as próprias lágrimas, que escorriam silenciosamente por seu rosto, assim como as de Margarida.

Quando, muito tempo depois, conseguiu acalmar-se, Margarida sentou-se na cama e olhou para um ponto vazio. Sabia que Ryan e Zara ficariam terrivelmente preocupados se a vissem naquele estado. As crianças choravam quando a viam chorar, e, se estivesse ali, Guilherme iria abraçá-la, lhe daria muitos beijos e lhe levaria um chá delicioso. Ela raramente chorava quando estava com eles, porque os três só lhe davam motivos para ser feliz. Eram seu porto seguro, seu passaporte para um reino encantado, onde todos se amavam, riam juntos e compartilhavam bons momentos.

Margarida foi novamente até o banheiro e tomou outro comprimido para dor de cabeça. Viu os outros frascos, que continham remédios mais fortes, e teve vontade de tomar algum deles somente para se sentir dopada e apagar na cama completamente, porém, ainda havia algo a ser feito.

Com passos pesados e lentos, Margarida foi até o quarto de Ryan, sentindo um amargor preencher seu estômago. Tudo estava arrumado como Guilherme deixara ao preparar as crianças para a viagem. Ela viu alguns dos brinquedos do filho sobre a cama e outros em cima do guarda-roupa e, sobre a escrivaninha, um porta-retratos grande com uma imensa fotografia de Ryan sorridente. Ele vestia um uniforme de seu time favorito e trazia consigo uma bola de futebol. Seu olhar tinha tanta vida que dava a impressão de que fitava diretamente Margarida.

— Continue, Margarida, ou você nunca conseguirá fazer isso — ela sussurrou para si mesma.

Ela abriu o guarda-roupa e começou a tirar as peças e outros objetos do menino. Cada vez que tocava nas roupas do filho e sentia seu cheiro, parecia que uma lança afiada perfurava seu coração. Lembrou-se, então, das palavras do taxista, que disse que às vezes o sofrimento era inevitável e que só tiramos alguma lição por meio da dor. Pensou em qual seria sua lição se perdesse as pessoas que mais amava. Não era possível que houvesse algum aprendizado diante de um cenário tão triste e irremediável.

Quando esvaziou o armário do filho, bem como as gavetas da cômoda que pertencera a ele, Margarida foi ao quarto de Zara e fez a mesma coisa. Novamente, a dor sentimental a invadiu transformando-se em dor física. A cabeça da mulher estava explodindo, e uma pressão em seu peito começou a incomodá-la. Da porta do quarto, o vulto indistinto continuava à espreita, sempre em seu mutismo habitual.

Depois de esvaziar os guarda-roupas e as cômodas dos filhos, Margarida retirou as roupas, os sapatos e os utensílios de Guilherme. Quando pensava que todo o sofrimento teria fim, as coisas aconteciam para piorar seu estado de espírito. Desfazer-se dos pertences de pessoas queridas, que conviveram na mesma casa até uma semana antes e que jamais retornariam, não era uma tarefa fácil.

Margarida pediu aos seguranças da casa que providenciassem várias caixas de papelão, sem lhes dar mais explicações. Quando eles retornaram trazendo as caixas, a empresária começou a empacotar tudo, ora falando sozinha, ora pronunciando os nomes do marido e dos filhos, ora brigando com a vida, ora chorando baixinho.

Quando terminou, entrou em contato com uma instituição que descobrira pela internet e solicitou que viessem buscar as doações. Eles repassavam o que angariavam para hospitais, asilos e penitenciárias.

A equipe solícita apareceu no mesmo dia com uma van, agradeceu euforicamente Margarida pelas doações, e, depois que saíram levando todas as caixas, ela sentiu que fizera uma boa escolha. Todas as roupas e todos os objetos que haviam sido doados tinham ótima qualidade, e seus donos não precisariam mais deles. Obviamente, essa constatação levou-a para uma nova onda de choro, porque era a fatal confirmação de que eles realmente não voltariam. Era a primeira constatação racional de que sua família morrera e que ela estava sozinha. Era o primeiro passo para a aceitação, mesmo que isso não fosse sinônimo de conformação.

Com a mente embotada, Margarida cambaleou até o banheiro e seguiu direto para o armário da parede. Apanhou todos os frascos com os medicamentos controlados e levou-os até a cama. Destampou cada pote e espalhou os comprimidos coloridos sobre a colcha estampada. Considerava-se uma sobrevivente graças àquelas drogas.

Saiu do quarto e voltou logo depois trazendo uma garrafa de água mineral sem gás. Precisava ser corajosa o bastante para fazer o que planejava. Não temia a morte. A hipótese de passar o restante de sua vida sozinha soava-lhe muito mais aterrorizante.

— Que todos me perdoem por isso — Margarida sibilou para si mesma, colocando na boca cinco cápsulas de uma só vez. — Mas este é o único jeito de eu me encontrar com as pessoas que amo.

Ingeriu um gole da água e lançou mais remédios à boca. Engolia-os depressa, empurrando-os com a água. Suas mãos estavam trêmulas, contudo, ela não podia parar. Precisava ir até o fim.

Margarida perdeu as contas de quantos comprimidos engoliu antes da primeira e violenta tontura invadir sua cabeça. Tentou deitar-se na cama, porém, viu seu quarto girar em uma velocidade alucinante. Tudo ficou escuro de repente, enquanto seu corpo escorregava da cama para o piso acarpetado. Uma fina camada de saliva começou a brotar pelo canto da boca da mulher, que ainda teve tempo de pensar no rosto de Guilherme e dos filhos antes de seu corpo começar a esfriar, sua pulsação enfraquecer e ela perder totalmente a consciência.

A Rua José Paulino, no bairro Bom Retiro, em São Paulo, é famosa por seu comércio de roupas e tecidos de preços variados. Muitas lojas ali possuem fabricação própria, por isso conseguem vendê-las por valores mais baixos. Lojistas de diversas localidades do Brasil vão à região em busca de ofertas e compram as peças em grandes quantidades, de forma que possam revendê-las em suas cidades e ainda garantir uma boa margem de lucro. Muitos dos empresários da região tinham origem coreana, mas o bairro em si conta com um rico multiculturalismo graças à diversidade de estrangeiros que ali fixaram residência, como italianos, judeus, gregos e, recentemente, bolivianos.

Juan e Marta estavam deslumbrados com tudo o que viam desde que saíram do aeroporto internacional localizado na cidade de Guarulhos, vizinha da capital paulista. Sem conter a emoção e o entusiasmo por estarem no Brasil, numa grande metrópole do país, o casal não continha as perguntas e as dúvidas que surgiam durante o percurso.

— Quantos carros passam nessa avenida! — comentou Juan de dentro do carro de Ramirez, com os olhos fixos nas paisagens.

— É chamada de Marginal Tietê — explicou Ramirez pacientemente. — Boa parte das rodovias que levam a outras cidades e outros estados se inicia aqui. O rio que vocês conseguem enxergar ao lado já foi limpo um dia, muito antes de eu me mudar para cá.

— E como faz calor nesta cidade! — apesar de as janelas do carro estarem abertas, Marta abanou-se com a mão.

— Diz isso porque vocês saíram de uma geladeira! — Dinorá virou a cabeça para trás e sorriu para a moça. — Está aí um dos motivos pelos quais não quero voltar para a Bolívia. Amo a temperatura que faz aqui.

— Eu ouvi falar que em São Paulo há muitos *shoppings* — Juan comentou novamente.

— Sim, há vários — confirmou Dinorá. — Cada um é maior e mais lindo que o outro.

— Quando poderemos conhecê-los? — interessou-se Marta.

Juan, que virara a cabeça para Ramirez à espera de uma resposta, não deixou de notar quando o homem trocou um ligeiro olhar com Dinorá, que logo respondeu:

— Meus amores, me parece que vocês estão aqui para trabalhar, não é mesmo? Ainda nem ganharam o primeiro salário e já querem se divertir?

— Vocês precisam ter calma e paciência — completou Ramirez com um sorriso enigmático. — Há muitas surpresas esperando pelos dois.

Sem saber explicar o porquê, Juan sentiu um estremecimento desagradável no corpo ao escutar a última frase de Ramirez. O rapaz olhou para Marta e notou que a namorada tivera a mesma impressão, pois ela segurava o escapulário herdado da avó como se estivesse em oração.

Aos poucos, Juan e Marta cessaram de fazer perguntas, embora ainda tivessem muitas dúvidas sobre o que viam lá fora. Quando o carro embicou em uma rua bem movimentada, onde havia pessoas caminhando apressadas de um lado a outro, Juan voltou a prestar atenção no que acontecia a seu redor. As lojas eram encostadas umas nas outras, e parecia que todas vendiam roupas. O rapaz imaginou que estivessem chegando à fábrica de Ramirez, porém, se absteve de indagar.

Depois de estacionarem em uma das ruas transversais do bairro, Dinorá desceu, pediu aos jovens que fizessem o mesmo e, em seguida, disse que eles deveriam retirar todas as bagagens do porta-malas. Assim que eles cumpriram a ordem, Ramirez deu a partida e afastou-se com o veículo.

— Para onde ele foi? — questionou Juan.

— Guardar o carro em um lugar seguro — Dinorá olhou para Juan e Marta antes de continuar: — Daqui a pouco, ele nos encontrará. A fábrica é perto daqui. Seguiremos a pé pelo restante do caminho. Venham comigo.

Dinorá não se ofereceu para ajudar a carregar as malas dos jovens, nem mesmo pegou a menor das valises. Andava rapidamente na frente, como se tivesse pressa de chegar ao seu destino. Marta e Juan esforçavam-se para correr atrás da mulher de Ramirez, puxando as malas pela alça e torcendo para que as rodinhas delas não se quebrassem nos buracos da calçada.

Quando pararam em uma esquina para aguardar o semáforo fechar, Dinorá voltou-se para eles e perguntou:

— Vocês são lentos, não? Se pretendem trabalhar na mesma velocidade que caminham pela rua, com certeza só nos darão prejuízo.

— Desculpe! As malas estão pesadas, e não conseguimos acompanhar seus passos — murmurou Marta chateada com aquele comentário.

— E o que trouxeram aí dentro? Pedras ou chumbo? Vocês estão aqui para prestarem um serviço e não para se hospedarem em um hotel de luxo.

— Sabemos disso — assentiu Juan. — Ajudaria mais se você pudesse carregar uma das malas para nós. Veja! Estou arrastando duas bagagens grandes e mais essa valise de ombro.

— Isso é problema de vocês. Ninguém mandou trazer a casa toda dentro das malas — Dinorá inclinou de lado a cabeça. — Ademais, a patroa aqui sou eu e não me vejo obrigada a fazer nada pelos meus empregados. Ah, e não se esqueçam de que o transporte será descontado do primeiro salário de vocês.

— Que transporte?

Dinorá olhou de cara feia para Juan, que fizera a pergunta.

— Ramirez e eu não fomos buscá-los no aeroporto? Como viram, não fica perto daqui, e gastamos muito combustível nesse trajeto. Futuramente, vocês deverão nos reembolsar pelas despesas.

Juan ia retrucar, mas, a um gesto de Marta, decidiu manter-se calado. Quem aquela mulher pensava que era para tratá-los daquele jeito? Considerava-se uma madame grã-fina, superior aos dois?

Andaram por mais dois quarteirões até Dinorá parar diante de dois enormes portões verdes, de ferro, que impediam os transeuntes de espiarem o interior da construção. Tratava-se de um prédio térreo, com paredes de mármore do lado de fora. Não tinha identificação alguma. Juan tentou ler o nome da rua na placa, mas as palavras em português lhe soavam estranhas, e ele não tinha certeza se realmente saberia informar qual era aquele endereço.

Dinorá bateu três vezes no portão, que foi aberto pelo lado de dentro por outro boliviano mal-encarado, forte, troncudo e alto. Ela não disse nada, mas fez um sinal para que Juan e Marta entrassem.

— A fábrica é aqui? — Marta quis saber olhando ao redor, realmente espantada.

— As máquinas ficam logo ali na frente — explicou Dinorá. — Venham comigo.

Quando o portão foi fechado por dentro, Juan virou a cabeça para trás, sob o olhar de poucos amigos do homem que deveria ser o segurança. Seguiram por um corredor estreito e parcamente iluminado por duas lâmpadas amareladas. As paredes eram frias e estavam escurecidas pela umidade que se espalhava em seu interior. Um cheiro incômodo de mofo tomava conta do ambiente. O teto era baixo, e um homem com mais de 1,90 metro de altura só poderia caminhar por aquele trecho se curvasse o corpo.

O corredor comprido levava a uma porta trancada com dois cadeados. Juan e Marta, com os olhos arregalados, viram quando Dinorá sacou um molho de chaves da bolsa e destrancou os cadeados com rapidez. Ela empurrou a porta depois de aberta, e eles se viram em um corredor semelhante ao primeiro, que terminava em dez degraus. Ao final da descida, outra porta também trancada com cadeados os aguardava.

— O que está acontecendo aqui? — Juan estava indignado e bastante assustado. — Dinorá, viemos para trabalhar em uma fábrica e me parece que alguma coisa está errada. Desculpe a sinceridade, mas tenho a impressão de que estamos descendo para as masmorras de um castelo. Se a empresa de Ramirez fica aqui, com certeza precisa passar por muitas reformas.

— Cale a boca, *chico* intrometido! — ralhou Dinorá, enquanto destrancava os novos cadeados. — Dê-se por satisfeito por terem emprego garantido aqui. Não foi para isso que vieram?

— Ninguém me manda calar a boca! — Juan olhou friamente para Dinorá. — Não estou gostando nem um pouco disso.

— Problema seu — com a porta aberta, Dinorá mandou que eles entrassem.

Assim que Juan e Marta passaram, foram empurrados por dois homens rudes, sisudos e musculosos. Ambos eram bolivianos e não disseram nenhuma palavra. Simplesmente lançaram o casal de namorados contra uma parede e os pressionaram de tal forma que não havia como escapar.

Juan percebeu que estavam sendo revistados. Com o rosto pressionado contra a parede áspera, ele sentiu uma corrente de ódio quando ouviu Marta soltar um grito de protesto. Não precisava olhar para saber que o segundo homem estava apalpando sua namorada nas partes íntimas.

— Eles não trouxeram celular nem outro meio de comunicação — concluiu o homem que revistara Juan após largá-lo bruscamente. — Nas roupas estão apenas os documentos que usaram para viajar.

— Revistem as bagagens deles — ordenou Dinorá impassível.

Quando um dos sujeitos caminhou até a primeira mala, Juan, dominado pela fúria diante do que estava acontecendo ali, saltou sobre as costas do homem e desferiu-lhe vários socos na cabeça, entretanto, parecia que estava agredindo um pneu. Os nós de seus dedos começaram a doer, momento em que o grandalhão tirou o rapaz das costas e lhe aplicou um direto no rosto, fazendo Juan desmaiar na hora.

— Parem com isso! Eu lhes imploro! — com as palmas das mãos unidas, Marta fitou Dinorá. Havia lágrimas de medo em seus olhos. — Podem revistar tudo o que trouxemos, mas, por favor, não machuquem Juan.

Dinorá deu de ombros e ordenou que os homens continuassem o trabalho de inspeção das malas. Marta correu até Juan, que estava caído a um canto do salão, e notou que o sangue descia em profusão pelo nariz do rapaz. A moça temeu que o brutamontes o tivesse quebrado.

Marta mal conteve sua revolta quando viu suas peças de roupas, tão cuidadosamente passadas e dobradas, serem atiradas e espalhadas pelo chão como se fossem lixo, e começou a pensar que ela e Juan haviam caído em uma armadilha. Aquela mulher não era a verdadeira Dinorá, assim como o homem que os trouxera do aeroporto não era Ramirez. Talvez fossem bandidos que tivessem tomado a identidade dos dois com a intenção de assaltá-los.

— Tudo o que encontramos de útil foi algum dinheiro — o agressor de Juan estendeu uma carteira para Dinorá. — Não tem muito aí, mas daria para eles se virarem, se trocassem por reais na casa de câmbio.

— Eles não vão precisar de dinheiro aqui — sorrindo, Dinorá guardou a carteira em sua bolsa. — Ortega, leve-os ao alojamento. Depois, volte e dê um jeito nos pertences deles. Faça tudo isso sumir.

— Como sempre, senhora — o boliviano imenso também sorriu.

Quando Ortega avançou na direção em que Marta estava agachada diante de Juan, tentando reanimá-lo, a moça suplicou:

— Eu lhe imploro... não nos façam mal. Se o que vocês queriam era o dinheiro, já conseguiram. Somos muito pobres e não trouxemos nenhum bem material. Nos deixe ir embora.

— Fique quieta, menina chata! — rosnou Dinorá. — Ortega, faça o que já sabe — ela fixou o outro grandalhão. — Calderón, venha comigo ao escritório. Precisamos conversar seriamente com Ramirez sobre esses dois.

Dinorá seguiu com Calderón por uma porta gradeada, localizada ao fundo do salão. Chorando, Marta continuava agachada, sacudindo Juan, que não despertava.

— Vamos, levante-se. Há muita coisa a ser feita — intimou Ortega.

— Creio que haja algum engano — Marta cochichou. — Nós viemos em busca de trabalho na fábrica têxtil de Ramirez. Ele é primo de Vicenzo, o pai do meu namorado, mas estou achando que viemos parar no lugar errado. Suplico-lhe que nos deixe ir embora. Juan está sangrando e precisa de tratamento médico.

— Não enche! Levante-se, já disse. Se eu tiver de repetir a ordem, vou colocá-la de pé na marra, puxando-a pelos cabelos.

Como sabia que Ortega era bem capaz de cumprir aquela promessa, Marta ficou em pé. Por sorte, Juan começava a se mexer. Quando ele abriu os olhos, ela suspirou aliviada.

— O que aconteceu? — ainda atordoado, Juan tentou limpar o sangue que vertia do nariz. — O que você fez, seu imbecil?

— Foi só um soco no nariz para que fique esperto comigo. Agora pare com essa frescura toda e se coloque de pé. Vou levá-los ao quarto onde dormirão.

— Quem são vocês? — com dificuldade, Juan deu a mão para Marta e levantou-se. Tocou o nariz, que, apesar de sangrar e latejar dolorosamente, não estava quebrado.

— Aqui vocês não fazem perguntas — foi a resposta seca de Ortega. — Agora, venham comigo.

Juan viu as malas abertas e reviradas, as roupas espalhadas por todos os lados. Sentiu um aperto na garganta e uma terrível vontade de chorar. Em que tipo de enrascada haviam se metido? Bem que Dolores fora contra aquela mudança para o Brasil desde o princípio. O que sua mãe diria se o visse naquelas condições, correndo perigo nas mãos daquelas pessoas estranhas e ameaçadoras?

Como se precisasse de um porto seguro, Juan deu a mão para Marta e sentiu a namorada apertá-la com firmeza. Ambos estavam assustados e preocupados com o que poderia acontecer a eles. Se não tivessem como fugir dali? Se passassem por outros tipos de torturas e humilhações? E se fossem mortos por aqueles bandidos? Não havia como antever o futuro, se é que teriam algum.

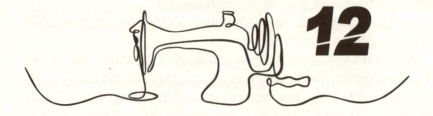

12

    Os jovens caminharam na frente de Ortega, seguindo pelo caminho que ele apontava, e passaram pela porta com grades por onde Dinorá também saíra. Os dois se viram numa pequena bifurcação, seguiram pelo caminho da esquerda, e o novo corredor novamente se transformou em dois. Para Juan, aquilo era uma espécie de labirinto.

    Finalmente chegaram a uma sala imensa, com a melhor iluminação já vista naquele lugar. Avistaram mais de trinta pessoas, praticamente todas bolivianas, trabalhando em grandes máquinas de costura ou operando outras ainda maiores. Quando notaram a presença dos recém-chegados, todos viraram o rosto na direção deles, sem parar de trabalhar. Ao lado das máquinas, havia pilhas de roupas, retalhos e rendas. Grandes carretéis com linhas coloridas ocupavam o centro daquele salão. Alguns funcionários tinham o privilégio de trabalhar sentados em banquetas frágeis de madeira, enquanto a maioria permanecia de pé.

    Outros dois homens, que se pareciam fisicamente com Ortega, monitoravam o funcionamento do espaço, atentos a tudo o que os empregados faziam. Juan imaginou que eles eram uma espécie de vigias e que provavelmente estavam armados.

    O teto era baixo, e Juan poderia tocá-lo sem precisar erguer muito o braço. Lâmpadas brancas clareavam o local, que estava impregnado com uma mistura de aromas, que variava do odor de suor mais fétido ao cheiro dos tecidos novos. Fios descascados brotavam das laterais de algumas lâmpadas e desciam enrolados como serpentes até as cabeças de alguns funcionários.

Um único ventilador de pouca potência tinha a tarefa de fazer o ar circular, o que certamente não dava muito certo, considerando a atmosfera abafada daquela área. Ao fundo, havia uma porta com a palavra *aseos* escrita nela, que significava banheiros. O ruído constante das máquinas em atividade soava como uma péssima música de fundo.

— Esses dois vieram se juntar a vocês — explicou Ortega. — Rosalinda, diga a eles o que deverão fazer, mas antes mostre onde irão dormir.

Uma mulher de meia-idade concordou com a cabeça e fez um sinal com a mão. Desconfiado, Juan olhou para Ortega, que indicou com o queixo o novo caminho que deveriam fazer. Ciceroneados pela desconhecida, cruzaram outra porta de madeira, que estava toda esburacada graças à presença de cupins em seu interior. Chegaram a mais um salão, onde pelo menos três dúzias de colchões estavam estendidos no chão, enfileirados um ao lado do outro. Em cima de alguns havia sacolas plásticas com os pertences das pessoas que ali dormiam. Rosalinda parou diante dos dois últimos.

— Como vocês se chamam?

— Juan e Marta — ele respondeu pelos dois.

— Eu sou uma espécie de gerente. Supervisiono o trabalho de todos os funcionários, embora não me orgulhe nem um pouco deste cargo — ela apontou para baixo. — Vocês dormirão aqui. Um colchão para cada. Vejo que são namorados, portanto, nem pensem em namorarem, muito menos transarem no alojamento. Serão castigados caso sejam flagrados em atitudes semelhantes.

— O que querem conosco? — indagou Marta, apavorada. — Por que nos trouxeram aqui?

— Por favor, falem baixo. Vocês procuraram por isso — nos olhos de Rosalinda havia dor e pesar, além da indisfarçável compaixão. — Este é o destino de todos os que chegam para trabalhar aqui.

— Então, eles não são criminosos substituindo os verdadeiros donos da fábrica... — sussurrou Marta. — Dinorá é realmente aquela mulher cruel e desumana?

— Infelizmente, sim. Ouçam, não posso falar muito. Eles instalaram câmeras aqui. Sei que nos observam o tempo todo e acredito que também possam nos ouvir. Só lhes peço que tenham cuidado com todos eles. Não os desacatem de maneira alguma.

— Ou acontecerão coisas piores que isso — Juan tocou o nariz inchado.

— Sim. Ramirez não é tão violento, mas a esposa dele é uma bruxa. Ela ordena aos seguranças que nos agridam, se pararmos para descansar fora dos horários apropriados. Se quiserem ter um pouco de paz aqui dentro, tentem evitá-la. Caso ela se dirija a vocês, não a provoquem nem a deixem irritada — Rosalinda olhou por cima do ombro para se certificar de que estavam sozinhos e, antes de continuar, baixou ainda mais o tom de voz: — Todos nós fomos enganados. Viemos atrás de um sonho, que se tornou um pesadelo quando descobrimos a realidade. Aqui somos tratados como escravos.

— E por que fazem isso? — Juan não se conformava. — São bolivianos como nós! Como podemos ser escravizados pelo nosso próprio povo, em pleno século 21?!

— Não tenho as respostas para essas perguntas, pois eu mesma já as fiz dezenas de vezes desde que cheguei aqui, rapaz. — Rosalinda baixou a cabeça. — Vim com o meu filho. Ele tinha mais ou menos a sua idade. Cometeu a tolice de esmurrar Ramirez, e, sob as ordens de Dinorá, os seguranças o levaram para outro lugar. Desde então, nunca mais o vi. Já faz quase dois anos desde que isso aconteceu.

Ela esforçou-se para não chorar. Juan sentiu vontade de abraçá-la, mas se conteve para que não fossem flagrados e para que Rosalinda não se comprometesse.

— Bem, prefiro não pensar nisso, ou fico muito mal — ela forçou um sorriso entristecido. — Assim que puder, vou trazer algo para você passar em seu nariz. Vai ajudar a pôr fim na dor que deve estar sentindo. Agora, preciso que venham comigo de volta ao salão das máquinas. Vou lhes mostrar onde ficarão e o que devem fazer. Há algumas máquinas de costura disponíveis.

— Eu não sei costurar — adiantou-se Juan.

— Eu sei muito pouco, pois era minha avó quem reformava nossas roupas — emendou Marta.

— Terão de aprender. Não é nenhum bicho de sete cabeças. Eu lhes darei as instruções iniciais até que peguem o jeito. Se outras dúvidas surgirem, podem me chamar.

Regressaram ao salão, onde os costureiros bolivianos trabalhavam arduamente. Ortega havia desaparecido, contudo, os outros dois seguranças estavam por perto, sempre atentos à movimentação. Rosalinda levou-os até duas máquinas, próximas uma da outra. Não havia bancos para todos, e ela explicou que, infelizmente, o casal deveria trabalhar de pé.

— Marta, você ficará nesta máquina. Está vendo todo esse tecido branco dobrado no chão? Será usado para fazer cortinas. Já está cortado no tamanho certo. Tudo o que você deverá fazer é costurar as rendas decorativas em suas barras e laterais. Tenho certeza de que aprenderá rapidamente, pois é um serviço fácil. Daqui a pouco, voltarei para lhe mostrar como se faz. Juan, você ficará com aquela outra.

Rosalinda passou por dois costureiros até chegar à outra maquinaria.

— Aqui você vai costurar as barras das calças masculinas. Não é nada difícil, porém, o jeans requer maior atenção. Tudo já está semipronto, de forma que você não precisará procurar muito onde deverá costurar. Só não pode errar nada.

— Isso é um absurdo! — gritou Juan, furioso, fazendo os colegas o olharem com espanto. — Desculpe, Rosalinda, sei que a culpa não é sua. Estou irado por ter sido tapeado por Dinorá e Ramirez. Não viajei milhares de quilômetros, deixando minha casa e minha família para trás, para cair num lugar desses.

— Todos viemos para cá pela mesma causa — um rapaz magro e pálido disse em tom murmurado. — E ficamos presos quando chegamos aqui. Há meses não vejo a luz do sol.

— Não podemos consentir isso! — revoltou-se Juan, falando cada vez mais alto. — Vejam! Somos muitos! Se nos unirmos, podemos derrubar aqueles dois idiotas.! — Mostrou os seguranças, que o olhavam com ódio. — Juntos, podemos tirar Dinorá e Ramirez do caminho e sumir daqui. Creio que a polícia brasileira nos ajudará a voltar para a Bolívia.

— O que está acontecendo aqui? — era Ramirez acompanhado de Dinorá. Os dois estavam parados à porta de entrada.

— Juan, você mal chegou e já está tentando organizar um motim? Acha mesmo que conseguirá alguma coisa com isso?

— Você é um mentiroso! — explodiu Juan, chutando para longe os tecidos mais próximos que estavam no chão. — É um hipócrita sem coração, que escraviza seus conterrâneos! Tem de deixar Marta e eu irmos embora. Na rua, pediremos ajuda para voltar à Bolívia. Prometo que vocês não serão denunciados. É melhor que façam isso, se não quiserem ter problemas.

— Problemas? — Ramirez mostrou outro de seus sorrisos misteriosos. — Quem está em vantagem aqui dentro? Você nem sequer sabe onde está, nem faz ideia de como sair daqui. Não fala português e nunca seria compreendido pelos brasileiros lá fora, que, além de tudo, não gostam de nós. Eles acham que somos sujos, porcos e ladrões. Nunca lhe dariam ouvido.

— Então por que nos trouxeram? — berrou Juan, quase chorando raiva.

— É melhor calar essa boca ou mandarei Ortega acabar de quebrar seu nariz! — Dinorá estreitou os olhos. — Pode tratar de se acostumar com sua nova vida! Não obrigamos ninguém a vir pra cá. Todos vocês vieram por vontade própria, portanto, não se atrevam a queixar-se desta rotina.

— Vocês mentiram para meu pai! — Juan voltou a chutar outro monte de roupas, ignorando os sinais silenciosos de Rosalinda para que se acalmasse. — Ramirez, você enganou seu próprio primo!

— Eu quero que seu pai se dane! — bufou Ramirez. — Quero que você, sua namorada e toda a sua família vão para o inferno. O papel de vocês aqui é nos trazer lucro! Do outro lado dessas paredes está minha loja, onde as roupas e os produtos que vocês fabricam aqui são vendidos. Deverão acordar todos os dias às 5h30, junto com todos os outros, tomarão café e darão início ao serviço. Ao longo do dia, farão três paradas, sendo uma para o almoço, outra para um lanche da tarde e a última para o jantar. As atividades se encerram às 23h30, quando serão liberados para dormir.

— Você é louco? — Juan girou o dedo indicador diante da têmpora. — Acredita mesmo que vou me sujeitar a isso? Acordar de madrugada e trabalhar até quase meia-noite, costurando essas porcarias?

— Esse rapaz está me irritando, querido! — tornou Dinorá para o marido.

— Nem ligo para o que pensam de mim — Juan avançou alguns passos até onde eles estavam. — Não vou me tornar escravo de vocês, ouviram?

— Cale a boca, seu cretino! — esbravejou Dinorá, com os olhos em chamas. — Se quiser se manter vivo, fará tudo o que mandarmos!

— Isso é o que você pensa! — Juan encarou-a com um sorriso irônico. — Aliás, você deve pensar muito mesmo, considerando que sua cabeça mais parece um balaio.

Dinorá deu um grito de ódio. Nunca fora afrontada daquela forma, muito menos diante de todos os funcionários. Gritou uma ordem para que os seguranças o contivessem, e os dois rapidamente caminharam até Juan. Percebendo o que estava prestes a acontecer, Marta correu para tentar impedi-los, mas o que estava mais próximo dela a repeliu com um violento tabefe no rosto.

Juan preparou-se para espancá-los, mas o primeiro murro que recebeu no estômago foi mais rápido e lhe tirou todo o ar. O segundo golpe atingiu-o na boca, cortando ambos os lábios. Mesmo com uma dor lancinante se espalhando pelo corpo, ele conseguiu acertar uma cotovelada em um dos capangas, mas o terceiro soco que levou na testa fez algo estourar no interior de sua cabeça, antes de desfalecer no chão.

13

A dor continuava presente, ainda que a mente de Juan estivesse confusa e atordoada. Ao se recuperar do desmaio, o rapaz virou a cabeça para o lado e se deparou com Marta, que o fitava com olhos angustiados. Ela respirou aliviada quando o viu acordar e inclinou o corpo para beijá-lo na testa.

— Sem beijos na boca por enquanto — ela tentou sorrir —, até porque seus lábios estão feridos.

Juan meneou a cabeça e fechou os olhos, quando sentiu fisgadas em seu crânio. O abdome do rapaz também estava doendo no local onde fora golpeado. Ele notou que estava deitado em um dos colchões do grande dormitório e que Marta estava sentada ao seu lado.

— Onde estão Dinorá e Ramirez? — ele balbuciou ainda sentindo o gosto do sangue na boca.

— Já é tarde. Os funcionários estão dormindo. Rosalinda esperou que os seguranças saíssem para buscar alguns medicamentos na cozinha. Dinorá a proibiu de oferecer qualquer tipo de curativo a você, então, tudo o que ela conseguir trazer será por ter arriscado a própria segurança.

— Me ajude a me sentar.

Com algum esforço, Juan conseguiu sentar-se, sempre se apoiando em Marta. Percebeu que havia poucas luzes acesas e que quase todos os costureiros já estavam dormindo, certamente vencidos pela exaustão após cerca de dezessete horas de trabalho em pé.

— Está com fome? — Marta perguntou, acariciando os sedosos cabelos pretos dele. — Rosalinda prometeu contrabandear alguns petiscos para nós. Percebi que ela é funcionária de confiança de Ramirez e Dinorá. É possível que não mantenham marcação tão cerrada sobre ela, o que pode ser vantajoso para nós, caso Rosalinda realmente queira nos ajudar.

— No que fomos nos meter, *amore*? — Juan fechou os olhos para sentir melhor a carícia que ela lhe fez no rosto machucado.

— Creio que era para ser assim. Acho que precisávamos passar por isso para que pudéssemos aprender alguma coisa com a experiência — Marta deu de ombros e segurou o escapulário. — Rezei à Nossa Senhora de Copacabana pedindo para que ela nos proteja com seu manto sagrado. Agradeci muito a ela por eles terem ignorado essa peça, em vez de tomá-la de mim como fizeram com nosso dinheiro e nossas bagagens.

— Temos de arrumar um jeito de fugir daqui — a voz de Juan saiu quase inaudível. — Ainda não sei como, mas temos de bolar um plano de fuga.

— Concordo, porém, acho que seria mais prudente se esperássemos alguns dias. Dinorá e Ramirez devem ter pensado nessa possibilidade e ordenado aos seguranças que mantenham as vistas sobre nós. Com o passar dos dias, notando que estamos calmos e passivos, talvez baixem a guarda por pensarem que nos resignamos à nossa sina. É a chance de que precisamos para escapar.

Juan concordou. Como sempre, Marta mostrava-se mais sábia do que ele. Era por isso que a amava tanto.

Rosalinda entrou no dormitório rapidamente, sempre olhando para trás para ver se não estava sendo seguida. Trazia um pacote nos braços, aninhado como um bebê recém-nascido. Antes de caminhar até onde eles estavam, apagou todas as luzes do alojamento, mergulhando o grande cômodo num breu total.

Quando uma luz enfraquecida brotou da pequena lanterna portátil que ela carregava, Rosalinda continuou seu percurso, desviando-se dos demais colchões para evitar tropeçar e cair sobre alguém. Quando alcançou Juan e Marta, Rosalinda murmurou:

— Trouxe curativos e uma pomada para melhorar seus hematomas. Foi tudo o que consegui pegar, então, teremos de nos virar com isso por enquanto — ela depositou o pacote sobre o colchão e pediu para Marta segurar a lanterna. — Também trouxe maçã, bananas e peras. Eles gostam de frutas e sempre compram em grande quantidade, de maneira que não vão dar falta dessas aqui.

— Coma, Juan — incentivou Marta, preocupada com o rapaz. — Estamos famintos.

— Infelizmente, terão de comer em meio à escuridão — continuou Rosalinda. — Como lhe disse, há câmeras de monitoramento aqui no dormitório. Talvez questionem minha chegada aqui com um pacote nas mãos, mas direi que eram algumas frutas para mim. Não discutem nem desconfiam muito do que eu digo. E esse é o grande erro deles.

— Por quê? — Juan deu uma mordida generosa na maçã.

— Porque eles mataram meu filho. Tenho certeza disso. E erram ao não imaginar o quanto uma mãe pode se tornar vingativa. Jamais vou perdoá-los pelo que fizeram a Esteban.

Ainda com a lanterna nas mãos, Rosalinda mexeu no pacote e tirou a pomada e um líquido escuro. Com ele embebeu um algodão e aplicou sobre os lábios rachados de Juan e passou uma fina camada da pomada sobre o calombo que se formara na testa dele. Depois, fez tudo desaparecer no pacote com a rapidez de um raio.

— Preciso guardar tudo isso onde encontrei — ela explicou. — Se alguém perguntar, jamais estive aqui conversando com vocês.

— E se algum funcionário a viu falando conosco? — Marta ficou curiosa. — É possível que nem todos estejam dormindo.

— E o que ganhariam me entregando aos patrões? Todos eles alimentam um ódio descomunal por Ramirez e Dinorá, afinal, são torturados diariamente pelas longas horas de trabalho. Além disso, sofrem constantes humilhações psicológicas e físicas, ganhando em troca apenas alimentos e um lugar incômodo para dormir. Não recebemos dinheiro pelos nossos serviços. Todos nós viemos da Bolívia para nos tornarmos escravos aqui no Brasil. Muitos já perderam a esperança de retornar para casa um dia.

— Nunca desistirei de voltar para a Bolívia, nem que eu destrua todo este lugar com minhas mãos — prometeu Juan.

— Você morreria antes que tentasse — Rosalinda disse. — Além do meu filho, outros amigos nossos mais rebeldes desapareceram para sempre. Como gostei de vocês, não quero que nada de ruim lhes aconteça. E agora tentem dormir.

Depois que Rosalinda se afastou e sumiu na penumbra, Juan segurou na mão de Marta, sentindo-se vivo e disposto apenas por tê-la ali, tão próxima a ele.

— Às vezes, me sinto culpado por a ter convencido a vir comigo, Marta. Esse era um sonho que eu tinha desde criança e veja só no que se transformou.

— Bobagem! Quando sonhamos juntos, a possibilidade de conquista é maior. Não me arrependo de ter vindo, mesmo que tenhamos parado nesse cativeiro.

No escuro, Juan tentou sorrir, mas fez uma careta quando sentiu a boca doer.

— Eu amo você. Obrigado por ser minha companheira.

— Também o amo muito. Obrigada por ter aparecido em minha vida.

Cada um em seu colchão, Juan e Marta adormeceram de mãos dadas pouco depois. O rapaz teve a impressão de ouvir suaves batidinhas vindas de longe, que foram se intensificando até ele perceber que, na verdade, eram o constante movimento das águas suaves à sua frente, que se chocavam levemente contra as pedras abaixo da margem onde ele estava sentado.

— Não fique assustado — ouviu uma voz agradável falar atrás de si. — É o seu espírito que está aqui.

Juan voltou-se para trás e avistou um casal de senhores caminhando devagar até ele. Os dois sorriam de forma tão gentil e carinhosa, que ele se sentiu melhor na mesma hora. Após alguns segundos tentando se lembrar de onde os conhecia, soltou uma exclamação de surpresa.

— ¡Abuelo! ¡Abuelita!

Como eles poderiam estar ali, tão nítidos e reais, se tinham morrido havia muitos anos? Juan já estava ingressando na adolescência, quando Heitor se foi, sendo seguido pela esposa, Anita, um ano e meio depois.

— O que estão fazendo aqui?

— Viemos a pedido de sua mãe Dolores, que tem rezado muito e buscado proteção para você desde que saiu de casa — Anita respondeu suavemente. — Marta também tem pedido resguardo e auxílio aos dois por meio da imagem de sua santa de devoção no escapulário.

— Você conserva poucas lembranças nossas em sua memória física, no entanto, nossos espíritos se conhecem há muitas encarnações — elucidou Heitor, auxiliando Anita a se sentar ao lado do neto, antes de ele repetir o gesto.

— Já estivemos juntos em outras épocas como amigos, irmãos, pais e filhos... — Um sorriso luminoso surgiu nos lábios da avó de Juan. — O elo que nos une é muito poderoso, porque é fruto de uma amizade sincera, regada com respeito, carinho e amor.

— E onde nós estamos? — Juan olhou em torno, vendo o grande lago de águas calmas à sua frente. — É o lago Titicaca[5]?

Heitor colocou um dedo sobre o queixo e sacudiu a cabeça para os lados.

— Não, meu querido. Estamos em uma cidade astral muito bonita. Gostamos da energia deste lugar. Consegue sentir sua leveza?

— Sim, consigo. Mas como vocês podem estar aqui, se já morreram há anos?

— O que morre é a carne, não a vida. Há vida dentro do nosso corpo, pois todos nós temos um espírito. Aqui, neste lugar maravilhoso, usamos apenas a vestimenta astral. É graças a ela que temos essa chance de conversar.

Mesmo não tendo compreendido muito bem o que Heitor dissera, Juan deu de ombros.

— Eu deveria ter todos os motivos do mundo para estar feliz pela oportunidade de revê-los, entretanto, coisas terríveis aconteceram comigo e com Marta, minha namorada. Nós estamos sofrendo muito e acho que isso nem é o começo.

— Talvez vocês passem por algumas dificuldades, mas tudo dependerá daquilo que você tem aí dentro — Heitor apontou para o peito de Juan. — Todos os desafios que surgem em nosso dia a dia são reflexos do que temos em nós. Se cultivarmos o mal, atrairemos o mal, assim como o bem nos chega através do bem

---

5   O lago navegável mais alto do mundo, que se espalha entre a Bolívia e o Peru.

que nutrimos no coração. O princípio de tudo está dentro de nós mesmos. Zele por você e cuide-se com carinho para impedir que surjam frestas por onde o negativo possa penetrar.

— Não estou entendendo. Marta e eu nunca fomos pessoas más. Como pudemos ter atraído para nossas vidas seres tão desprezíveis como Ramirez e Dinorá? Gostaria que eles pagassem por toda a maldade que já fizeram e ainda estão fazendo para pessoas inocentes.

— Cuidado com as palavras nocivas, querido — Anita colocou a mão sobre o ombro de Juan. — Quando desejamos que alguém pague por alguma coisa, já estamos entrando na negatividade. Ramirez e Dinorá estão no grau de evolução deles, tendo as mesmas chances de aprimoramento moral e espiritual que qualquer outra pessoa. Se quiserem permanecer como estão ou progredir, isso partirá de uma decisão pessoal. Não podemos interferir no direito de escolha de ninguém. E se eles apareceram no caminho de vocês, com certeza isso é um sinal que a vida quer lhes mostrar. Pode significar muitas coisas: proporcionar momentos de reflexão, amadurecimento, experiência, conhecimento, ascensão ou até mesmo para equilibrar alguma situação mal resolvida que tenha se iniciado em vidas passadas.

— Preciso lembrá-los de que não existem pessoas inocentes — completou Heitor. — Todos nós temos um longo histórico trazido de encarnações pretéritas. Espiritualmente falando, não começamos do zero. Nem mesmo um bebê recém-nascido é inocente, porque na matéria, embora vejamos apenas um corpinho frágil, existe um espírito que já foi adulto em outras vidas, com crenças e valores.

— Então, o que posso fazer para evitar que o mal entre em minha vida, mais do que já entrou? — Juan quis saber, preocupado com o que estava ouvindo. Era estranho se reconhecer como o responsável por atrair coisas boas ou ruins para a própria vida.

— É simples, meu amigo. Evite o ódio, o rancor, a inveja, a calúnia, as mágoas, as queixas, as fofocas, as tristezas, o pessimismo, as críticas depreciativas e o vitimismo, que é o ato de se colocar sempre no papel de vítima. Lembre-se de que, assim como não há pessoas inocentes, também não há vítimas. Do ponto de vista astral, crianças, adultos e idosos são vistos da mesma forma, sem distinção.

— Mas isso não significa que deva me conformar com a situação em que Ramirez e Dinorá me colocaram junto com Marta.

— E tenho certeza de que você não se conformará — reforçou Anita. — Quando aceitamos passivamente uma situação incômoda e não descruzamos os braços para tentar modificá-la, acabamos nos tornando coniventes com ela. É verdade que há alguns fatos cuja mudança está fora do nosso alcance, porém, a grande maioria das situações pode ser modificada para melhor com um pouco de boa vontade e esforço da nossa parte. Experimente para você ver.

— Me respondam... tudo isso é um sonho? — Juan olhou com curiosidade para os avós.

— Pode ser chamado assim, se você preferir, apesar de ser um encontro de almas afins no mundo astral. Acontece com mais frequência do que imaginamos — sorriu Heitor. — Não sei se conseguirá se lembrar claramente do teor de nossa conversa ao despertar, contudo, creio que acordará mais confiante em si mesmo. Fortaleça o bem dentro de si e permita que as bênçãos da vida cheguem até você em abundância. Acabe com os pensamentos tóxicos e inferiores. É assim que nossa vida começa a melhorar.

Juan meneou a cabeça em concordância. Sentiu-se acolhido por uma agradável sensação e inspirou-se mentalmente para evitar sentir raiva e desprezo pelo casal de patrões. A conversa com seus avós, embora houvesse sido muito rápida, tinha sido bastante produtiva.

O rapaz despediu-se de Anita e Heitor, que auxiliaram o espírito de Juan a retornar ao corpo. Quando acordou na escuridão do dormitório, o rapaz lembrou-se vagamente de ter sonhado com os avós, mas logo começou a bolar mentalmente um plano de fuga. Juan ainda não tinha ideia do que o dia seguinte reservaria para ele e Marta, sobretudo, após ter entrado em conflito direto com Ramirez e Dinorá, no entanto, acreditou que o melhor estava por vir e que tudo daria certo.

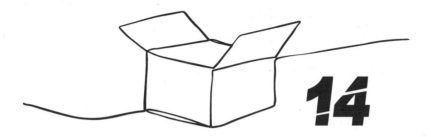

14

Em um quarto amplo e arejado, de paredes e teto pintados de branco, Margarida pensava que havia morrido e que estava em alguma dimensão espiritual. Há alguns anos, lera um romance espiritualista, cujo personagem principal morria e despertava em uma cidade astral, habitada apenas por pessoas e animais que haviam deixado a vestimenta terrena. O livro também citava que o protagonista da trama acordava em um dormitório semelhante ao que estava, acreditando que ainda estava na matéria.

Com Margarida, contudo, aconteceu o oposto. Ela desejou com todas as forças do coração ter conseguido mudar de plano após ingerir de uma só vez quase duas dúzias de comprimidos poderosos. Talvez a morte fosse uma transição natural, em que a pessoa saía de um determinado lugar e acordava em outro, exatamente como lera no livro. Se ela tivesse morrido, talvez Guilherme e as crianças estivessem à sua espera ali perto.

Os pensamentos de Margarida sobre vida após a morte dissolveram-se num passe de mágica, assim que viu a porta se abrir e Anabele entrar no cômodo trazendo um imenso ramalhete de rosas brancas num dos braços e uma mochila na outra. Sua ex-secretária revelava sinais de preocupação no semblante.

— Graças a Deus, você acordou, Margarida! Como está se sentindo?

— O que aconteceu? Ainda não estou coordenando bem meus pensamentos.

— Não me venha com esse papo! — parecendo levemente irritada, Anabele colocou a mochila sobre uma poltrona, ao lado do leito em que Margarida estava deitada. — Sabe muito bem que tentou se matar com sedativos.

— E pelo jeito não consegui — Margarida fechou os olhos. Sentia-se fraca e desanimada, como se o corpo pesasse duzentos quilos e ela não conseguisse movê-lo.

— Não presto nem para acabar comigo mesma.

— Segure as rosas, antes que eu as use para bater em sua cabeça desmiolada — quando Margarida abraçou o ramalhete, Anabele bufou furiosa. — E agora que você não é mais minha chefe, posso chamá-la de burra, porque é isso que você é.

— Burra por quê? Será que não tenho o direito de dar fim à solidão em que minha vida se tornou? — Margarida encarou-a com olhos enevoados e tristes. — Acha que sou obrigada a pensar vinte e quatro horas por dia que agora sou uma mulher viúva, que enterrou o marido e os dois filhos? Eles eram tudo o que eu tinha. O que me resta agora?

— Resta sua vida, amiga, e ela é seu bem mais precioso — Anabele foi até a poltrona, colocou a mochila no chão e sentou-se, cruzando as pernas.

— Pouco me importo com minha vida. Guilherme, Ryan e Zara...

— Margarida, desde que o acidente aconteceu, você já parou para pensar no motivo de não estar com eles naquele carro? — interrompeu Anabele. — Você não deixou de viajar com eles apenas porque tinha um compromisso com a empresa, a mesma que abandonou inesperadamente. Acredito que não era a sua hora. Penso que, se você ficou, é porque tem algo importante que pode fazer, começando por si mesma.

— Não quero saber disso — Margarida apertou o ramalhete contra o peito com mais força, e duas lágrimas escorreram. — Perdi toda a motivação, coragem, força e fé que um dia pude ter. Doei a uma instituição todos os pertences deles, e isso deixou minha casa ainda mais gelada e vazia. Você não sabe o quanto me sinto sozinha, o quanto sinto falta de conversar com eles, de olhar em seus olhos. Eu os amava muito...

— Sou testemunha disso, contudo, também sou testemunha do que vi depois. Você realmente teria morrido, se eu não tivesse decidido ir à sua casa lhe dar uma bronca por ter se demitido e saído em disparada da empresa sem falar comigo. Ainda bem que você não proibiu minha entrada na casa, como fez com os outros amigos seus, e agradeço muito por ter confiado em mim e me dado uma cópia da chave de sua casa. Foi graças a tudo isso que eu a encontrei estendida no chão, fria como aço, com os potes de medicamentos vazios e caídos ao seu lado. Eu a encontrei respirando com dificuldade e logo compreendi que você tentou uma overdose para solucionar seus problemas. Desculpe, amiga, mas não funcionou. Mais uma vez, acredito que não tinha chegado sua hora e que você ainda está aqui porque terá um papel importante em alguma coisa. E acho que essa importância está em cuidar de si mesma.

— O que você fez depois?

— Chamei uma ambulância e pedi que a trouxessem para o hospital credenciado em seu plano de saúde. Ser sua secretária pessoal me concede o privilégio de saber mais sobre sua vida do que os demais funcionários. O médico que a atendeu fez uma lavagem estomacal em você e disse, que se não tivesse sido socorrida em meia hora, com certeza não estaríamos conversando neste momento. Foi praticamente um milagre você ter sobrevivido.

— Anabele, você tirou de mim o direito de me reencontrar com meu marido e meus filhos.

— E acha que conseguiria encontrá-los abreviando sua vida? Eu conhecia seu marido o suficiente para saber que ele jamais aprovaria essa atitude tão radical. Poderia até ficar zangado com sua atitude precipitada. Quando você aparecesse do outro lado, e ele a visse assim, triste e descabelada, diria às crianças para se esconderem num canto, enquanto ele mesmo sumiria sem deixar vestígios.

Apesar de achar que seu comentário irritaria Margarida, Anabele surpreendeu-se quando a viu esboçar um sorriso.

— Estou tão feia assim?

— Seu rosto está mais branco que as rosas que eu trouxe. Os cabelos alvoroçados lembram os de uma mulher que saiu de uma briga com outra por causa de um namorado. Os lábios secos e rachados parecem o solo do sertão nordestino. E as bolsas sob seus olhos estão tão grandes que eu poderia guardar nelas toda a minha economia de seis meses.

— Realmente devo estar acabada — riu Margarida.

Anabele também sorriu, sentindo que estava indo pelo caminho certo.

— Enquanto esteve inconsciente, você recebeu algumas doses de soro e de algum medicamento para ajudar seu organismo a se recuperar dos efeitos das drogas que ingeriu. Está internada há quase vinte e quatro horas.

— Ainda tenho chances de...

— Pode tirar seu cavalinho da chuva. Não vai morrer tão cedo e é bom que não tente nenhuma besteira — Anabele levantou a mochila que trouxera. — Antes de vir pra cá, passei em sua casa e trouxe alguns pertences seus, como roupas, peças íntimas e itens de higiene. Creio que serão úteis até você receber alta e voltar para casa.

— E quando eu voltar, o que farei? Já saí da empresa.

— Sempre é tempo de voltar. A revista precisa de você. Ninguém vai se recusar a lhe dar seu emprego de volta, Margarida. Você é a presidente daquele lugar. Qualquer um ali ambiciona este cargo, e você o entrega de bandeja apenas porque está triste? Acha que essa é a solução? Repare que você está fugindo de suas responsabilidades. Soa até como uma ideia egoísta.

— Não tenho forças para dirigir a revista, nem para dirigir minha própria vida, por isso quis dar fim nela. E até nisso fui malsucedida.

— Você tem pena de si mesma — Anabele sacudiu o dedo indicador. — Temos a opção de nos colocarmos onde queremos, e, no seu caso, você se coloca no papel de vítima. Quando isso acontece, nossas forças escoam e nos tornamos impotentes. Sem forças, sem ânimo, sem alegria, sem estímulo, perdemos a crença em nós mesmos, o que resulta no autoabandono. E, quando nos deixamos de lado, surgem os velhos sintomas já conhecidos por muitas pessoas, como a carência, a tristeza, a depressão, a mágoa, as doenças, as dores no corpo e na alma, e a sensação de ser inútil perante o mundo.

— Onde aprendeu tudo isso? — Margarida perguntou, colocando de lado o ramalhete de rosas brancas.

— Estudando a vida. Marga, tudo o que estou dizendo está acontecendo com você. Sei que não estou dentro de você para ter noção da grandiosidade da dor que está sentindo. Você disse que tentou se matar para pôr fim à solidão, porém, será que parou para pensar que são suas atitudes que a estão condenando a essa solidão? Você ainda tem muitos amigos com quem pode contar para recomeçar a vida. Nunca mais será a mesma coisa, mas ainda poderá sair, conhecer gente nova, viajar com alguns conhecidos, ir a festas e eventos. As opções são muitas, Margarida.

— Se eu fizesse essas coisas, teria a impressão de estar traindo o luto pela morte de minha família.

— Quando se coloca para baixo, você se trai. Além disso, despreza as maravilhas que a vida lhe oferece quando acha que chegou ao fundo do poço e que a saída é tomar remédios fortes o suficiente para dopar um touro e se entregar à morte. Somos responsáveis por nós mesmos, amiga. Estando aqui ou no mundo espiritual, onde planejou acordar, sua única companheira sempre será você mesma, por isso é fundamental estarmos ao nosso lado, dando apoio a nós mesmos.

— Queria ter morrido no lugar deles. As crianças tinham a vida toda pela frente. Ryan tinha apenas cinco anos, e Zara, dois. Se Guilherme tivesse ficado com eles...

— Outro pensamento egoísta, Marga. Se você tivesse morrido, teria deixado duas crianças órfãs, que chorariam pela dor da perda da mãe. É o que gostaria?

Sabendo que Anabele tinha razão, Margarida meneou a cabeça para os lados.

— Não estou aqui para julgar nem condenar algumas de suas últimas decisões, mas penso que você desprezou suas conquistas e seus valores quando pediu as contas, somente porque se sentia fraca demais para continuar. Podia ter solicitado uma licença médica, um afastamento temporário, mas não precisava ter chegado a esse ponto. E passou dos limites quando tentou o suicídio, como se isso fosse lhe garantir o reencontro com Guilherme e as crianças.

— Minha vida acabou, Anabele! — Margarida fungou e começou a chorar baixinho. — Você não imagina o quanto dói a perda de pessoas queridas. Só quem já vivenciou algo parecido faz ideia do que estou falando.

— Nunca passei por essa experiência, mas lhe dou minha palavra de que consigo imaginar o que está sentindo. No entanto, sei também que continuar imersa nessa onda de sofrimento não vai tirá-la da negatividade nem da depressão. Tome uma atitude positiva a seu favor, Marga. Levante a cabeça e assuma o comando de sua vida. Você já teve dois sinais de que a morte não a quer por perto. Não morreu no acidente nem com a grande dose de remédios que tomou, portanto, não vejo outra opção a não ser você se reerguer e recomeçar a vida. Assuma o poder sobre si. Quando você realmente quer mudar e melhorar, nada nem ninguém consegue impedi-la. A força está aí dentro, querida, esperando para ser utilizada por você. Encontre-a. Você consegue!

As duas continuaram conversando, e Anabele permaneceu com Margarida até o último minuto permitido pelo horário de visitas. Voltou no dia seguinte e encontrou Margarida vestida com uma das roupas que havia trazido. O médico relatou que o organismo da paciente estava se recuperando rapidamente e que, se continuasse naquele ritmo, ela poderia voltar para casa dentro de três dias.

De fato, Margarida estava com a aparência um pouco melhor. Parecia levemente mais corada e disposta, apesar da sombra que ainda turvava seu olhar.

Ao longo dos dias, continuou apresentando uma rápida recuperação até finalmente receber alta. Anabele acompanhou-a no retorno para casa. Assim que entraram, Margarida encarou a amiga antes de disparar:

— Tomei uma decisão que mudará radicalmente minha vida.

Com a testa franzida, Anabele aguardou que Margarida continuasse a falar. Intuitivamente, presumiu que não gostaria muito do que estava prestes a ouvir.

— Quero ir embora — balbuciou Margarida.

— Outra vez com essa ideia estapafúrdia de suicídio? Será que não entendeu nada do que lhe disse? Por que não dá uma chance para a vida?

— Não estou falando em me matar... pelo menos não ainda. Meu corpo ainda está bastante debilitado e me sinto exausta, mas, como você mesma comentou, preciso de mudanças. Talvez eu necessite olhar mais para mim mesma.

— E o que isso tem a ver com ir embora? Pretende viajar?

— Não — Margarida sentou-se no sofá, respirou fundo e completou: — Quero vender esta casa e sair de São Paulo.

— Pirou de vez? — brincando, Anabele sentou-se ao lado de Margarida e encostou as costas da mão na fronte da amiga. — Não me parece febril.

— Estou falando sério. Não superei a morte dos meus amados e não sei se um dia conseguirei essa proeza. Venho percebendo que a palavra superação tem um significado muito forte. É difícil superar uma perda. Não sei se acredito em vida após a morte, mas, se for verdade, prefiro imaginar que eles estejam em um bom lugar.

— Se você não acreditasse, não teria tomado os remédios com a intenção de revê-los no astral.

— Pode ser. Conversando com você agora, me esforço para me mostrar forte. Estou tentando demonstrar a força que você disse que existia dentro de mim.

— Não precisa me demonstrar nada, Marga. Mostre essa força para si mesma.

— Anabele, não quero continuar aqui — Margarida olhou em volta e seus olhos ficaram rasos d'água. — Eu os vejo em todos os cantos: nos corredores, na cozinha, nos quartos... A presença deles é muito forte na casa, ainda que eu saiba que eles não estão aqui de verdade. Fui muito feliz neste lar, contudo, essa felicidade morreu com eles. Nada mais me prende aqui. Agora que me desliguei da empresa, posso dar um rumo em minha vida em outra cidade.

Anabele ia responder, quando sentiu um calafrio estranho. Ela olhou em volta, mas nada viu.

O espírito presente na casa acompanhava a conversa mantendo certa distância, e foi sua energia densa e pesada o que causou o arrepio em Anabele, que teve essa sensação graças à sua sensibilidade aguçada.

— Você tem parentes em outro estado? — perguntou Anabele, tentando se concentrar numa rápida prece para afastar aquela impressão negativa.

— Não conheço ninguém que não more em São Paulo.

Era verdade que, por ter sido presidente de uma revista de renome nacional, ela tinha muitos contatos que residiam em outras cidades e estados, porém, não procuraria nenhum deles. Considerava-os parceiros de trabalho, contudo, não os via como grandes amigos.

Além deles, havia, em uma pequena cidade do interior de São Paulo, duas pessoas que foram peças-chave em sua infância — infelizmente de forma negativa. Sua mãe Elza e seu padrasto Sidnei foram os responsáveis pelas profundas cicatrizes que Margarida ainda trazia na alma até os dias atuais. Por quantas noites, mesmo após ter fugido de casa para nunca mais retornar, ela teve pesadelos terríveis, rememorando as cenas que eram frequentes em sua rotina? Quantas não foram as vezes em que Sidnei a violentou, ao lado do corpo de Elza adormecido no chão, em meio a uma poça fétida de álcool e urina? Em quantas ocasiões ela não tentou alertar a mãe do que estava acontecendo e foi agredida pela pesada mão materna, que jamais acreditou em suas palavras?

A única pessoa que conhecia esse fato trágico de sua vida era Guilherme, que levou o segredo para o túmulo. Por mais que confiasse em Anabele e sentisse que a moça emanava boas energias, Margarida não estava disposta a confidenciar-lhe essas passagens.

— Se não conhece ninguém, para onde pretende ir? — preocupou-se Anabele, que achava que Margarida ainda não estava psicologicamente preparada para viajar.

— Não sei. Graças a Deus, prosperei profissionalmente e consegui me estabilizar financeiramente. Tenho um bom carro que pode me levar para onde eu quiser e não preciso me preocupar com dinheiro. E, no momento, não necessito de uma companhia para seguir comigo.

— Nossa, obrigada pela parte que me toca!

Anabele fez cara de ofendida, e Margarida sorriu.

— Claro que não estou me referindo a você, sua boba! Sei que não pode deixar o emprego para me acompanhar. Você tem sua vida aqui.

— Você também.

— Agora é diferente. Tenho certeza de que, se eu continuar dentro desta casa, me lembrando a todo instante de meu marido e meus filhos, vou entrar numa depressão violenta ou tentar novamente aquilo que não deu muito certo...

— Você quase faz parecer uma chantagem.

— Minha intenção não é essa, Anabele. A esposa do Cláudio, que provavelmente será o novo presidente da empresa, é uma excelente corretora. Vou entrar em contato com ela para colocar esta casa à venda. Não vou esperar até encontrarem um comprador. Tenho urgência em sair daqui. No carro, vou jogar algumas roupas e alguns objetos essenciais e cair na estrada, sem destino certo. Posso me alimentar nos restaurantes de beira de estrada, tomar banho e dormir em boas pousadas, me atualizar com as notícias do mundo por meio do rádio do carro e da internet do celular e do *notebook*. Eu vou me virar.

Anabele reparou que, pela primeira vez desde o acidente, os olhos de Margarida brilhavam com certo entusiasmo. Como poderia ir contra aquela escolha?

De repente, uma ideia funesta assaltou-a e Anabele foi direto ao ponto:

— Como terei certeza de que você não atentará contra a própria vida novamente? E se você, propositadamente, causar um acidente na estrada?

— Não quero morrer como eles morreram. Garanto-lhe que não farei nada disso. Preciso reencontrar a mim mesma, e isso não acontecerá aqui. Quero chorar e sofrer sozinha, mas diante de uma paisagem que nunca vi, em um lugar onde ninguém me conheça.

— Acha que isso mudaria muita coisa? Volto a lhe dizer que não pretendo julgar o nível do seu sofrimento nem proibi-la de chorar, contudo, acho que você não pode se levar tão a sério. Sabemos que a dor existe, mas você não precisa se entregar a ela de corpo e alma. Caso realmente decida ir embora, procure agir com mais descontração, sempre fazendo o que curte, do jeito que gosta, se dando prazeres e alegrias. Inicialmente, talvez você não consiga rir, brincar ou se soltar, mas tente fazer tudo com capricho, zelo, carinho e respeitando seus limites.

— Não me esquecerei desses conselhos.

— Como você deseja que a vida a trate?

— Agora que nada mais me resta, gostaria que ela me tratasse da melhor forma possível.

— Ainda lhe restam muitas coisas boas — insistiu Anabela. — E, se quer ser bem tratada, comece fazendo o mesmo por você. A vida a trata como você se trata. Se o que quer é seguir sem rumo, eu a apoiarei, desde que aja com consciência. Não se preocupe em chegar a lugar algum, pois a vida é um percurso infinito. A graça está em trilhar esse caminho. — Anabele segurou as mãos de

Margarida. — E desejo que o seu caminho seja repleto de muitas bênçãos, luz, paz e amor.

Emocionada, Margarida abraçou Anabele. Sabia a quem recorreria por meio de telefonemas e e-mails, sempre que necessitasse de uma palavra amiga.

No dia seguinte, Margarida retornou à empresa e reuniu-se com Cláudio, que provavelmente assumiria seu posto. Ele ainda tentou dissuadi-la da ideia de sair, mas, como já assinara o pedido de demissão, Margarida alegou que não tinha mais como voltar atrás — e nem era o que intencionava. Desejou sorte ao empresário, mas voltou a dizer que não queria receber telefonemas sobre possíveis progressos ou declínios que a revista viesse a apresentar. Quando cruzasse a porta da empresa pela última vez, ainda que guardasse no coração a gratidão pela mulher que se tornara lá dentro, se esqueceria de sua profissão.

Margarida também conversou com Ester, a esposa de Cláudio, explicando seu desejo de colocar sua residência à venda. A corretora dispôs-se, então, a agendar um horário para conhecer o imóvel e fazer uma avaliação inicial. Margarida revelou que a casa seria vendida totalmente mobiliada, pois não tinha intenção de levar nada, além de roupas, sapatos e objetos pessoais. Ester garantiu que isso valorizaria ainda mais a propriedade e atrairia com mais rapidez os futuros novos moradores.

De volta à sala em que trabalhara com tanto afinco nos últimos anos, Margarida guardou todos os seus pertences em duas grandes caixas. Anabele ainda não conseguia acreditar que aquela mudança estava mesmo acontecendo. Assim como os demais funcionários, achava que Margarida era fundamental na presidência e, ainda que ninguém fosse insubstituível em alguns contextos, duvidava que outra pessoa mostrasse tanto profissionalismo na cadeira mais importante da empresa.

— Eu deveria estar com lágrimas nos olhos, mas, como minha raiva por você é maior, me recuso a chorar — caçoou Anabele, embora soubesse que sentiria muita falta da chefe. Adorava trabalhar com Margarida.

— Não vou lhe dar sossego. Prometo-lhe que telefonarei para você pelo menos três vezes por semana.

— E eu lhe atenderei com todo o prazer. Ligue na hora em que tiver vontade. O bom de ser uma mulher solteira, sem filhos e que mora sozinha é não ter de dar satisfação a ninguém — rindo, Anabele jogou os cabelos loiros por cima dos ombros. — Ah, como eu amo minha independência!

Margarida esboçou um sorriso, mas estendeu os braços para envolver a amiga e ex-secretária num abraço apertado e carinhoso, repleto de emoção. Estavam se despedindo, sem saber quando tornariam a se reencontrar. Anabele desejou à amiga toda a sorte do mundo, muitas conquistas e sucesso também.

Intimamente, Margarida sabia que estava impondo novas perdas à sua vida, como seu emprego valioso e sua grande amizade com Anabele, mas, por outro lado, algo em seu íntimo clamava por mudanças de ares. Não queria continuar com a sensação de que estava se asfixiando e lamentando eternamente pela tragédia que levara sua família dois dias antes do Natal. Precisava de mais espaço para se sentir arejada, num lugar onde ninguém a olhasse com compaixão nem lhe desejasse pêsames. Tinha o direito de se isolar em outro canto, mesmo que fosse a centenas de quilômetros de São Paulo. Se Anabele estivesse certa ao lhe dizer que ela precisava dirigir a própria vida, então era isso o que faria. Faria tudo a seu modo.

Margarida gastou as horas seguintes preparando as bagagens. Não levaria muita coisa. Também pretendia colocar à venda muitos de seus sapatos e suas roupas, já que alguns estavam praticamente novos e valiam um bom dinheiro. Quando entrou no banheiro, conferiu os frascos dos medicamentos fortes que restaram e, sem hesitar, atirou-os no cesto de lixo.

No fim da tarde, Ester apareceu para conhecer a casa. A corretora ficou surpresa com a elegância e o requinte do imóvel. Fez uma estimativa média do valor de mercado da residência, o que surpreendeu Margarida. Ela não esperava que valesse tanto.

— É claro que, se conseguirmos um comprador interessado em comprá-la pagando à vista, teremos de lhe oferecer um bom desconto — esclareceu Ester.

— Tudo bem. O valor é bem maior do que eu imaginava. Cópias de todas as chaves ficarão aos seus cuidados. Meus únicos contatos serão e-mail e o celular, mas deixarei o aparelho sempre ligado.

— Obrigada. Sabe, Margarida, sei que o assunto não é da minha conta, mas você tem certeza de que está tomando a melhor decisão? — indagou Ester.

— Certeza absoluta. Esta casa nunca mais será meu lar sem as pessoas que a habitaram comigo — Margarida pigarreou para disfarçar um soluço. — Boa sorte nas negociações. Espero que consiga vendê-la bem depressa.

— Tenho alguns clientes que estão interessados em imóveis nesta região. Pode ter certeza de que não será difícil vender sua casa, afinal, ela está linda!

Depois que a corretora saiu, Margarida terminou de colocar seus pertences e suas bagagens no porta-malas do carro. Como estava anoitecendo, optou por passar uma última noite na casa e pegar estrada assim que amanhecesse. Já havia demitido os seguranças, pagando-lhes em dinheiro o valor que tinham direito a receber, após ser orientada por um amigo contador. Nada mais a impedia de seguir em frente.

Margarida teve uma noite tranquila e sem pesadelos. Não era mais como dormir com Guilherme. Era constante a sensação de que sua cama tornara-se um móvel estranho e desconfortável. Acordou com os primeiros raios de sol e continuou levando mais algumas coisas para o automóvel, que estava praticamente abarrotado.

Propositadamente, deixou sobre o sofá um porta-retratos com uma das fotografias de que mais gostava, em que ela, Guilherme, Ryan e Zara estavam abraçados na praia, sorrindo para a câmera. Todos vestiam trajes de banho, e as crianças apertavam os olhos por causa do sol forte. Fora a última viagem que fizeram ao litoral, três meses antes. Havia tanto amor naquela imagem que o coração de Margarida bateu mais forte.

— Amo vocês — ela pousou um longo beijo sobre a foto. — Obrigada por terem feito de mim a mulher mais feliz do mundo.

Margarida caminhou para o carro e colocou o porta-retratos no assento do carona. As demais fotografias da família já estavam guardadas nas malas. Jogou um último olhar para a casa, tentando não se sentir nostálgica nem melancólica. Sabia que estava deixando para trás toda uma vida e, assim que desse a partida, dirigiria para onde sentisse vontade, sem pensar num destino. Queria experimentar a sensação de liberdade e tentar não pensar na dor que ainda a assombrava.

"Tudo dará certo para mim", foi seu primeiro pensamento positivo em muito tempo. "Não sei o que acontecerá daqui para frente, mas tenho certeza de que vencerei".

Sem mais nada a fazer ali, Margarida ligou o carro e partiu, sob o sol escaldante de janeiro.

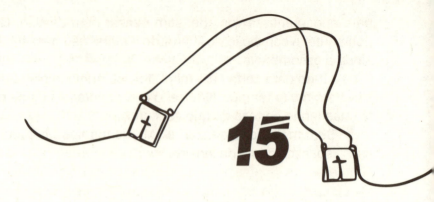

A rotina na fábrica de roupas do Bom Retiro foi exatamente como Marta e Juan mais temiam. Trabalhavam de pé das seis da manhã às onze da noite, com pequenos intervalos para alimentação e descanso, nos quais não conseguiam nem relaxar.

No final do primeiro dia de trabalho, as pernas de Juan até tremiam após tantas horas seguidas sustentando o peso do corpo. Marta mostrou ao namorado que seus pés estavam inchados e comentou que ganhara uma terrível dor nas costas, depois de se abaixar tantas vezes para recolher os tecidos das cortinas que ficavam no chão. Com o decorrer dos dias, a sensação ainda era a mesma.

A alguns metros da namorada, ficava a pequena área na qual Juan reformava as calças jeans, ajustando, alinhavando, apertando e decorando as peças. A poucos centímetros de sua cabeça pendiam alguns fios descascados, que se desprendiam das lâmpadas e escorriam em semicírculo. Em vários pontos do salão, também era possível notar a precariedade do sistema elétrico da fábrica de Ramirez. As tomadas não tinham espelhos protetores, e muitas máquinas eram ligadas na mesma saída de energia, sem a preocupação de uma sobrecarga elétrica ou de um curto-circuito.

Rosalinda explicou que não fazia a menor ideia de onde vinha a comida que era servida aos funcionários durante o almoço e o jantar. Basicamente, consistia numa escassa porção de arroz, feijão e ovo frito, e, em raras ocasiões, apareciam pequenos pedaços de carne ou peixe. Eram pratos tipicamente brasileiros, e muitos dos bolivianos presentes comiam a contragosto, apenas para não morrerem de fome. As bebidas não iam além de água sem gelo, ou líquidos doces, coloridos e aromatizados que se faziam passar por sucos.

Como café da manhã, eram servidos pães franceses amanhecidos, comprados com desconto em alguma padaria próxima, e grandes jarras de água. Sempre comiam em silêncio, pois já haviam comentado que Dinorá dera ordens expressas sobre manterem-se quietos, mesmo quando estavam em seus momentos de descanso. No fundo, ela temia que eles recorressem a esse breve intervalo para arquitetarem planos e complôs contra os patrões.

Durante o expediente, além dos onipresentes seguranças mal-encarados, os trabalhadores eram supervisionados pelo próprio Ramirez ou por Dinorá. Quase sempre, ele permanecia de boca fechada, mas Dinorá não perdia a oportunidade de reclamar, desprezar ou ofender verbalmente algum dos funcionários. Ninguém ousava retrucá-la, temendo ser severamente repreendido.

Duas semanas depois, Marta e Juan já eram peritos em seus trabalhos manuais. Nunca receberam nenhum elogio, além dos que vinham da própria Rosalinda. Mal podiam parar as atividades para usarem o banheiro, que, aliás, estava sempre sujo e malcheiroso.

Durante uma tarde, Juan estava trabalhando, quando algo brilhou velozmente acima dele. O rapaz ergueu o rosto bem a tempo de ver uma faísca dourada brotar dos fios de energia e sumir em pleno ar. Já estava pensando em relatar o fato a Rosalinda, quando viu Ramirez aparecer pela porta de onde sempre surgia. Para alívio de todos, a tão temida Dinorá não estava com ele.

Silencioso como um gato, Ramirez passava por trás dos funcionários espreitando seus trabalhos, analisando se eram produtivos o bastante e reparando se havia mexericos em vez de ação. Sentia certo prazer quando os via se encolherem, com os corpos tensos e rígidos. Todos permaneciam de cabeça baixa e tentavam acelerar ainda mais o ritmo das costuras, pelo menos enquanto o chefe estivesse na área.

Quando passou por Marta, Ramirez deteve-se atrás das costas da moça, que sentiu um arrepio na espinha ao notar a presença desagradável do chefe, mas não parou o que fazia. Juan olhou disfarçadamente na direção deles, bem a tempo de notar o instante em que a namorada se abaixou para pegar mais um pedaço de cortina e Ramirez passou a língua nos lábios, analisando o traseiro bem-feito da jovem.

Uma raiva brutal explodiu dentro do peito de Juan. Ramirez continuava analisando as curvas de Marta, que aparentemente não percebera que estava sendo vigiada com intenções sexuais. Quando ela ia se curvar pela segunda vez, Juan gritou:

— Seu Ramirez, pode vir até aqui, por favor?

Algumas respirações ficaram suspensas, enquanto muitos olhavam de Juan para Ramirez. Ninguém se esquecera da discussão inicial que o moço travara com o chefe assim que se viu na condição de escravo. Orgulharam-se da atitude corajosa que ele demonstrara na ocasião, enfrentando Ramirez e Dinorá ao mesmo tempo. Desde então, Juan não provocara novos conflitos, pelo menos até aquele momento.

Contrariado, Ramirez foi até ele:

— O que quer comigo, *aburrido*[6]?

Mesmo ante a ofensa, Juan demonstrou tranquilidade.

— Acho que esses fios podem dar prejuízo à sua empresa — Juan apontou para cima. — Acabei de notar uma faísca que surgiu quase agora.

— Faça seu trabalho e pare de cuidar do que não é de sua alçada.

— Eu só quis lhe avisar — fingindo constrangimento, Juan abaixou a cabeça.

— Meus seguranças são os encarregados de me comunicar qualquer eventualidade que aconteça aqui. Rosalinda também tem autorização de me relatar possíveis contratempos.

Sem esperar resposta, Ramirez girou nos calcanhares e saiu do salão, fazendo Juan respirar aliviado.

Naquela noite, no dormitório, ele colocou a namorada a par do que observara:

— Ele estava de olho em seu corpo, Marta. Sou homem e reconheço em outro homem um olhar de cobiça.

— Não creio que tente nada. Dinorá anda grudada nele como um poncho. Não faria nada sem que ela ficasse sabendo.

— Espero que você esteja certa, *corazón*.

---

6   Chato, tedioso.

Os dois beijaram-se e entregaram-se ao sono. No dia seguinte, às 5h30, estavam novamente de pé para mais uma longa e extenuante jornada de trabalho. Após a sessão de água e pães secos que Ramirez e Dinorá insistiam em chamar de café da manhã, todos foram para suas respectivas máquinas de trabalho. O único som que se ouvia no local era o dos motores trabalhando.

Quando Ramirez apareceu — duas horas depois e novamente sozinho —, repetiu o procedimento do dia anterior. Circulou pelo salão, acompanhando a produção dos empregados, até parar atrás de Marta. Ele não disfarçou o olhar de prazer quando a fitou, focando os glúteos da moça.

Sempre atento às manobras de Ramirez, Juan não os perdia de vista e viu quando ele chegou mais perto, quase esbarrando em Marta, e a tocou no ombro.

— Que susto! — a moça pulou com o toque, incomodada com a presença de Ramirez.

— Fique calma. Estava apenas reparando em sua agilidade. — Ele mordeu o lábio inferior, e Marta fingiu não notar naquilo. — Pelo jeito, já aprendeu direitinho sua função.

— Tento fazer o melhor que posso — ela respondeu com postura servil.

— E você deve mesmo ser muito boa em tudo o que faz.

Marta engoliu em seco, tentando não desviar os olhos para Juan. Sabia que o namorado estava assistindo àquela cena.

— Se o senhor me permite, preciso retornar ao trabalho.

Quando Marta deu as costas para ele, Ramirez tornou a cutucá-la no ombro.

— Tenho uma ideia melhor. Por que não me acompanha até meus aposentos? Dinorá foi até o Brás, onde temos alguns parceiros, e não deve chegar tão cedo.

Ela corou e lutou contra a vontade de esbofetear o rosto daquele homem. Quando se preparou para recusar o convite, uma ideia clareou sua mente num lampejo. Não tinham mais nada a perder, então, tentaria pôr em prática o que pensara. Não teria tempo para conversar com Juan sobre o assunto, mas sabia que ele seria compreensivo.

— Tudo bem. Assim terei uma oportunidade de relaxar o corpo.

— Não vai se arrepender, *chica* — Ramirez sorriu com ar vitorioso. — Venha comigo.

De sua posição, Juan não conseguiu escutar a conversa que se desenrolara entre os dois, mas podia deduzir que Ramirez cortejara Marta e que ela aceitara seja lá o que fosse. Quando a moça desligou a máquina, piscou um olho para Juan e seguiu apressadamente atrás do patrão. O que quer que estivesse acontecendo, não restaria a ele outra opção a não ser confiar na mulher que tanto amava.

Marta tentou disfarçar a ansiedade, quando entrou pela misteriosa porta por onde Ramirez e Dinorá sempre apareciam, e qual não foi sua surpresa ao se ver em uma belíssima loja de roupas.

Prateleiras abastecidas com as mais variadas peças de roupas, além de toalhas de mesa, cortinas e roupas de cama ficavam a um canto do estabelecimento. Marta contou umas cinco ou seis vendedoras, todas brasileiras, atendendo à clientela com sorrisos e gentilezas. Bancas suspensas com roupas em promoção estavam à porta de entrada, que dava diretamente para uma rua movimentada por pedestres e veículos. Araras com calças, blusas, saias e camisetas regatas estavam espalhadas no piso brilhante e encerado.

Marta leu o nome da loja e não o compreendeu muito bem por estar escrito em português, contudo, reconheceu a palavra "moda". Do lado oposto ao da porta por onde eles saíram, havia trocadores de roupa e, mais à frente, o balcão do caixa e dos empacotadores. Pela agitação dos clientes que estavam na loja, Marta presumiu que compravam ali havia muito tempo e que apreciavam os preços e o atendimento oferecido.

A moça virou a cabeça para trás e viu um cartaz gigantesco com a foto de um casal de modelos vestindo roupas jeans e o logotipo com o nome da loja mais abaixo. Quem entrasse pela porta da rua jamais poderia supor que, atrás daquela parede, havia uma espécie de fábrica clandestina, onde três dezenas de bolivianos recebiam tratamento semelhante ao concedido aos povos africanos escravizados. Marta não se espantaria se fossem amarrados a um tronco e chicoteados até a morte se não prestassem um serviço adequado ao que Ramirez desejava.

— Esta é nossa loja — apresentou Ramirez orgulhoso. — Dinorá e eu lutamos muito para conquistarmos este tesouro.

— É realmente muito bonita — disse Marta tentando mastigar a raiva para não se denunciar. — Tudo o que produzimos é vendido aqui?

— Sim. Temos alguns revendedores que adquirem as mercadorias em maior quantidade e as levam diretamente para suas lojas — voltando a lamber os lábios, ele indicou uma nova porta, parcialmente oculta ao lado do caixa. — Meu quarto fica lá.

— As vendedoras sabem sobre nós? — ela indagou num murmúrio.

— Shhh! Esse assunto não deve ser pronunciado aqui, do lado de fora.

"Nosso trabalho em cativeiro é segredo para todos", pensou Marta. "Isso significa que a forma como somos tratados não é do conhecimento do público em geral. Até mesmo para as leis brasileiras esse assunto deve ser considerado um crime."

— Agora chega de conversa e vamos logo ao abate.

Marta odiou-o por dizer aquilo, contudo, ainda tentou ganhar tempo.

— O senhor se importaria de me levar até a porta da loja? Há muitos dias não vejo a luz do sol. Pode me segurar pelo braço. Não vou fazer nenhuma loucura como tentar correr ou gritar. Pode confiar em mim. Tudo o que quero é sentir a luz solar aquecendo meu rosto.

Pensativo, Ramirez estudou-a e, por fim, deu de ombros concordando com a cabeça. Ele, contudo, salientou:

— Se tentar qualquer bobagem, é seu amiguinho Juan quem pagará o preço.

Marta assentiu e caminhou até a porta da loja, sempre sendo discretamente conduzida por Ramirez. Quando pisou na calçada, sentiu o bafo quente do calor que imperava na cidade durante aquele mês de janeiro, e o sol atingiu-a em cheio. A moça sentiu uma leve vertigem diante de toda aquela luminosidade, das conversas, dos barulhos e dos odores. A temperatura estava muito elevada, talvez uns dez graus a mais do que a máxima registrada em El Alto durante o verão.

Marta aproveitou a breve oportunidade para olhar o entorno e avistou outras lojas de roupas, bancas de vendedores ambulantes nas calçadas estreitas, pedestres tranquilos e apressados, carros se locomovendo lentamente na rua e muita movimentação. Percebeu que se ela e Juan conseguissem ganhar a rua, poderiam se misturar facilmente a tantas pessoas e se afastarem para sempre de Dinorá e Ramirez. A questão era: como fariam isso?

— Vamos entrar, *preciosa*? Meu corpo está ansioso pelo seu.

Marta exibiu um sorriso enrustido e voltou a assentir. Era óbvio que não tinha a menor intenção de transar com aquele sujeito. Seria fiel a Juan enquanto fosse viva, todavia, não conseguira pensar em nada para dissuadi-lo daquele objetivo.

— Hoje estou em meus dias de mulher — mentiu Marta. — Você sabe do que estou falando, não é?

— Sei, sim. Dinorá também tem essas fases e me deixa furioso. Mas não se preocupe, porque lá dentro tenho chuveiro. Tome um bom banho, lave-se e estará pronta para alguns minutos de diversão — ele esfregou as mãos de contentamento. — Será coisa rápida!

— Por favor, será que não podemos remarcar para amanhã? Estou cansada, e isso reduzirá minhas habilidades... na cama.

A maneira como ela disse aquilo só serviu para excitá-lo ainda mais.

— Nada disso. Faremos hoje mesmo e fim de conversa. Não é toda hora que Dinorá sai sem minha companhia. Vamos! Não me deixe zangado.

Percebendo que estava perdendo terreno, Marta ficou desesperada. Quando voltaram para a loja e seguiram para a porta que ele mencionara, a moça teve vontade de escapar de Ramirez e correr como louca pela rua. A ideia que tivera ao acompanhá-lo era apenas descobrir o que havia além daquelas paredes sufocantes. Jamais quis ir para a cama com Ramirez.

Marta resolveu adotar uma solução clássica, que nem sabia se surtiria efeito. A moça girou os olhos para cima e deixou-se cair no chão. Quando a viu desmaiando, Ramirez empalideceu e estendeu os braços para amortecer a queda dela. "Ela tinha de passar mal justo na hora em que estávamos prestes a transar?", pensou.

A cena atraiu a atenção de duas vendedoras e de alguns clientes, que se aproximaram correndo para verificar o que estava acontecendo. Furioso, Ramirez abaixou-se e pegou Marta nos braços, justificando em português:

— Ela é minha sobrinha, que veio da Bolívia para trabalhar comigo. É excelente costureira e trabalha com as máquinas, por isso nunca a viram por aqui.

— Vamos chamar uma ambulância para ela — sugeriu uma cliente.

— Não é necessário. Ela tem problemas de pressão e é comum ter esses pequenos desmaios. Não está acostumada com o calor do Brasil. Vou levá-la para descansar.

Sem dar mais explicações, Ramirez cruzou a porta que dava acesso à fábrica com Marta nos braços, que ainda fingia estar desacordada. Ao vê-los entrar, Juan empalideceu e, antes de sair de seu posto e questionar o patrão sobre o ocorrido, ouviu de Ramirez:

— Ela está viva. Voltem ao trabalho, porque aqui ninguém é médico. Aconteceu um desmaio bobo.

Juan viu quando Ramirez a levou ao dormitório, fazendo um sinal com a cabeça para Rosalinda acompanhá-lo. O dono da fábrica saiu logo depois, caminhou diretamente na direção de Juan e resmungou asperamente:

— Antes que pense em arrumar confusão, o que seria péssimo para você, saiba que Marta está bem, sob os cuidados de Rosalinda. Tem cinco minutos para vê-la e retornar ao trabalho.

— *Gracias* — agradeceu Juan, afastando-se da máquina para sair correndo até onde Marta estava.

Com a atenção voltada para Ramirez e Juan, ninguém reparou quando outra faísca elétrica saltou entre os fios descascados.

16

Assim que colocou os olhos na namorada, Juan notou que ela estava mentindo e não disfarçou um suspiro de alívio. Marta era tudo o que ele tinha e amava-a tanto que seria capaz de dar a vida pela dela.

— O que aconteceu? — ele indagou, sentando-se no colchão ao lado de Marta.

— Deve ter sido minha pressão que caiu — ela murmurou somente porque Rosalinda estava com eles e virou-se para a simpática senhora. — Você se importaria de me trazer um copo com água?

— Claro que não — Rosalinda levantou-se sorrindo. — Fico feliz que esteja se recuperando depressa.

Tão logo a viu afastar-se, Marta virou-se para Juan, baixou a voz a ponto de sussurrar e confessou:

— A saída deste inferno está mais próxima do que imaginávamos. Do outro lado daquela porta há uma loja belíssima, onde tudo parece funcionar normalmente. Os funcionários são todos brasileiros. Eles sabem que existe uma fábrica atrás da loja, mas nunca estiveram deste lado para conhecerem as condições a que somos submetidos.

— O que mais você viu? — os olhos de Juan brilhavam.

— Se atravessarmos a loja, chegaremos à rua. Ramirez até consentiu que eu fosse até a porta. Cheguei a sentir a luz do sol tocando minha pele, acredita? Tenho certeza de que, se conseguirmos fugir, eles não nos capturarão.

— Jamais passaríamos pelos seguranças que ficam aqui dentro.

— Acho que estamos em uma velha fábrica. Lembra-se dos corredores longos e estreitos que percorremos até chegar aqui, além dos degraus encardidos? — Juan assentiu, e Marta concluiu: — Tudo me leva a crer que a saída mais viável é passarmos pela loja. Acho que, se formos pelo caminho oposto, o dos corredores, nós não teríamos muito sucesso.

— A pergunta é: como conseguiremos fugir? Outros já tentaram e morreram.

— Acho que a solução está no interesse sexual que Ramirez demonstrou por mim — Marta riu, quando Juan esbugalhou os olhos. — Calma, eu nunca me deitaria com ele, porém, posso seduzi-lo. Quem sabe eu consiga lhe roubar as chaves.

— Acho tudo muito arriscado. Ademais, Madame Cabeção está sempre por perto. Como faríamos isso?

— Ramirez tentará de novo. Deve estar frustrado porque não conseguiu o que queria dessa vez, mas sei que não desistiu. Talvez nem tenha acreditado no meu desmaio e só não contestou porque havia muitas testemunhas na loja. Sei que ele deve estar com muito mais desejo agora.

Juan esticou o pescoço para conferir se Rosalinda não estava retornando. Como não a viu, virou-se para Marta.

— Apesar de não gostar muito dessa ideia, não consigo pensar em nada melhor. Talvez funcione — ele beijou Marta na boca com amor e volúpia. — Prometa-me que nunca se entregará para ele.

— Pode confiar em mim. Jamais o trairia. Vamos aguardar nossa chance — Marta sacou o escapulário de dentro da roupa e beijou a imagem da padroeira da Bolívia. — Nossa Senhora de Copacabana vai nos proteger.

Quando Rosalinda reapareceu com a água, Marta fingiu estar entorpecida, alegando uma leve vertigem e mal-estar.

— Trouxe uma garrafa com água, caso sinta sede no decorrer do dia. Beba à vontade.

Marta sorriu em agradecimento, bebeu alguns goles e fechou a garrafa, colocando-a ao lado do travesseiro. Para não levantar suspeitas, Juan voltou ao trabalho, exatamente como Ramirez ordenara.

No fim daquele dia, Dinorá visitou o salão. A mulher percorreu o local, xingando e humilhando um ou outro funcionário e estapeando as costas de uma mulher, apenas porque ela não fizera uma boa costura.

— Estúpida! — vociferou Dinorá diante da costureira encolhida. — Você estragou todo o tecido desta blusa. Se cometer outro erro como esse, será sua cara que passarei pela máquina.

Dinorá passou por Marta e Juan sem criar caso. Quando foi embora, os suspiros de alívio foram coletivos.

No dia seguinte, após o horário de almoço, Ramirez apareceu novamente sozinho. Como Juan já imaginara, ele foi direto até onde Marta estava e murmurou algo com os lábios quase encostados na orelha dela.

— Dinorá saiu de novo. Foi comprar carretéis de linha em um fornecedor parceiro nosso. Não deve chegar dentro das próximas duas horas. É a nossa chance, e hoje não vou tolerar nenhum pretexto. Até agora estou desconfiado do seu suposto desmaio.

— Hoje nada nos impedirá — Marta dissimulou um sorriso sedutor. — Como eu já esperava por isso, até coloquei uma roupa íntima atraente.

Ramirez corou de desejo, e ela sorriu abertamente, rindo diante da facilidade que uma mulher bonita tinha para conquistar um homem paquerador.

Desta vez, ela recusou-se a olhar para Juan, pois não queria que ninguém mais percebesse o que estava acontecendo. Marta não escondeu a emoção quando voltou a pisar na loja movimentada, que lhe daria acesso direto à liberdade. Tentando ganhar tempo, encarou Ramirez nos olhos:

— Posso ver como ficam as roupas que produzimos depois de prontas? Como costuro somente as cortinas, não tenho ideia do tipo de roupas que vendem aqui.

— Não temos tempo para isso — advertiu Ramirez, ansioso para despi-la.

— Por favor, sacie minha curiosidade — Marta aproximou-se do patrão e roçou a perna na coxa dele, fazendo-o estremecer de prazer.

— Está bem, mas seja rápida! — Ramirez baixou a voz para acrescentar: — Se você me agradar na cama, posso até pensar em presenteá-la com um vestido bonito.

Marta sorriu e olhou para a porta de saída. Vendo as pessoas na rua, teve vontade de sair correndo e misturar-se a elas. Não fosse por Juan, que estava preso do outro lado, não hesitaria em fugir.

Ramirez mostrou algumas calças, saias e camisetas que fabricavam, e Marta fingiu estar encantada pelas peças. Talvez se sentisse deslumbrada com a beleza das peças se não soubesse dos maus-tratos que os colegas sofriam para produzi-las.

— Agora chega de enrolação — determinou Ramirez, que já estava desconfiando de Marta, que sempre parecia retardar ao máximo os momentos íntimos que teriam. Não gostava que brincassem com ele e, se descobrisse que estava sendo usado para outros fins, daria um castigo horrível a Juan.

— Tudo bem — concordou Marta. Ainda não sabia o que faria para evitar Ramirez, mas fingir outro desmaio certamente não convenceria ninguém.

Estavam chegando à porta, quando ouviram a voz de Dinorá. Ramirez soltou o braço de Marta, como se ele estivesse em brasas, e a moça agradeceu a Deus por tanta sorte. Ao vê-los ali, a esposa cerrou o cenho e aproximou-se depressa, balançando a cabeça descomunal.

— O que ela está fazendo aqui, Ramirez? — inquiriu com voz baixa e colérica. — Desde quando trazemos funcionários da fábrica para a loja? Quer que as pessoas percebam e comecem a fazer perguntas?

— Ela tentou fugir! — Ramirez apressou-se a se justificar. — Eu a trouxe para cá apenas para que ela visse que há muitas outras pessoas trabalhando aqui, todas atuando sob nossas ordens. Ela seria recapturada muito antes do que pudesse imaginar.

Dinorá encarou Marta com ódio nos olhos, sem saber se deveria acreditar naquela história tão mal contada. Já houvera outras tentativas de fuga, e o tratamento que Ramirez dispensara aos funcionários não fora aquele.

— Falando nisso, por que voltou mais cedo? — quis saber Ramirez.

— Porque nosso parceiro se sentiu mal e cancelou a negociação que faríamos. Não pude comprar os carretéis. Marcamos para a semana que vem — ainda fixando Marta, Dinorá acrescentou: — Pode deixar que eu mesma a levarei à fábrica.

— Você não acha...

— Eu não acho nada — Dinorá agarrou Marta pelo braço, fazendo questão de cravar as unhas ali. — Ande logo, sua tonta.

Assim que voltaram à fábrica, Dinorá soltou Marta e desferiu um tapa tão forte no rosto da moça, que a fez perder o equilíbrio e ir ao chão. De onde estava, Juan mal acreditou no que estava vendo.

— Acha que não sei que você pretendia se deitar com meu marido? — berrou Dinorá, ante os olhares assustados dos funcionários. — Pensa que conseguirá escapar daqui levando Ramirez para a cama?

Com certa dificuldade, Marta colocou-se de pé. O rosto da moça estava vermelho, mas ela se recusou a chorar diante daquela mulher abominável.

— Ramirez disse a verdade. Tentei fugir, e ele me levou até lá apenas para que eu percebesse as dificuldades que encontraria pelo caminho.

Com os olhos estreitos de rancor, Dinorá virou-se para um dos seguranças e gritou a plenos pulmões.

— O que você estava fazendo que não tentou impedir essa bandida de fugir?

— Ela não tentou nada disso, senhora — o boliviano fortão estava perplexo. — Ela estava trabalhando quando o senhor Ramirez foi até ela, lhe disse algumas coisas em voz baixa e pediu-lhe que saísse com ele.

Prevendo o que estava prestes a acontecer e aproveitando-se da distração de todos, Juan deixou seu posto de trabalho e seguiu rumo ao dormitório.

Dinorá estava pálida de fúria. Não se lembrava de já ter sentido tanto ódio de alguém.

— Você e meu marido estão mentindo para mim?! — ela apertou os lábios. — Não me diga que, desde que você chegou aqui, se tornaram amantes.

— Eu nunca tive nada com ele! — devolveu Marta com dignidade. — Jamais me deitaria com um sujeito tão repugnante como Ramirez. Só você mesma para ter tanta coragem e necessidade.

Diante da afronta, Dinorá moveu o braço para trás e para frente e golpeou Marta com outra bofetada no rosto. A prudência ordenou que a moça não revidasse, mas a raiva exigiu que ela reagisse.

Sentindo uma força descomunal dentro de si, uma fúria incontrolável contra a mulher que escravizara seus conterrâneos, Marta dobrou o joelho e desferiu um chute violento contra o estômago de Dinorá, que se curvou ao meio e caiu ajoelhada no chão. Sabendo que teria poucos segundos até a chegada dos seguranças, Marta aproveitou-se do momento para enterrar as unhas no rosto de Dinorá, deslizando-as como faca quente em manteiga. Sulcos vermelhos formaram-se na pele morena da patroa, que logo se transformaram em filetes de sangue.

Quando o primeiro segurança deteve Marta por trás, Juan saiu do dormitório segurando a garrafa que Rosalinda trouxera no dia anterior com a água que sobrara. Sem pensar duas vezes, ele destampou a garrafa, olhou para cima e jogou o líquido na fiação descascada, que saía dos suportes das lâmpadas.

Imediatamente, ocorreu uma explosão. Uma bola de fogo brotou, e todo o salão mergulhou em uma escuridão total. Aproveitando-se do instante em que o segurança que agarrara Marta se assustou com o apagão repentino, a moça conseguiu se livrar dele e saltou sobre Dinorá, agarrando a mulher pelos cabelos e puxando-os com toda a força. As duas rolaram pelo piso, momento em que outras três funcionárias decidiram auxiliar Marta, jogando-se no chão para espancarem a patroa. Ninguém parecia se preocupar com o breu que se instalara.

Quando Juan tentou alcançar a namorada, tropeçou no cabo de energia de uma das máquinas de costura e caiu sobre alguns retalhos coloridos. Outra explosão aconteceu, seguida por pequenos estouros nas tomadas. Uma chama fina brotou de outros fios desencapados e entrou em contato com os tecidos no chão, dando início ao incêndio.

Houve gritos na fábrica quando anunciaram que os tecidos estavam pegando fogo. A escuridão foi parcialmente iluminada pelas chamas, que logo aumentaram de tamanho e começaram a se espalhar pelos tecidos. Desesperados, os funcionários começaram a correr para todos os lados. Mesmo vendo que a fábrica estava sendo consumida pelo fogo, um dos seguranças posicionou-se diante da porta de saída e apontou um revólver para os trabalhadores, gritando que atiraria em quem tentasse sair pela porta.

Em pânico por não conseguir localizar Marta no meio do tumulto, Juan viu quando Ortega e Calderón, os brutamontes que eles conheceram no dia em que chegaram, apareceram munidos de extintores. Ramirez vinha logo atrás deles portando uma pistola. Dois funcionários tentaram atacá-lo para lhe roubar as chaves, mas foram alvejados pelos tiros que ele disparou sem piedade. Juan gritava por Marta, mas os gritos ao redor eram mais altos e abafavam sua voz.

Em meio ao pandemônio que se formara, Marta também procurava o namorado. Largara Dinorá nas mãos de algumas mulheres ensandecidas e tudo o que ela queria era escapar com vida dali na companhia de Juan. O fogo já dominara todo o fundo do salão, as chamas lambiam as paredes, e a moça gritou quando viu parte do teto desabar.

Por alguma razão, Marta pensou que Juan pudesse ter se escondido no dormitório e, assim que entrou no local, outra parte do teto despencou, arrastando consigo muito concreto, poeira e fumaça. A moça gritou e começou a chorar quando se deu conta de duas realidades terríveis: estava sozinha no dormitório e sua única saída estava bloqueada.

Orientando-se pelo brilho das labaredas cada vez maiores e tossindo em meio às grossas colunas de fumaça escura, Juan chamava Marta com todas as forças que ainda lhe restavam. O rapaz ouviu mais alguns tiros e viu outros corpos tombando até Ramirez passar pela porta que levava à loja na companhia dos seguranças e fugir, trancando-a pelo outro lado. Os sobreviventes começaram a esmurrar a porta na tentativa de derrubá-la e, quando conseguiram, começaram a gritar muitas coisas ao mesmo tempo, mandando que os outros seguissem para lá antes que o incêndio gerasse novos obstáculos. Juan estava a menos de dez metros da tão sonhada saída, contudo, não conseguiria partir sem levar Marta consigo.

Enquanto todos saíam correndo para escapar do fogo, Juan fez o caminho contrário. Tirou a camiseta e usou-a para cobrir o nariz e tentar proteger os olhos. O rapaz passou por alguns corpos caídos no chão, tentando reconhecer Marta entre eles. Não suportaria a dor de descobrir que ela estava morta.

Juan viu Dinorá estendida no chão e, a julgar pela forma como seus olhos estavam abertos e fixos no nada, compreendeu que a cruel patroa também estava morta. Passou por cima dela e ouviu gemidos abafados que vinham de longe.

— Marta?! Onde você está?

—¡ *Dios mio*, Juan! Me ajude, por favor!

Ele ouviu a tão conhecida voz soar na direção dos dormitórios e correu até lá, desviando-se das máquinas de costura e das labaredas. Juan viu as vigas de concreto que despencaram do alto impedindo qualquer pessoa de passar por onde um dia houvera uma porta e conseguiu enxergar parte do rosto da namorada, que tentava empurrar as vigas sem sucesso.

— Eu vou tirar você daí, Marta. Aguente só mais um pouquinho.

— Não vou conseguir, Juan — Marta chorava, presa do outro lado. — Daqui eu consigo ver que a porta está aberta. Você precisa ir embora.

— Fui eu que provoquei esse incêndio. Minha intenção era nos salvar e salvar os demais também. Não vou deixá-la para trás.

Houve um estrondo no teto e mais uma viga desabou. Juan pulou para o lado para evitar ser atingido.

— Leve isso — Marta lançou o escapulário pelo vão por onde mal passava seu braço. — É seu agora. Vai protegê-lo daqui para frente.

— Não, Marta! Você vai embora comigo! — ele tentou empurrar a viga, mas não conseguiu movê-la. — Deve haver outro jeito!

— O fogo está chegando! — ela olhou para trás e apavorou-se com o que viu. — Está vindo por aqui também. Estou cercada, mas você ainda tem tempo para fugir!

— Marta, não faça isso comigo! — ele chorava desesperado.

— Amo você, Juan. Sempre estarei por perto. Agora vá.

Marta esticou a mão pelo vão, e ele a agarrou. Estava fria e suada. Quis beijá-la, só que não conseguia alcançar o rosto da namorada. Mal podia falar devido à fumaça escura. As chamas aproximavam-se cada vez mais depressa.

— Marta, eu também amo você. Tente resistir mais um pouquinho, porque irei lá fora pedir ajuda. Alguém vai...

Houve um novo estrondo, quando o teto do dormitório se abriu ao meio e despejou mais concreto e poeira no salão. O fogo atingiu os colchões, e agora era só questão de tempo para chegar até Marta.

— Realize nosso sonho por mim, Juan. Tenha muito sucesso no Brasil e seja feliz. E nunca se esqueça do amor que sinto por você. Agora vá.

— Marta, você é tudo em minha vida. Eu a amo muito...

Juan levantou-se com as pernas moles e correu para a saída. As lágrimas escorriam e molhavam seu rosto sujo de fuligem e poeira. Antes de sair, ainda ouviu Marta gritar que o amava e pedir a Deus que o abençoasse.

Quando Marta morreu asfixiada, momentos antes de ser devorada pelas chamas, Juan chegou à rua. O rapaz viu que dois caminhões do Corpo de Bombeiros já estavam estacionados e que os soldados direcionavam as grossas mangueiras na direção da loja. Depois, antes de tombar desfalecido no chão, viu tudo girar ao seu redor.

Margarida pensou que deveria fazer a primeira parada após dirigir direto por mais de duzentos quilômetros. De forma aleatória, optou por seguir pela Rodovia Presidente Castelo Branco. Já passara por municípios famosos, mas nenhum deles a atraíra. Queria continuar dirigindo sem objetivo, destino, pressa e compromisso. Ao sair de São Paulo, teve certeza de que não retornaria para lá tão cedo. Sua vida na capital nunca mais seria a mesma depois de ficar sozinha.

Ela pensava que, independentemente de onde estivesse, nada seria como antes. Acreditava que toda a sua alegria fora roubada e que toda a sua motivação já não existia. Antes de chegar à estrada, não quis passar pelo cemitério onde a família estava enterrada. Nada positivo seria acrescentado à sua vida se retornasse ao local onde deixara para sempre os corpos das pessoas que mais amou na vida.

Uma música suave e melancólica ecoava no interior do carro por meio de uma estação de rádio. Margarida não sabia quem estava cantando, mas a letra em inglês falava sobre solidão e sofrimento, tudo o que ela vinha sentindo. Não queria chorar para não embaçar as vistas e perder a atenção da direção. Agora não havia Anabele para consolá-la nem para lhe dizer palavras motivadoras.

Quando avistou um restaurante na estrada, reduziu a velocidade e guiou o carro até a entrada de veículos. Precisava comer algo e abastecer o tanque. Ainda não sabia por quanto tempo mais dirigiria. Quem sabe não encontraria alguma cidadezinha pacata que a atraísse e decidisse ficar por lá? Em sua conta bancária havia fundos suficientes para ela se manter por um bom tempo sem precisar trabalhar. Agora que suas despesas praticamente caíram pela metade, não havia razão para se preocupar com dinheiro.

Estava estacionando o carro quando a música terminou, dando lugar aos noticiários. Margarida decidiu ouvir. Falaram sobre a previsão do tempo, a cotação do dólar, as últimas manobras políticas e um resumo do que aconteceria nas novelas que estavam passando na TV. Ela não assistia a nenhuma, pois nunca tivera muito tempo para acompanhá-las fielmente. Por fim, falaram sobre assaltos e crimes ocorridos em São Paulo, finalizando com informações sobre um incêndio de grandes proporções que atingira uma fábrica de roupas no bairro do Bom Retiro. O locutor relatava que ninguém sabia ao certo como o fogo tivera início, mas que nove pessoas foram encontradas carbonizadas. Descobriu-se que o local abrigava muitos bolivianos em regime de escravidão e que um dos proprietários, que sobrevivera ao incêndio, também tinha nacionalidade boliviana, mas desaparecera sem deixar rastros.

Margarida entristeceu-se ao ouvir aquilo. Nove pessoas haviam morrido, e certamente muitas delas tinham familiares e amigos que as estimavam. Pensou no que eles sentiriam quando soubessem dos óbitos. Mais do que ninguém, ela sabia o quanto a dor da perda podia ser cruel, dolorosa e complexa.

No restaurante, Margarida comeu um sanduíche vegetariano e bebeu um suco de laranja. Não queria consumir alimentos pesados, que pudessem deixá-la sonolenta. Depois de colocar o combustível no carro, retornou à estrada e continuou dirigindo.

Talvez tivesse percorrido mais uns oitenta quilômetros pela rodovia, cujo tráfico fluía bem, quando avistou uma pequena cidade ao seu lado direito. Sem hesitar, pegou o atalho que levava ao município. Procuraria uma pousada com aparência confiável para descansar e depois aproveitaria o tempo livre para conhecer o distrito. Não tinha nada para fazer, afinal de contas.

Achou que nada poderia ser mais confiável que um pequeno hotel de aparência simpática que ficava de frente para uma delegacia de polícia e que possuía estacionamento próprio. Por dentro, tudo era limpo e bem cuidado, o que fez Margarida decidir passar a noite ali.

Margarida tirou algumas coisas do carro e foi conhecer o quarto. Era simples, sem requinte nem luxo. Nas viagens que realizara com Guilherme e as crianças, sempre se hospedara em locais de alto padrão. Não que gostasse de se exibir, mas apreciava o conforto que pousadas e hotéis de padrão superior costumavam oferecer, no entanto, sentiu-se bem naquele dormitório. Havia uma cama de casal, uma televisão pequena, um frigobar, uma mesa com duas cadeiras e um banheiro pequeno e organizado. O recepcionista que a recebera era um senhor com mais de setenta anos, que fora muito simpático, solícito e gentil.

Vestida como estava, Margarida deitou-se na cama e pensou em telefonar para Anabele somente para dizer que estava bem. Certamente, a amiga estaria preocupada com ela, contudo, como aquele era um horário comercial, a ex-secretária deveria estar trabalhando, e Margarida não queria incomodá-la com suas tolices pessoais.

Dormiu por algumas horas e, quando despertou, notou que já havia escurecido. Estava faminta e decidiu conhecer o centro da cidade e procurar por algum restaurante em vez de optar pela refeição que o hotel servia aos hóspedes.

Após tomar um banho rápido, Margarida desceu à recepção e sorriu para o velho senhor:

— Boa noite! O senhor saberia me informar como chego ao centro? Gostaria de encontrar um restaurante que sirva boas refeições.

— Só se for ao restaurante de Maria Dita! — animou-se o recepcionista. — É a melhor comida caseira da região. Frequento aquele lugar há trinta anos. Como acha que ganhei essa pança redonda?

Margarida sorriu de novo, e o senhor reparou que o sorriso não chegava aos olhos dela. Eram lindos, porém, não expressavam nada. Com seus setenta e sete anos de vida, sabia identificar sentimentos apenas direcionando um simples olhar para as pessoas e estava convicto de aquela mulher tão bonita e educada carregava muita tristeza no coração.

— E como chego lá?

— Vou rascunhar um mapa para que a senhora não se perca. Se bem que acho isso difícil, pois a cidade só tem três avenidas importantes. O restaurante fica em uma delas.

Margarida agradeceu pelas informações, voltou ao carro e dirigiu devagar seguindo as orientações que recebera, sempre olhando com atenção as ruas simples e calçadas com paralelepípedos, as casas térreas e antigas, o santuário na praça principal e alguns estabelecimentos que ainda estavam abertos. Eram dezenove horas.

A rua na qual vinha dirigindo transformou-se em um pequeno trecho com arbustos e árvores de ambos os lados. Mesmo assim, ela avistou mais casas e lojas a menos de setecentos metros à frente. Aquela parte do percurso estava escura, no entanto, Margarida estava distraída demais para temer qualquer coisa.

Como estava realmente distraída, Margarida assustou-se quando alguém saltou do matagal bem diante do seu carro. Ela pisou com força no freio, fazendo os pneus cantarem, ao ver um menino magro, moreno e alto gesticulando nervosamente. Havia lágrimas molhando o rosto dele.

— Moça, por favor! Preciso de sua ajuda! — ele gritou quando Margarida baixou o vidro. — Estou desesperado!

— O que aconteceu? — ver a dor nos olhos alheios era como se deparar com o reflexo de sua própria dor.

— É o meu cachorro! Ele comeu comida envenenada e está morrendo. Caiu bem ali — apontou para alguns arbustos. — Não sei o que vou fazer da minha vida se ele morrer.

— Mas eu não sou veterinária... — retrucou Margarida, porém, diante de novas lágrimas que escorriam dos olhos do garoto, assentiu: — Tudo bem. Vou deixar o carro aqui no acostamento e vou acompanhá-lo até onde seu cachorro está.

— Obrigado, moça! A senhora é um anjo que caiu do céu.

Margarida desceu do carro, trancou o veículo e seguiu a pé por uma estradinha de terra batida e parcamente iluminada. Estranhamente, não se sentiu amedrontada. Mal caminhou uns cinquenta metros, quando viu uma massa peluda e marrom agitando-se no chão. Correu até lá a tempo de ver um grande cão vira-latas com a língua para fora, com os olhos fechados, deitado no chão e tendo convulsões.

Quando Margarida se curvou para tocá-lo, sentiu algo pontudo espetar suas costas.

— Perdeu, dona! Isso aqui é um assalto.

O rapaz, cujas lágrimas haviam secado misteriosamente, pressionava a coluna de Margarida com um canivete. Sem perder a atenção de sua vítima, ele olhou para o cachorro.

— Tirano, pode parar de fingir. Já conseguimos o que queríamos.

Para espanto de Margarida, o cachorro recolheu a língua, abriu os olhos e colocou-se de pé na velocidade de um raio. Depois, pôs-se a rosnar e a mostrar os dentes para Margarida.

— O que significa isso? Um assalto encenado em parceria com um cachorro?

— Cale a boca, tia, e passe logo todo o seu dinheiro, o celular e as chaves do carrão! Se tentar qualquer gracinha, já sabe...

— Pelo menos posso olhar para você? Não tenho muito dinheiro, e meu celular ficou no hotel em que me hospedei.

— Então, a chave do carro é o suficiente.

À meia-luz que iluminava a estrada de terra, Margarida virou lentamente a cabeça para encarar o rapazote, que ainda mantinha a lâmina encostada nas costas dela. Margarida sabia que o assaltante poderia facilmente matá-la e escondê-la naquele matagal e pensou que, se fosse assassinada, as chances de se reencontrar com Guilherme e os filhos eram muito grandes. Pelo menos era nisso que ela acreditava.

Ao virar-se, Margarida viu um rosto magro, mulato e irritado. O rapazote usava um boné preto na cabeça, uma bermuda larga, uma camiseta vários números maiores que o dele e calçava chinelos de dedo. Apesar de terem praticamente a mesma altura, o adolescente tinha uma aparência quase infantil, e Margarida deduziu que ele deveria ter uns treze anos.

— Pare de me enrolar e me entregue de uma vez a chave — ele gritou.

Sem outra opção, Margarida obedeceu, mas perguntou:

— Você sabe dirigir?

— E o que você tem a ver com isso? Agora, fique aqui e não saia até que eu tenha ido embora com o carro.

— Você se importaria se eu tirasse alguns porta-retratos de lá? São do meu marido e dos meus filhos.

— E onde eles estão? — o garoto quis saber, colocando o canivete no bolso.

"Sinal de que ele acredita que não represento nenhum risco", pensou Margarida.

— Eles morreram... — foi tudo o que ela disse, baixando a cabeça em seguida. Como era difícil falar sobre aquele assunto. — E as fotos são a única lembrança que tenho deles.

O menino pareceu refletir sobre o assunto, enquanto o cachorro também a olhava com atenção. Por fim, ele concordou com a cabeça.

— Tudo bem, mas seja rápida!

Sempre seguidos pelo cão, os dois fizeram o caminho inverso. Quando Margarida chegou ao carro, virou-se para ele novamente:

— Preciso da chave para abri-lo.

— Eu abro. Acha que sou tão bobo assim?

O adolescente era tão magrinho que facilmente seria derrubado por alguém, porém, tinha um canivete e, quem sabe, até carregasse consigo outra arma mais perigosa.

Quando ele apertou o botão do chaveiro do carro para destravar o alarme e abrir as portas, Margarida decidiu colocar à prova toda a coragem que lhe restava. Já perdera pessoas muito importantes em sua vida, para um trombadinha qualquer ainda lhe tirar o carro que comprara à custa de muito trabalho. Obviamente, seu seguro a reembolsaria pelo roubo, porém, considerava-se uma mulher que nada mais tinha a perder ou a temer. Permitir que ele lhe tirasse o veículo com tanta facilidade era um golpe inaceitável.

Com agilidade, Margarida golpeou a mão do adolescente e fez a chave cair e deslizar para debaixo do veículo. Ele ficou furioso e sacou o canivete, mas a mulher agarrou-o pelo pulso armado, torcendo-o até que ele abrisse os dedos. Quando o canivete caiu, Margarida chutou-o para que ele também fosse parar sob o carro.

— Sua vadia! — ele berrou, enfurecido.

A raiva foi tanta que o adolescente abriu a mão e disparou uma bofetada no rosto de Margarida, que também se deixou envolver pela revolta e revidou, devolvendo o tapa. O garoto acertou-a com outro tabefe, e Margarida atingiu-o com mais um, dizendo:

— Podemos passar a noite inteira aqui trocando bofetões!

O rosto de ambos ardia. O rapazote olhou para o cachorro, que agitava a cauda euforicamente, talvez pensando que aquilo se tratasse de uma nova modalidade de brincadeira. Seu dono nunca fizera nada tão divertido com outra pessoa.

— Tirano! Você não vai fazer nada?! Pega! Vamos, pega!

A ordem surtiu efeito, e o cão começou a latir e a rosnar outra vez, contudo, sem sair do lugar.

— Por que ainda não a mordeu? — indignou-se o garoto. — Você está ficando muito lerdo, isso sim!

— Talvez porque ele não seja tão malvado quanto você, menino imbecil. Seus pais sabem que você é assaltante?

— Meu pai morreu, e minha mãe é uma chata que não sabe de nada — de repente, os olhos dele ficaram marejados de novo, e Margarida percebeu que agora o pranto era sincero. — Ela nem se importa comigo.

— Tenho certeza de que isso não é verdade. Você deveria estar em casa junto com ela.

— Ela sempre me ignora — o adolescente bufou, e subitamente todo o seu ar autoritário sumiu. Diante de Margarida havia somente uma criança chorosa agora.

— Isso também não pode ser verdade. As mães nunca ignoram seus filhos.

O rapazote não respondeu, limitando-se a chorar convulsivamente e esconder o rosto entre as mãos. Tirano olhava do dono para a desconhecida, sem saber qual atitude deveria tomar.

— Você tem outros irmãos? — Margarida indagou, e ele negou com a cabeça. — Em sua casa moram apenas você e sua mãe?

— Não quero falar sobre isso. Odeio esse assunto.

— Tudo bem. Pode pelo menos me falar seu nome?

— Sei o que você está querendo — ele fitou-a com raiva e desânimo. — Quer me levar para a delegacia! Sabia que ultimamente tenho pensado que isso não seria uma má ideia? Pelo menos dizem que na prisão ninguém passa fome.

— Sua mãe não cozinha para você?

— Já disse que ela não se importa comigo.

— E para quê queria meu carro?

— Na saída da cidade há um desmanche. O dono sempre compra as latinhas que eu cato na rua. Imagina quanto valeria um carro como o seu, cheio de ferro e alumínio.

135

— Ele saberia que você o roubou e talvez fosse o primeiro a entregá-lo para a polícia — Margarida sentiu vontade de tocá-lo, mas se conteve. — Quer me dizer seu nome? Eu me chamo Margarida.

— Não tô a fim... — agora ele estava acabrunhado, fungando baixinho.

— Então me diga quantos anos você tem.

— Também não tô a fim — ele esfregou a bochecha direita. — Você bate com força. Meus tapas não foram tão fortes assim.

— Quem mandou você tentar me assaltar?!

Eles confrontaram-se por alguns segundos até Margarida sugerir:

— Vamos fazer uma coisa? Eu lhe prometo que não irei à polícia, desde que não tente me enganar de novo. Quero que se abaixe e pegue minhas chaves, mas deixe o canivete no local em que está. Meu carro está bem cheio, porque me mudei de cidade. Para ser honesta, não tenho onde morar, por isso lhe disse que estou em um hotel. Se puder confiar em mim, eu lhe pagarei um jantar no restaurante de uma tal Maria Dita. Era para lá que eu estava indo.

— Eu sei onde fica.

— E aposto que você e Tirano estão famintos. E então? Trato feito?

O adolescente meneou a cabeça em consentimento, ajoelhou-se e recolheu as chaves. Foi tudo o que o menino pegou, e isso fez Margarida soltar um suspiro de alívio.

— Agora, entre no carro e coloque Tirano no banco de trás. Há pouco espaço disponível.

Margarida sentou-se ao volante e aguardou que o rapazote colocasse o cachorro onde ela indicou. Tirano latiu animadamente, pois nunca entrara num carro antes.

Margarida observou-o entrar no veículo, sentar-se, fechar a porta e olhar fixamente para frente. Era um menino bonito, mas não estava bem cuidado.

— Vinícius, quatorze — ele murmurou quase num sussurro.

— Como disse?

— Meu nome é Vinícius e tenho quatorze anos — foi tudo o que ele disse, parecendo dar o assunto por encerrado.

Margarida não respondeu. Tamborilou os dedos no volante, analisando-o com atenção, ligou o carro e deu partida.

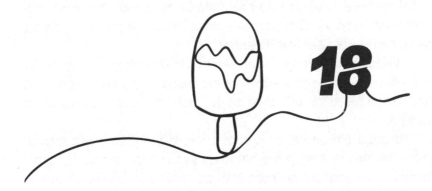

18

O restaurante de Maria Dita era facilmente identificável, porque levava o mesmo nome de sua proprietária estampado num letreiro de néon acima da porta de entrada. Margarida encontrou uma vaga junto ao meio-fio e pediu que Vinícius descesse com Tirano.

Quando pegou a bolsa e trancou o carro, Margarida notou que o garoto estava cabisbaixo e parecia pensativo.

— Ei, o que houve? — ela sondou. — Está preocupado com alguma coisa?

— Tem algumas coisas que não dá para resolver.

— Do que está falando?

— Nada — Vinícius olhou-a com desconfiança. — É problema meu.

Margarida deu de ombros e caminhou ao lado dele até a entrada do restaurante. Tratava-se de um estabelecimento bem acolhedor e bastante frequentado àquele horário. As mesas eram muito próximas umas das outras, e os clientes quase esbarravam seus cotovelos nos dos vizinhos, enquanto saboreavam as deliciosas refeições.

Ao ver Margarida entrar, uma mulher na casa dos cinquenta anos, com longos cabelos negros e ondulados, saiu de trás do balcão do caixa para atendê-la. Usava um vestido vermelho comprido, que combinava com a faixa vermelha nos cabelos e os esmaltes da mesma cor, e quatro colares diferentes brilhavam em seu pescoço. Ela exibia dentes muito brancos num sorriso de boas-vindas.

— Como conheço praticamente a cidade inteira, arrisco dizer que a senhora é novata em nosso município. Sou Maria Dita e sirvo a melhor comida que já experimentou em sua vida!

De repente, o sorriso da proprietária murchou ao perceber a presença de Vinícius. O rapazote estava parado à porta, ainda na calçada, sem saber se deveria entrar.

— O que está fazendo aqui, seu morto de fome? — Maria Dita ficou colérica. — Quantas vezes já lhe disse que não o quero na porta do meu restaurante? Você e seu cachorro fedem e assustam meus clientes!

A bronca em alto e bom som atraiu a atenção das pessoas sentadas às mesas. Margarida notou quando Vinícius recuou, como se tivesse sido empurrado para trás por mãos invisíveis. Frente à grosseria da mulher, interveio tentando ser educada:

— Desculpe, ele é meu convidado. Está comigo!

— Mas é o quê? — Maria Dita ficou boquiaberta. — Não acredito que uma madame tão distinta como a senhora vá sentar--se à mesa com um maloqueiro. Ele não passa de um pé de chinelo qualquer. Não está à altura do seu porte e do seu *status*.

— Ele está faminto, e eu o convidei para jantar — Margarida virou-se para Vinícius. — Tirano, infelizmente, terá de nos aguardar na calçada. Você, no entanto, pode entrar. Vamos, venha logo.

Vinícius assentiu e murmurou algo para o cachorro, que se sentou brevemente, mas logo avançou para entrar no restaurante. Foi quando Maria Dita deu um grito ainda mais alto que o primeiro:

— Tire seus pés imundos dos meus ladrilhos! Não o quero aqui dentro! Não foram poucas as vezes em que você veio aqui importunar meus clientes. Alguns deles, inclusive, relataram que as carteiras e os celulares desapareceram. Além de tudo, você é um ladrão.

Quanto àquilo, Margarida não podia discordar. Mesmo assim, ela tentou contemporizar:

— Não sei quais e quantas desavenças ele já criou com a senhora, contudo, garanto-lhe que hoje ele veio em paz. Tudo o que queremos é uma mesa para jantarmos.

— Eu não quero comer aqui — declarou Vinícius. — Ela não gosta de mim e é capaz de envenenar minha comida. Prefiro continuar com fome.

— Como se atreve, seu vagabundo?! — Indignou-se Maria Dita.

— Vou te esperar na rua — Vinícius disse a Margarida fazendo menção de sair.

— Não vai, não — percebendo que tinham se tornado o foco da atenção dos demais clientes, Margarida olhou friamente para a dona do restaurante. — Não sei o que Vinícius aprontou aqui e isso não me interessa, entretanto, não vou admitir que um ser humano seja desprezado dessa forma. Ele é meu convidado, e, se a senhora não pode atendê-lo como um cliente comum, então, sua comida não serve para nós. É o seu restaurante que não está à altura do meu porte e *status*. Vamos procurar outro lugar.

Margarida encaminhou-se para a porta da saída, quando ouviu Maria Dita dizer:

— Quem defende os ladrões torna-se cúmplices deles.

Margarida virou-se e devolveu:

— E quem olha para sua cara ranzinza e amarga fica traumatizado pelas próximas três encarnações.

De volta à rua, ela sorriu para Vinícius, e os dois começaram a caminhar devagar.

— Olha, você terá de me indicar outro lugar para jantarmos. Por mais gostosa que seja a refeição de Maria Dita, não será lá que comeremos.

— Você me defendeu... — ele falou em voz baixa.

— O que disse? — Margarida colocou a mão em concha atrás da orelha.

— Você é a primeira pessoa a me defender na vida — o adolescente sorriu, e ela notou que seus dentes incisivos estavam quebrados.

— Nunca aceitei nenhuma forma de injustiça.

— Cara, você é o máximo! Isso nunca me aconteceu antes!

Vinícius parecia tão empolgado que Tirano começou a latir com entusiasmo. Margarida sentiu-se feliz apenas por ver um sorriso no rosto daquele menino tão enigmático, misterioso, estranho e carente.

Quem ele seria? Será que disse sua idade e seu nome verdadeiros? De onde viera? O quanto daquela história sobre a mãe era genuína? Será que ela estava se arriscando demais, tentando ajudar uma pessoa que ameaçara matá-la havia menos de uma hora?

Ou o assalto e as palavras duras seriam apenas armaduras vestidas por um adolescente para esconder seus reais sentimentos?

— Afinal, onde podemos encontrar outro restaurante? — ela perguntou apenas para mudar o foco do assunto. — Essa discussão aumentou meu apetite.

— Tem um na rua de trás. Nunca tive dinheiro para comer lá, mas dizem que é muito bom.

O segundo estabelecimento estava bem menos movimentado. Não obstante, ninguém questionou a entrada de Vinícius com Margarida. Obediente, Tirano aguardou sentado na calçada, aguçando os olhos para não perder seu dono de vista.

Margarida escolheu uma mesa junto à parede, nos fundos do local. Ela notou que Vinícius parecia tímido e sem jeito, como se sentisse deslocado naquele ambiente.

Quando o garçom trouxe os cardápios, Margarida reparou que Vinícius passava os olhos rapidamente pelas informações e chegou a mais uma conclusão sobre ele:

— Você sabe ler? — ela indagou.

Após alguns segundos de silêncio, ele balançou a cabeça para os lados, parecendo constrangido:

— Mais ou menos.

— Tudo bem. Eu leio para você os pratos. Diga-me uma coisa, Vinícius... você não vai à escola?

Outro menear negativo de cabeça. Margarida colocou o dedo no queixo, pensando no tipo de mãe que permitia que o filho adolescente não fosse à escola, ou pior, que não soubesse ler direito aos quatorze anos de idade.

Margarida começou a ler em voz alta a descrição de alguns pratos servidos no restaurante, e Vinícius não tardou a escolher o que queria comer. Arroz, feijão, bife, batatas fritas e refrigerante, claro.

Sorrindo, Margarida chamou o garçom, fez o pedido do menino e solicitou um ensopado de peixe e uma limonada para si mesma. Quando os pratos chegaram, ela se surpreendeu com a voracidade com que Vinícius atacou a comida. O adolescente limpou o prato em menos de três minutos.

— Aposto que você quer comer mais — ela deduziu, sorrindo para ele.

— Não quero que gaste muito dinheiro comigo.

— Considerando que você esteve prestes a levar meu carro, pagar um jantar até que você se satisfaça é o mínimo que posso fazer como um gesto de gratidão.

— Cabe muita comida na minha barriga — ele brincou, dando dois tapinhas no ventre.

Margarida pediu ao garçom que repetisse o pedido do garoto, e, enquanto eles aguardavam a comida, ela quis saber:

— Você mora perto daqui?

— Moro.

— Há quanto tempo tem o Tirano?

— Eu o encontrei na rua quando ele ainda era um filhotinho.

— Aposto que ele dorme em seu quarto.

Vinícius apertou os lábios com força.

— Ele não pode entrar em casa, por isso dorme no quintal. Meu padrasto não gosta dele.

"Então, há um padrasto? Mais um personagem entra em cena na indecifrável vida desse garoto!", pensou Margarida.

— Tirano me parece ser um cachorro muito educado. Até demais, já que chegou ao ponto de fingir estar morrendo para me convencer a me aproximar.

— Ele aprende tudo o que ensino. É muito inteligente. Fica chorando e ganindo quando eu mando e é capaz de morder uma pessoa se eu ordenar. Só não sei por que ele não a atacou quando eu mandei.

Margarida tomou a última colherada do seu ensopado e limpou os lábios com o guardanapo em seguida.

— Ele pode ter gostado de mim, concorda?

Vinícius deu de ombros e começou a girar o copo onde bebera o refrigerante.

— Você não gosta muito de ficar em casa? — ela continuou perguntando.

— Não. Prefiro a rua.

— Quer me contar o motivo?

— Não.

— Venho de São Paulo e, por ser uma cidade muito grande, onde vivem todos os tipos de pessoas, não é aconselhável um adolescente andar sozinho pelas ruas. Tudo pode acontecer, e, na maioria das vezes, não acontecem coisas boas.

141

— Aqui nada acontece.

— Você tentou me assaltar, e isso já é um acontecimento importante, apesar de ser muito ruim — como ele não a encarava nos olhos, Margarida prosseguiu: — Escute... se eu tivesse me recusado a lhe dar as chaves do meu carro, você seria capaz de enfiar aquele canivete em mim?

Vinícius ficou calado durante um longo tempo até respirar fundo e negar em silêncio.

— Por quê não?

— Não sou um assassino. Só queria te assustar.

Margarida ia fazer outra pergunta, quando o pedido do adolescente foi servido pelo garçom. Mais uma vez, Vinícius começou a comer em uma rapidez incrível.

— Qual é o nome da sua mãe?

— Helô. É Heloísa, mas todo mundo a chama de Helô.

— E seu padrasto?

— Não gosto de falar dele. Eu o odeio, sabia? — finalmente Vinícius levantou o olhar para Margarida. Havia uma chama incandescente brilhando neles. — Minha vida se tornou um inferno depois que ele veio morar em nossa casa. É um homem muito cruel.

Desta vez, foi Margarida quem se calou. Ela sabia o que era conviver com um padrasto cruel. Perdera forçadamente a virgindade com ele, enquanto a mãe se fazia de desentendida. Sim, ela já odiara muito um homem e nunca o aceitou como um pai.

— Há quanto tempo ele mora com você e sua mãe?

— Isso é uma entrevista?! — revoltou-se Vinícius. — Não quero mais falar da minha vida, está entendendo? Não gosto de falar sobre nada que acontece em minha casa. Se eu não puder comer em paz, vou embora agora mesmo.

— Tudo bem. Desculpe. Não precisa ficar nervoso. Vou ficar quietinha.

"Há muito mais além do que ele me revelou", ela concluiu. "Existe sofrimento na vida de Vinícius, e ele está se esforçando para ocultar."

Quando Vinícius acabou de comer, pediram sorvete como sobremesa. Margarida também pediu que colocassem um pouco de carne em um prato de isopor, porque queria alimentar Tirano, que deveria estar com tanta fome quanto seu dono.

— Você conhece aquele hotel que fica em frente a uma delegacia de polícia? — vendo Vinícius assentir, Margarida finalizou: — É lá que estou hospedada. Quarto 603. Se quiser voltar a falar comigo, pode me procurar lá amanhã. Creio que ficarei hospedada lá por mais uns dias.

— Tá bom — foi tudo o que ele disse.

Margarida pagou a conta, pegou a marmita do cachorro e voltou à rua. Quando colocou o prato com carne no chão, sorriu vendo Tirano devorar a comida como se o mundo estivesse acabando.

— Acho que agora vamos nos separar, Vinícius. Não sei qual caminho você fará a partir daqui, mas retornarei ao carro e dirigirei de volta ao hotel.

— Tá bom — ele repetiu parecendo um tanto desanimado. — Obrigado pela janta.

— Obrigada por me fazer companhia e por ter desistido de me assaltar — ela esticou a mão direita para frente. — Somos amigos agora?

Sempre desconfiado, Vinícius apertou a mão de Margarida após um pouco de hesitação.

— Somos — ele quase sorriu de novo, mas logo ficou sério outra vez.

Margarida acenou e começou a caminhar no sentido contrário. Olhou uma vez para trás e viu-o parado no mesmo lugar, olhando para ela, com Tirano aos seus pés engolindo os últimos pedaços da carne. Ela caminhou por mais alguns metros, porém, quando voltou a olhar por cima do ombro, eles já tinham ido embora.

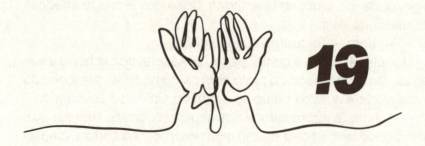

19

— Juan! Juan, tente abrir os olhos. Você consegue!

Ouvindo uma voz familiar e longínqua, Juan abriu os olhos lentamente e encarou um céu muito azul e sem nuvens. De algum lugar vinha o brilho dourado do sol, e um pássaro branco em pleno voo cruzou sua linha de visão.

Ao virar a cabeça para a direita, viu Anita e Heitor ao lado dele. Ambos estavam sentados na grama verde à margem de um lago imenso. Foi então que Juan se deu conta de que estava deitado ali também, com o rosto voltado para o céu.

— Como você está, meu querido? — foi a pergunta de Heitor.

Ainda se sentindo um pouco atordoado, Juan conseguiu se sentar e olhar ao redor. Lembrou-se da última vez em que estivera ali, conversando com seus avós.

— O que estou fazendo aqui? — o rapaz esfregou a cabeça tentando ordenar as ideias.

— Não consegue se lembrar de nada? — indagou Anita. — Faça um esforço.

Juan fechou os olhos, e algumas cenas começaram a se formar em sua mente. O rapaz viu-se de volta à fábrica, ao instante em que jogou água na fiação elétrica, provocando um curto-circuito. As cenas seguintes mostravam as chamas gigantes consumindo o que encontravam pela frente. Havia muita fumaça, muitos gritos, correria e corpos espalhados pelo chão. Estava escuro, e ele lembrou-se de ter ouvido sons de tiros. Alguém estava matando as pessoas, mesmo durante o incêndio.

De repente, Juan lembrou-se de tudo. Ramirez e seus seguranças haviam atirado em seus colegas, e ele conseguiu se recordar do seu desespero enquanto procurava Marta. Quando ouviu a voz dela, o teto abriu-se, despejando no local grandes blocos de concreto, que caíram em frente à porta que dava acesso ao dormitório onde ela se escondera, impedindo-o de entrar e de Marta sair. Separados pelas vigas de cimento, a moça jogou seu escapulário para o namorado, pedindo que fugisse de lá antes que o fogo o alcançasse. Quando se lembrou das últimas palavras de Marta, dizendo que o amava e que ele deveria realizar seu sonho no Brasil, lágrimas brotaram de seus olhos.

— Eu sou um inútil, *abuelo*! Não consegui salvar Marta. Ela morreu...

— Não se culpe de nada, Juan — Heitor afagou os cabelos do neto carinhosamente. — A culpa é autodestrutiva. Ela nos massacra, nos faz sentir que somos incapazes, sem importância. Quem se culpa por alguma coisa sempre sente a consciência pesada, e o arrependimento e o remorso nos espetam como agulhas.

— E, como você já percebeu, ninguém morre de verdade — complementou Anita. — Marta está aqui, ainda se recuperando. Não despertou, mas o fará em breve. O ciclo dela na Terra terminou, e outro se iniciará aqui. A vida é assim: ela não para, não cessa, não se esgota.

— Por que ela tinha de morrer? — Juan chorava profusamente. — Eu a queria comigo. Tínhamos um sonho para realizar juntos.

— Suas palavras sugerem uma ideia um pouco egoísta, Juan — adicionou Heitor. — Você a queria ao seu lado, porque Marta era seu apoio, sua motivação, sua companhia. É óbvio que você a amava muito, porém, era muito dependente dela. Quando desejamos que as pessoas que nos amam fiquem ao nosso lado é porque sentimos uma grande necessidade de receber esse amor e carinho, sentimentos que muitas vezes não damos a nós mesmos. Marta agora seguirá outro caminho, assim como você seguirá o seu.

— Não conseguirei fazer nada sem ela. Não quero continuar sozinho — ainda em prantos, ele sentou-se na grama.

— Mais uma vez você está ressaltando que ela era seu apoio. Qualquer ser humano tem condições de se bancar sozinho, nas mais adversas situações. Isso porque a vida não oferece desafios que não sejamos capazes de superar. Você a queria consigo somente porque Marta o fazia feliz, e isso o tornou dependente dessa felicidade. Não acha que, daqui em diante, sua felicidade estará por sua conta e por seu risco? Não acredita que tenha habilidade para se fazer feliz?

— Como serei feliz se a mulher que amo morreu por minha culpa? Fui eu que provoquei aquele incêndio. Além de Marta, muitas outras pessoas perderam a vida, o que faz de mim um assassino terrível e sem escrúpulos.

Juan soluçava tal qual uma criança perdida. Anita abraçou-o, enquanto Heitor continuava explicando:

— Mais uma vez, você está se deixando ser pisoteado pela culpa. Ela vai colocá-lo para baixo e deixá-lo cada vez mais deprimido e amargurado.

— Quando joguei a água na fiação, tentei provocar algumas faíscas para assustar Dinorá, de forma que ela parasse de bater em Marta.

— Eu sei disso. Você nunca faria nada que colocasse a vida de outras pessoas em risco. — Havia um sorriso acolhedor nos lábios de Heitor. — Todos os espíritos que retornaram para cá o fizeram por alguma razão. Cada pessoa precisa passar por um tipo de situação para aprender algo, porque sua alma tem necessidade daquele aprendizado. Aquilo que para você parece uma grande tragédia, para a espiritualidade é uma chance de crescimento, de desenvolvimento pessoal, de evolução em todos os sentidos. Qual seria o sabor da vitória para um alpinista, se ele não encontrasse obstáculos durante sua escalada? É a superação de cada dificuldade que nos fortalece. Somos vencedores, quando descobrimos que temos um grande poder dentro de nós capaz de nos fazer superar qualquer momento negativo, qualquer tormenta, qualquer dor. A reencarnação tem muitos objetivos, dentre eles, nos fazer vencer. Marta, por exemplo, é uma vitoriosa.

— Posso vê-la?

— Ainda não — foi Anita quem respondeu. — Assim que ambos estiverem preparados, haverá um reencontro entre vocês.

Aos poucos, Juan foi serenando. Quando parou de chorar, perguntou:

— Onde estou? Quer dizer... onde meu corpo está na Terra?

— Do que você se lembra depois de sair da fábrica? — arguiu Anita.

— De quase nada. Saí correndo de lá, consegui chegar à rua, vi alguns caminhões do Corpo de Bombeiros, e depois tudo ficou escuro. — Juan olhou para o belíssimo lago que se descortinava à sua frente. — Ainda posso sentir o cheiro da fumaça.

— Você foi resgatado por uma equipe de paramédicos e levado para um pronto-socorro — esclareceu Heitor. — Nós o trouxemos aqui para orientá-lo de que deverá passar por algumas situações um pouco difíceis, uma vez que está sem documentos, sem dinheiro e não fala o idioma local. Mesmo assim, meu pedido é que não deixe se envolver pelo medo. Tudo vai dar certo, Juan. Sempre que for possível, Anita e eu estaremos por perto. Não desanime, não se entregue à culpa ou ao remorso, não reduza suas capacidades de se tornar bem-sucedido apenas porque Marta não estará mais com você, nem deixe de confiar na vida. Sempre que se sentir acuado, perdido e assustado ou achar que sua vida está em desarmonia, ligue-se ao Poder Divino. Permita que o Divino se manifeste em você. Sem a força de Deus, somos limitados, porque ela pode tudo. Coloque esse poder sagrado à sua frente para que seja conduzido rumo às soluções.

Juan assentiu e abraçou os avós. Sabia que precisaria de muita fé para lidar com o que estava por vir.

Ele acordou em um corredor estreito repleto de macas, todas elas ocupadas. Tossiu e esfregou as mãos no rosto. Ainda havia traços de fuligem e poeira em sua pele e em seus cabelos.

Com um pouco de esforço, Juan conseguiu se sentar. Usava a mesma roupa que vestia durante o incêndio e reparou que os outros pacientes dormiam, gemiam ou choravam baixinho. Ao lado de algumas macas havia um suporte para bolsas de soro, mas na dele não havia nada. Esticando o pescoço, ele tentou reconhecer os dois pacientes mais próximos, mas nunca os vira antes.

Uma enfermeira passou apressadamente entre as macas, sem se deter em nenhuma. Uma paciente tentou agarrá-la, porém, a mulher deu um discreto safanão para se livrar da mão insistente e continuou seu percurso, indo na direção de Juan. Ao passar por ele, murmurou:

— É melhor você ficar deitado, se quiser ir embora mais depressa.

Juan não compreendeu uma só palavra do que ela dissera, afinal, o idioma português até poderia ser semelhante ao espanhol, mas, quando os brasileiros falavam rápido demais, não havia quem conseguisse entendê-los.

O rapaz olhou para os pés e respirou aliviado ao ver que ainda estava calçando seus tênis. Notou um esparadrapo na dobra do braço esquerdo e supôs que alguém extraíra uma amostra do seu sangue ou injetara ali algum medicamento.

Que espécie de hospital era aquele em que os pacientes ficavam no corredor, em vez de repousarem em quartos confortáveis? Nem mesmo em El Alto, cidade com nível econômico menor em relação ao Brasil, aquele tipo de coisa acontecia.

Juan tornou a tossir e subitamente pensou em Marta. Lembrou-se do incêndio, dos corpos, dos tiros e de Marta jogando-lhe o escapulário. Tocou o bolso da calça e sentiu a bijuteria ali. Colocou-a no pescoço, e à sua memória vieram as cenas em que se separara de Marta e fugira para a rua. Como ele pudera deixá-la para trás? Não teria sido melhor se tivesse desistido de tudo e permanecido lá para que ambos morressem juntos?

Tinha certeza de que vira o corpo de Dinorá entre os mortos, entretanto, queria saber para onde Ramirez fora. Como se não bastasse a tortura que ele infligira aos compatriotas, ainda assassinara alguns e sumira, como se nada tivesse acontecido.

De repente, Juan viu a si mesmo jogando a água na fiação elétrica e pensou que, indiretamente ou não, fora ele quem dera início ao incêndio. Ele matara todas aquelas pessoas e assassinara Marta.

— Boa tarde! — ele ouviu uma enfermeira cumprimentá-lo e depois parar diante dele. — Como está?

Aquela pergunta foi fácil de entender, por isso ele logo respondeu:

— ¡Bien!

— Como se chama?

— Juan — ele estava indo bem até ali.

— Sabe falar português?

— *No hablo. No...*

— Aqui não dizemos *hablar* e sim falar. Entende?

Juan não disse mais nada. Não adiantaria. Não conseguiriam se comunicar, e isso acabaria deixando-o ainda mais nervoso.

— Fique aqui. Vou buscar um medidor de pressão e também vou auscultar seus pulmões. Não sou médica, mas posso fazer isso. Como notou, há mais pessoas doentes do que funcionários para atendê-las.

A enfermeira afastou-se, sem que Juan tivesse entendido o que ela dissera. Tão logo a viu desaparecer na curva do corredor, ele saltou da maca e fez o caminho contrário ao que ela percorrera.

Juan chegou a um salão maior, onde várias pessoas estavam sentadas em cadeiras de plástico. Muitas pareciam cansadas, doloridas e enfraquecidas e aguardavam serem chamadas. "Isso só pode ser uma sala de espera", pensou.

Havia muitos letreiros com diferentes tipos de informações. Juan não perdeu tempo tentando lê-los, mas avistou a placa com a palavra SAÍDA, com uma seta indicando o caminho. Ele seguiu por aquela direção, surpreso por não ter sido incomodado nem barrado por ninguém. Talvez por estar vestido com roupas comuns, não tinham percebido que ele era um paciente.

Chegar à rua foi tarefa fácil. Juan descobriu que estava em um posto de saúde e não propriamente em um hospital. Estava fraco e faminto e não fazia a menor ideia de aonde deveria ir. Talvez devesse chamar a polícia. Quem sabe lhe diriam que Marta conseguira sobreviver ao incêndio e que ainda estava viva em algum lugar, procurando por ele. E, com um pouco de sorte, seriam deportados de volta à Bolívia para nunca mais voltarem ao Brasil.

Juan começou a andar a esmo pelas calçadas. O que faria sem dinheiro, sem roupas e sem documentos? Se tivesse morrido, seria enterrado como um estrangeiro indigente. Nem ao menos tinha meios de telefonar para seus pais e relatar-lhes o ocorrido. Lembrou-se do quanto Dolores fora insistente e taxativa ao tentar impedi-lo de viajar ao Brasil. O rapaz não dera ouvidos à mãe na ocasião e agora veja só onde fora parar. Veja só tudo o que lhe acontecera, além da vida ceifada de sua amada Marta.

Por sorte, não estava chovendo nem fazia frio, afinal, Juan não tinha roupas de inverno. Estava com a boca seca e sentia que o corpo estava ficando malcheiroso devido ao suor. Um leve odor de tecidos queimados ficara impregnado nas roupas que vestia.

Juan percorreu mais uns três quarteirões, quando avistou uma quitanda. Na porta, havia duas bancas com frutas variadas. Ao chegar mais perto, ele avistou maçãs, bananas e ameixas. Subitamente, seu estômago roncou, e sua boca começou a salivar. Claro que ele teria preferido um bom prato de comida quente, mas, como não havia essa opção, teria de se satisfazer com as frutas. Isso se fosse convincente o bastante para que lhe dessem algumas por caridade.

A quitanda por dentro era maior do que Juan pensava. O aroma de frutas, verduras e legumes frescos fez o apetite do rapaz abrir-se ainda mais. Um homem de meia-idade, ligeiramente acima do peso e vestindo um avental alaranjado, conversava animadamente com uma senhora de cabelos tingidos de lilás. Ela segurava as sacolas com as compras que acabara de fazer.

Julgando corretamente que o sujeito deveria ser o dono do estabelecimento, Juan dirigiu-se a ele.

— ¿Podrías darme una *fruta?* — fez o pedido pausadamente para ter certeza de que seria compreendido.

— Como é que é? — o proprietário da quitanda cofiou o bigode grisalho. — Você está me pedindo uma fruta? Era só o que me faltava!

— E nem brasileiro esse mendigo é — emendou a cliente. — Ele está imundo! Não bastassem os maloqueiros que temos no país, ainda somos obrigados a aturar esse povo que sai da terra deles para vir aqui nos atormentar.

Juan não estava entendendo o que a mulher dizia, porém, conseguiu deduzir que ela o estava criticando. Voltando o olhar para o dono, insistiu:

— *Estoy hambriento. Una fruta, por favor.*

Ele dizia que estava faminto, mas não tinha certeza se o homem o estava entendendo. Apontou para a banca de frutas, tocou na boca e na barriga em seguida.

— *Solo una fruta y nada más.*

Assim que terminou de falar, Juan espantou-se quando viu o homem de bigode soltar uma gargalhada estrondosa e a cliente de cabelo lilás também rir.

— Isso só pode ser brincadeira, dona Marili — o homem comentou com a mulher quando conseguiu conter o riso. — Então, eu me levanto às cinco horas da manhã e trabalho o dia todo para sustentar vagabundo que nem fala português! — voltou-se para Juan. — Dê o fora da minha loja, seu vadio! Arranje um emprego ou volte para seu país.

— E trate de arrumar dinheiro para sustentar a si mesmo — Marili pousou uma das sacolas no chão para gesticular com o braço. — Aproveite e tome um bom banho!

Juan não entendeu o que ela disse, mas sabia que ninguém ali lhe daria uma fruta. Olhou para a sacola aos pés dela e não hesitou. Num gesto ligeiro, agarrou a sacola pelas alças e saiu em disparada na direção da porta da quitanda. Teve tempo de ouvir os gritos do proprietário e de Marili ecoando às suas costas. Sem se deter, chegou à calçada e começou a correr na direção oposta de onde viera. Não se virou para saber se estava sendo seguido e só parou depois de correr por quase quinhentos metros. Estava ofegante, suando em bicas e ainda mais faminto. Quando criou coragem para olhar para trás, acreditou que seus perseguidores teriam desistido de encontrá-lo, ou nem se deram ao trabalho de vir atrás.

Caminhando mais devagar, Juan sentou-se no banco de uma praça, sempre atento à movimentação em torno. Era possível que tivessem chamado a polícia e que viaturas começassem a patrulhar a área. Talvez fosse encontrado e preso por ter cometido o primeiro furto de sua vida, e tudo isso porque queria sobreviver.

Vasculhou a sacola de Marili e encontrou um cacho de bananas, algumas uvas, laranjas e mangas. Devorou as bananas e as uvas com o apetite de um refugiado de guerra e decidiu guardar as frutas que restaram para um momento oportuno.

A tarde já estava morrendo, e logo mais a noite chegaria. Juan não fazia ideia do que deveria fazer. Na praça em que estava havia pessoas dormindo na grama ou encostadas em árvores. Quem sabe não pudesse fazer o mesmo? Jamais tivera necessidade de roubar nada de ninguém, contudo, aquela era a primeira vez em que passava fome. Tudo o que queria era ser localizado e conduzido de volta para sua casa. Se pensasse assim, a ideia de ser encontrado pela polícia talvez não fosse tão terrível.

Juan pensou em Marta e em poucos segundos começou a chorar sentidamente. Como ele a queria consigo, dando-lhe forças para que pudesse continuar. Como sentia a falta dela e como lamentava por ter sido o responsável por sua morte. Agora estava sozinho, abandonado numa terra estranha e desconhecida, sem dinheiro, amigos, documentos, roupas limpas, alimento e sem um teto sob o qual pudesse se abrigar. Além de tudo, não tinha meios de se comunicar com os pais e estava com o coração partido. Sua vida tornara-se uma questão de sobrevivência.

O rapaz, então, fez a única coisa que lhe veio à mente: segurou o escapulário com força entre os dedos e rezou. Pensou em seus avós, em Nossa Senhora de Copacabana e em Deus. À sua maneira, fez uma prece longa e sentida, pedindo por paz, segurança, confiança e uma chance de retornar com vida à Bolívia.

20

A primeira coisa que Juan descobriu ao despertar no dia seguinte foi que dormir em um banco de praça pública era uma espécie de tortura, algo que ele não desejaria nem para um inimigo. Por sorte, não chovera, pois não saberia onde se abrigar.

Sua segunda descoberta foi que alguém levara sua sacola com frutas e os tênis que calçava. Ele furtara a cliente da quitanda, e agora alguém lhe tirara o produto roubado. O pior é que não sabia como conseguiria caminhar no solo quente com os pés descalços. Achando que nada mais lhe restava, Juan sentou-se no banco e entregou-se ao pranto. Não tinha mais forças nem estímulo para seguir em frente.

Por volta das onze horas da manhã, com o sol quase a pino, resolveu andar mais um pouco, ainda que não tivesse um rumo certo. A boca de Juan estava ressecada e ele não tinha certeza se conseguiria água com alguém. Também ansiava por um banho e um prato de comida, o que seria ainda mais difícil de conseguir.

Ao colocar os pés no chão, que estava quente, sentiu as solas arderem, o que logo gerou um incômodo. Andava aos pulos, procurando áreas da praça em que havia gramado e sombra. Quando a área verde terminou, atravessou a rua correndo e deteve-se sob a sombra do toldo de uma loja. Notou que o estabelecimento vendia roupas femininas, e lembranças da fábrica de Ramirez e Dinorá chegaram com força total. Será que naquele imóvel, às escondidas, também havia funcionários escravizados trabalhando?

Juan dobrou a esquina e parou diante de um bar. Sem hesitar, entrou e pediu um copo d'água. A pronúncia do pedido era praticamente a mesma em espanhol. O homem que limpava o balcão com um trapo fez uma careta, mas colocou um copo debaixo da torneira e encheu-o. Juan bebeu tudo de um só gole, pedindo ao atendente que lhe desse um pouco mais de água. Satisfeito e com a sede temporariamente saciada, ele agradeceu com um aceno de cabeça e voltou a encarar as calçadas quentes.

Depois de cerca de dez minutos de caminhada, sentou-se no degrau de entrada de um *sex shop*. Mesmo sem vontade, sorriu ao ver alguns dos produtos que estavam expostos na vitrine. Como as solas dos pés ardiam muito, virou-as para observá-las e ficou horrorizado ao ver as enormes bolhas que haviam se formado.

Não percebeu que alguém saía da loja e caminhava com o rosto voltado para trás, como se estivesse agradecendo alguém. No instante seguinte, um par de pernas robustas e peludas tropeçou nas costas de Juan, fazendo o homem desabar sobre o rapaz. A sacola plástica com as mercadorias que o homem comprara foi parar longe. Com o susto, o primeiro pensamento de Juan foi se levantar e tentar correr, contudo, reparou que o desconhecido já era um senhor de idade, embora tingisse os cabelos de preto.

— Esse boliviano o derrubou? — quis saber outro homem, que veio às pressas do interior do estabelecimento e encarou o senhor. — Não sei o que fazia sentado bem na porta de entrada, atrapalhando a circulação das pessoas.

Sem entender o que o homem dizia, Juan limitou-se a auxiliar o senhor a se levantar. Quando se encararam, descobriu que o homem que tropeçara nele já deveria ter mais de setenta anos.

— Está tudo bem — o homem ajeitou os cabelos tingidos, colocou um sorriso nos lábios e apanhou a sacola que estava jogada no meio da calçada. — Foi só um tombo a mais dentre os muitos que já levei na vida!

— Não suporto essa raça que vem se enfiar em nosso país! — praguejou o funcionário do *sex shop*. — Esse aí até já virou mendigo.

— Não se exalte — o sorriso do velho senhor se ampliou. — Li em uma revista que perdemos um dia de vida a cada vez que nos irritamos por bobagens. Se continuar assim, nunca chegará à minha idade, e posso assegurar-lhe que viver é a melhor coisa que existe.

Juan acompanhava o diálogo sentindo-se deslocado, pois não compreendia quase nada do que falavam. Não sabia se deveria virar-se de costas e tentar fugir — o que seria difícil já que ferira as solas dos pés — ou se seria melhor permanecer ali até que as coisas se acalmassem. Pelo sorriso que o senhor exibia, era possível imaginar que ele não se enfurecera por ter desabado sobre as costas de Juan.

— Você está bem? — o homem perguntou a Juan, que assentiu com a cabeça por ter compreendido a indagação. — Não se machucou?

— *No hablo su idioma* — murmurou Juan, achando que aquilo explicava tudo.

O senhor contemplou-o com mais atenção. Tratava-se de um homem com o rosto vincado por rugas, muitos pés de galinha em volta dos olhos, e que tinha sobrancelhas grossas e grisalhas e olhos muito escuros e perspicazes. Não usava óculos e, ao sorrir, mostrava dentes perfeitos, que provavelmente não eram seus de nascença.

— Por que estava sentado ali? — indicou a porta do *sex shop*.

Palavras que tinham pronúncia parecida com a do espanhol facilitavam um pouco a vida de Juan.

— *Mis pies...* — Juan apoiou-se na parede e mostrou a sola de um deles ao desconhecido.

Neste momento, aconteceu algo que deixou Juan realmente surpreso. O senhor pôs-se a falar em espanhol, não com muita fluência, mas de forma perfeitamente compreensível:

— Entendi. Por alguma razão, você está descalço, e o concreto quente das calçadas machucou as solas dos seus pés. Calce isso — o homem tirou os chinelos que usava e chutou-os para perto de Juan.

— Você fala minha língua? — o primeiro vestígio de esperança surgiu nos olhos de Juan, que logo se encheram de lágrimas. — De onde você é?

— Sou brasileiro, entretanto, estudei na Espanha por muitos anos, onde aprendi um pouco o idioma. Já vivi muito, meu garoto! Mais do que você pode imaginar.

— Se eu calçar seus chinelos, seus pés ficarão feridos.

— Moro a três minutos daqui e posso muito bem andar descalço até lá. Venha comigo.

Ele fez um sinal para Juan acompanhá-lo. De fato, o percurso foi curto, pois o homem morava no quarteirão seguinte. Sua residência ficava em um edifício simples, de apenas seis andares. Foi ele mesmo quem destrancou a porta de entrada do prédio, que dava para a calçada, e pediu que Juan entrasse primeiro. O rapaz mal conteve o alívio ao sentir o frescor do ar-condicionado que ficava no alto do corredor bem encerado.

— Vamos nos apresentar? — o senhor passou a sacola plástica para a mão esquerda e esticou a direita para Juan. — Meu nome é Jarbas.

— Juan — ele apertou a mão oferecida com força. — Não quero incomodá-lo. Posso ir embora, se quiser.

— E para onde vai?

Como não tinha resposta para aquela indagação, Juan limitou-se a sacudir os ombros.

— Sua família vive em qual bairro? — quis saber Jarbas andando na direção do elevador.

— Em El Alto, cidade satélite de La Paz.

— Você veio sozinho para cá?

— É uma longa história — Juan baixou a cabeça e fixou o chão.

Entraram no elevador, e Jarbas apertou o botão do quinto andar. Quando desceram no corredor, ele passou por duas portas antes de se deter diante da terceira e última do pavimento. Destrancou-a e fez um sinal para que Juan entrasse.

O rapaz viu-se em um apartamento pequeno, modesto e muito organizado. A partir da diminuta sala de estar saíam as portas que davam para o banheiro, para a cozinha e para os dois dormitórios. Todas estavam abertas, por isso foi fácil identificar o que havia no interior de cada cômodo.

— Um velho de oitenta e oito anos e que mora sozinho não precisa viver em um palácio — Jarbas sorria. — Eu me orgulho muito do meu cantinho.

— Como disse?! — Juan piscou aturdido. — Disse que tem quase noventa anos?

— Não. Eu disse que tenho oitenta e oito anos, o que não é a mesma coisa. Não gosto de arredondar minha idade para cima, porque sinto como se estivesse apressando meu futuro. E, como mencionei para o dono da loja, amo viver. Desfruto com alegria de cada dia que a vida me concede.

— O senhor não aparenta a idade que tem. Eu lhe daria no máximo uns setenta anos.

— Isso é muito bom — Jarbas voltou a mostrar seus dentes brancos. — Imagine se as mulheres bonitas e solteiras da vizinhança pensassem do mesmo jeito! Eu estaria realizado!

Ele riu da própria piada e apontou com a cabeça para o sofá de dois lugares. Ao lado dele encontrava-se uma velha cadeira de balanço, na qual Jarbas se sentou com prazer, pousando a sacola no colo.

— Sente-se ali, meu jovem. Vejo que está bem sujo, o que me leva a crer que se tornou um andarilho. E com toda a experiência que tenho na leitura das expressões humanas, isso me faz acreditar que essa situação nunca esteve em seus planos. Seus olhos estão tristes e sombrios, revelando que carrega dor, tristeza e mágoa no coração.

— Consegue saber de tantas coisas apenas observando os olhos das pessoas? — Juan estava surpreso.

Quando Jarbas assentiu, o estômago de Juan emitiu um ruído longo, fazendo o rapaz corar na mesma hora.

— Desculpe! — Constrangido, Juan pressionou o ventre com ambas as mãos. — Comi somente algumas frutas ontem.

— Tudo bem! Por um momento, achei que esse estrondo viesse de algum edifício sendo implodido. Não pensei que fosse sua barriga — sempre risonho e bem-humorado, Jarbas tornou a se levantar. — Posso preparar algo para você comer!

— Não precisa se incomodar, senhor.

— Não diga o que um homem da minha idade deve ou não fazer, garoto. Sei que, se não comer alguma coisa, pode desmaiar de fraqueza ou até mesmo se encontrar com os anjos do céu. Não quero prestar depoimento à polícia justificando a presença de um corpo estirado bem no meio da minha sala gigantesca.

Juan sorriu levemente. Era impressionante como Jarbas conseguia fazer tudo parecer sutil, leve e agradável apenas dizendo algumas palavras engraçadas. Antes de seguir para a cozinha, ele abriu a sacola que trouxera do *sex shop* e tirou três potes coloridos, algumas embalagens de preservativos e dois anéis verdes feitos de borracha.

— Não me olhe com essa cara, porque nada disso pertence a mim! — explicou Jarbas com bom humor. — No andar de baixo mora meu amigo João Carlos, de oitenta e três anos. Assim como eu, ele nunca se rendeu ao peso da idade. Viúvo e desimpedido, não hesita em ir para a cama sempre que consegue colocar as mãos em uma mulher bonita, nem que tenha de desembolsar algum dinheiro para isso. Como ele é muito tímido, não entra no *sex shop* nem se encostarem uma arma em sua cabeça, por isso faço esse favor a ele de vez em quando. Não tenho vergonha de nada! — empolgado, ele apanhou um dos preservativos e leu o rótulo. — Por que diabos alguém usaria uma camisinha com sabor de chocolate belga?

Juan foi obrigado a rir, e toda a carga que carregava devido ao acúmulo de tensão, medo e infelicidade pareceu se dissolver um pouco.

— Venha comigo até a cozinha — Jarbas já estava indo para lá. — Posso não ser um excelente cozinheiro, mas ninguém nunca morreu com minha comida. — Ele abriu a geladeira e inclinou a cabeça para frente a fim de ver melhor o que havia lá. — Tenho macarronada, arroz e frango assado com batatas. Tenho certeza de que você deve gostar de batatas, já que na Bolívia há muitas delas.

Juan apenas assentia com a cabeça, ainda sem acreditar que tudo aquilo estava acontecendo. Depois de tantos dias de terror psicológico na fábrica, que culminou na morte de várias pessoas, incluindo a de Marta; da fuga de um pronto-socorro opressivo e malcuidado; e de seu passeio desesperado por uma cidade nunca vista antes, onde passara fome, sede e quase desmaiara sob um sol causticante, encontrar um salva-vidas era como localizar um oásis no deserto. Um salva-vidas que ainda falava seu idioma e que estava prestes a lhe oferecer comida. Será que suas preces haviam sido atendidas muito antes do que poderia imaginar?

Juan sabia que logo as perguntas viriam e que ele seria o mais transparente possível. Ao contrário de Ramirez e de Dinorá e do dono da quitanda de frutas e da cliente, aquele homem parecia ser de confiança. A risada alegre e descontraída, o jeito despojado e dinâmico, o olhar que sugeria tranquilidade e harmonia pareciam provar que Jarbas não oferecia perigo e que era uma pessoa do bem.

Quando Jarbas terminou de esquentar a comida e colocou-a num prato, ele pediu que Juan se sentasse à pequena mesa de dois lugares que ficava a um canto da cozinha e sorriu ao ver o rapaz dar rápidas garfadas na refeição, comendo com vontade. Enquanto isso, refletiu sobre quem ele seria, de onde viera e o que teria lhe acontecido para justificar tanto pesar e tanta dor em seus olhos escuros. Como era um grande estudioso dos assuntos espirituais, sabia que tropeçar em Juan não fora um mero acaso. Por alguma razão, os dois precisavam se encontrar. Ele só não imaginava o motivo.

Jarbas não ficou surpreso quando Juan repetiu o prato pela terceira vez e bebeu quase todo o suco de laranja que o anfitrião fizera rapidamente, enquanto a comida esquentava. O olhar de gratidão que recebeu do jovem boliviano fez o dia valer a pena.

— Não sei como lhe agradecer, senhor. Comer bem era tudo o que eu precisava. Não sabia que a comida brasileira era tão gostosa — Juan comera as refeições que chegavam ao abrigo da fábrica, porém, era tudo muito insosso e quase sempre meio frio.

— Você também precisa de uma ducha, garoto. Não sei o que é essa poeira escura que encobre parte do seu rosto. Sua roupa também está cheia dessa fuligem — sem parar de falar, Jarbas foi até um dos dormitórios e retornou trazendo uma toalha dobrada, uma bermuda, uma camiseta regata e uma cueca que parecia nunca ter sido usada. — Como sou mais alto, as roupas vão ficar um pouco grandes em você, mas isso não tem problema, já que não iremos a nenhum desfile de moda.

— Não sei como lhe agradecer por isso — tornou Juan.

— Ora, pare com esse repeteco e vá logo jogar uma água nesse corpo! Quando você voltar, teremos muito a conversar.

Como Jarbas sempre falava com um sorriso na boca, nada soava como um sermão ou uma reprimenda. Ele agia como o pai de Juan teria agido.

Quando Juan entrou no banheiro e fechou a porta, Jarbas voltou a se sentar em sua cadeira predileta, balançando-se suavemente. Não sabia nada sobre o rapaz e, no entanto, sentia em seu íntimo que precisava ajudá-lo. Nunca levara um desconhecido ao seu apartamento, contudo, sabia que aquele rapaz não era uma ameaça. Quem sabe até pudessem ser amigos.

Como tinha certeza de que não ouviria uma história bonita, fechou os olhos e ligou-se com o Plano Maior, pedindo auxílio aos amigos espirituais para que pudessem orientá-lo da melhor forma possível a ajudar Juan.

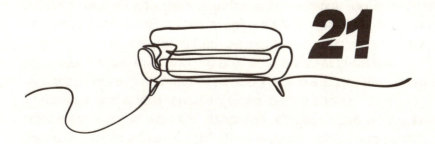

21

Juan sabia que Jarbas estava à sua espera e que precisaria compartilhar o que vivenciara até ali. Não era algo de que se orgulharia de falar, mas talvez até fosse bom ter alguém com quem pudesse desabafar. Havia muita coisa represada dentro de si, um bolo acumulado em sua garganta aguardando o momento de ser colocado para fora.

A sensação de voltar a sentir a água morna lavando seu corpo fê-lo chorar sob o chuveiro. No alojamento, eles tomavam banho com o apoio de uma caneca, e a água era fria. Não havia sabonetes nem xampus disponíveis para os funcionários. Ali, no banheiro de Jarbas, tudo era limpo, organizado e cheiroso. Tão cheiroso quanto ele estava agora.

— Coloque a toalha molhada no encosto da cadeira, porque depois vou estendê-la no varal — ordenou Jarbas. — Quanto às suas roupas, creio que, no estado em que elas estão, devam ir direto para o lixo.

— Tudo bem — concordou Juan. Não queria mesmo voltar a vê-las, pois lhe traziam péssimas recordações.

— Agora quero que se sente no sofá e me conte um pouco de sua vida. Por que saiu da Bolívia sem sua família? Você fugiu?

— É uma longa história.

— Estou disposto a ouvi-la — Jarbas recostou-se melhor e voltou a mostrar outro de seus sorrisos confortadores.

— Tenho dezoito anos e nasci em El Alto. Fui criado pelos meus pais e sou filho único. Eles sempre me trataram muito bem — pensar em Vicenzo e Dolores foi o suficiente para fazê-lo se emocionar. — Desde pequeno, sempre quis conhecer outros países e ter a oportunidade de morar e estudar em um deles. Como sei das dificuldades que existem para entrar e viver nos Estados Unidos, achava que teria mais sorte se viesse para o Brasil. Muitos bolivianos vieram para cá e continuam se mudando para cá.

— A ilusória ideia de uma vida melhor. Para alguns, até pode dar certo, porém, para outros pode se tornar uma grande frustração.

— Sim... só que eu não sabia de nada. Minha mãe sempre foi contra minha vinda para cá, apesar de meu pai sempre me apoiar. Ela achava que eu deveria viver na Bolívia até minha morte, no entanto, as condições financeiras por lá estão muito difíceis. Conheço pessoas que já estão vivendo em situações muito próximas da miséria.

— Aqui no Brasil também existem família vivendo assim.

— Eu achava que comigo poderia ser diferente... Tinha fé de que conseguiria progredir e ainda deixaria meus pais orgulhosos de mim. Nunca tive medo de nada e não temia viajar sozinho para outro país. — Um sorriso surgiu nos lábios de Juan. — Foi quando conheci Marta.

Ele passou a mão pelos cabelos lisos e ainda molhados. Lembrou-se da risada alegre, dos beijos e das palavras motivadoras de Marta. Sempre a amaria, por isso lembrar-se dela o fez chorar baixinho, mas sem se deter em sua narrativa:

— Era uma moça doce, encantadora, meiga e amorosa. Começamos a namorar ainda na escola, e ela concordou em vir para o Brasil comigo, se um dia surgisse a oportunidade — e surgiu por meio de uma carta que recebemos. Um primo distante do meu pai, que partira havia muitos anos antes para cá, convidava pessoas que estivessem dispostas a trabalhar em sua fábrica de roupas para virem ao Brasil. À revelia da minha mãe, decidi me arriscar, pois seria a realização de um sonho. Marta e eu arrumamos todos os documentos e embarcamos.

Jarbas estava pensando no que teria acontecido a Marta, visto que Juan se referia à moça no passado. Diante do rapaz, que chorava e aparentava tanta fragilidade, sentiu vontade de abraçá-lo, mas conteve o impulso para ouvir o restante do relato.

— Logo depois de chegarmos ao Brasil, descobrimos que tudo não passava de uma emboscada. Ramirez, o primo do meu pai, e sua esposa não passavam de dois aliciadores de escravos, pois foi nisso que nos transformamos. A tal fábrica de roupas não passava de um depósito de seres humanos, que trabalhavam até quase a exaustão em troca de um pouco de água e comida. Ninguém recebia dinheiro pelos serviços prestados, e o pior era o fato de que, se houvesse qualquer tentativa de fuga, o trabalhador seria punido com uma surra ou com a morte.

— Por que não comunicou esse fato aos seus pais?

— Porque Ramirez e Dinorá nos tiraram tudo. Perdemos nossas roupas, nosso dinheiro e nossos documentos. Estaríamos lá até hoje, se Ramirez não tivesse demonstrado a intenção de fazer sexo com Marta. Em uma das investidas dele, ela descobriu que havia uma loja do outro lado da fábrica, onde ninguém sabia de nossa presença nem das condições às quais estávamos submetidos. A partir dali, só tivemos uma ideia em mente: fugir.

— E presumo que algo deu errado — adiantou-se Jarbas.

— Muito errado — secando as lágrimas, Juan foi em frente, ainda que sua voz ficasse entrecortada em alguns momentos. — Eles nunca chegaram a ir para a cama, porque a esposa de Ramirez os surpreendeu antes. A mulher era muito malvada, dona de um coração vil e cruel, e agrediu Marta em minha frente. Quando vi a cena, reagi da pior forma possível. Como havia muitos fios soltos e desencapados lá, joguei água em alguns deles e provoquei um curto-circuito, que logo se transformou em um grande incêndio. A esposa de Ramirez morreu, e ele conseguiu fugir, mas não antes de atirar contra alguns funcionários que tentavam alcançar a rua para fugir das labaredas. Infelizmente, parte do teto desabou, me separando de Marta. Não consegui salvá-la...

Juan interrompeu a narrativa e caiu num pranto profundo. Jarbas levantou-se e abraçou o rapaz com força.

— Você sabe onde a fábrica ficava?

— Só saberia se fosse até lá — Juan respondeu quando se acalmou. — Era uma rua muito movimentada, onde há várias lojas de roupas.

— Como se trata de um incêndio de grandes proporções, deve ter virado notícia nos jornais. Não leio as notícias ruins, porque não me acrescentam em nada. Apesar disso, posso pesquisar o caso para você. É possível que sua namorada nem tenha morrido.

— Não acredito nisso. Sei que ela morreu. Não havia como escapar, e o fogo estava muito próximo dela.

— Tudo bem. E o que você fez quando saiu de lá?

— Desmaiei e acordei num pronto-socorro. Ninguém cuidava dos pacientes, que estavam largados em macas nos corredores. Eu me levantei e saí de lá com a maior facilidade. Acho que até deram graças a Deus por um paciente a menos. Depois, comecei a vagar pelas ruas, roubei frutas, passei a noite anterior num banco de praça e tive meus sapatos roubados. Um pouco mais tarde, nos encontramos, e isso é tudo.

Juan recebeu passivamente outro abraço de Jarbas, fechou os olhos e deixou que lágrimas vertessem. Falou sobre o escapulário que recebera de Marta e que seu único desejo, além de ter notícias dela, era poder voltar para casa.

— Prometo-lhe que tentarei ajudá-lo da forma que eu puder — garantiu Jarbas. — Sei que é preciso estar com a documentação em ordem para conseguir viajar. Tenho uma neta que mora nos Estados Unidos e entendo como a burocracia é complicada, além de obrigatória. Como você perdeu tudo, creio que teremos de procurar a embaixada boliviana para ver como ficará sua situação. Também já ouvi falar em estrangeiros que são enviados para suas terras de origem sem custo, mas não sei quais as condições para que isso aconteça.

— Acha que sou um assassino? — A pergunta de Juan surgiu de repente. — Fui eu que matei todas aquelas pessoas? Eu matei o amor da minha vida?

— Não se culpe, rapaz. Acredito sinceramente que você não seria nem capaz de matar seus patrões de forma premeditada. A culpa faz você se sentir tão sujo quanto estava ao entrar aqui. Aliás, preciso lhe dar um remédio para passar nas solas dos pés.

— Obrigado. Não penso assim. Acho que tudo o que vivi desde que escapei da fábrica é parte de um castigo por ter provocado o incêndio. Só me aconteceram coisas ruins.

— Epa! E eu estou incluído nessas coisas ruins? — Jarbas fingiu estar bravo. — Pode esquecer o remédio, pois lhe darei veneno para baratas no lugar.

Juan sorriu, percebendo que Jarbas sempre tentava fazer ou falar algo para não vê-lo chorar.

— Como faço para não me sentir culpado? Para sentir que estou com a consciência limpa?

— Você não é culpado de nada, meu querido. Apenas agiu em defesa de sua namorada. Todas aquelas pessoas estavam lá por alguma razão, e só a vida sabe qual é. Pode não parecer, mas tudo é para seu bem, para seu crescimento e sua experiência. Das tragédias também surgem grandes aprendizados.

— Fiz tudo errado e me odeio por isso — resmungou Juan.

— Você fez seu melhor ou o que foi possível no momento. Já falei para não se culpar. Carregar sentimentos negativos nas costas pode nos deixar corcundas, literalmente falando. Juan, temos muitas coisas bonitas dentro de nós. Temos um amor puro, infinito, completo, poderoso, genuíno e incondicional aqui no peito, que é capaz de nos acalentar, acolher, orientar e nos dar paz, segurança e plenitude. Esse amor é a expressão do Divino em nós; é a expressão do nosso eu interior. Nosso espírito é o que nos nutre, nos anima e nos guia em nossas ações. Nele há a centelha divina, como a mais completa fonte de amor, jorrando o tempo todo e pronta para nos curar de vícios, enfermidades e pesares. Quando você se olha com amor, reverencia essa força interior, que cura, regenera, harmoniza e renova. Quando você se ama, revela a ação de Deus sobre si.

— Acho que eu precisava ouvir essas palavras... — balbuciou Juan baixinho, secando as últimas lágrimas.

— Amigos espirituais que estão aqui presentes esperam que você se veja com amor, mas estão dizendo que você está abrindo um grande espaço para a culpa esmagadora e deixando de lado os cuidados consigo mesmo. Superar uma perda nunca é fácil, mas é possível. Ressalte o que há de melhor em si para conseguir passar por esse momento tão difícil. Ligue-se ao amor que Deus tem por você, que tudo pode, tudo faz e tudo cura.

— Amigos espirituais? — ao fazer a pergunta, Juan lembrou-se dos sonhos que tivera com seus avós e, apesar das poucas lembranças que guardava de ambos, quase pôde sentir a presença deles no ambiente.

— Pessoas queridas, que já não usam a roupagem terrena, mas que mantêm por você um carinho muito especial, estão aqui presentes. Saiba, meu rapaz, que estamos rodeados por seres astrais e que depende de nós manter por perto as boas e sábias companhias ou as inferiores e negativas. Além disso, depende de nós permitirmos que a força divina trabalhe em nosso interior, cicatrizando cada ferida aberta e nos mantendo no bem e no positivo. É nisso que devemos nos manter para que tudo flua com abundância e prosperidade em nosso dia a dia.

Quando Jarbas parou de falar, Juan estava impressionado. Tinha reparado que ele se manifestara com uma leve alteração na voz, como se não fosse ele a lhe dizer tais palavras. Pensou novamente nos sonhos e tentou imaginar se eram seus avós que estavam ali. Fosse quem fosse, ele sentiu-se muito mais tranquilo e confiante. Reconhecia que precisava se tratar melhor. Se estivesse por ali, Marta exigiria isso dele.

Sabia que estava diante de um amigo novo e confiável e não importava que houvesse uma diferença de setenta anos entre eles. Algo invisível parecia tê-los unido. Algo sublime e terno, que só poderia ser uma amizade sincera e autêntica.

22

As semanas foram avançando, e Margarida não voltou a ter notícias de Vinícius e de seu cachorro. Ele não a procurou no hotel, e ela já começava a pensar que não o faria. Provavelmente, já teria se esquecido dela ou, na pior das hipóteses, retornado ao trecho mal iluminado para tentar assaltar outras pessoas.

Como a cidade era pequena, em dois dias Margarida conseguiu percorrê-la de ponta a ponta. Não havia muito para ser visto ou visitado. Por ali havia um clima hospitaleiro, com habitantes gentis, solícitos e educados. Por outro lado, não era um município que ela escolheria para viver definitivamente.

Margarida acordou triste na manhã do dia 23 de janeiro. Fazia um mês que Guilherme sofrera o acidente na estrada, o que resultou em sua morte e na das crianças. Às vezes, ela tinha a impressão de que meses haviam se passado desde então. Em outros momentos, parecia que fazia poucas horas que a tragédia acontecera.

A dor continuava presente e fixa em seu coração. Nas últimas noites, Margarida chorara antes de dormir, chamando por eles em voz baixa. O silêncio atordoante que recebia como resposta a deixava ainda pior, como uma evidência de que eles nunca mais poderiam conversar com ela. Só quem já passara por situação semelhante poderia atestar que ela não estava exagerando em seu sofrimento e que a perda inesperada de pessoas queridas deixava uma das mais dolorosas marcas nos sentimentos humanos.

Margarida pensou que talvez fosse a hora de deixar a cidade, retornar à estrada e seguir em frente à procura de um novo destino. Não tinha nada para fazer ali. Passar o tempo dirigindo ou caminhando pelas ruas de uma cidade sem movimento nenhum era uma tarefa entediante, tanto quanto se manter presa em um quarto de hotel.

Gostava de tomar café da manhã em uma padaria que descobrira na rua de trás, pois o que era servido no hotel deixava muito a desejar. Naquela manhã, contudo, ela não acordou animada e estava sem apetite. Queria apenas continuar deitada, chorando, lamentando e sofrendo, perdida em suas recordações.

Margarida não avistou o vulto que estava encolhido num canto do quarto. O mesmo vulto que estivera presente em sua residência e que a seguira até lá. De vez em quando, o ser saía de sua posição, aproximava-se da cama e estendia os braços, como se quisesse tocá-la, para logo recuar às pressas, como se estivesse arrependido de seus atos. Não falava, não sorria, não chorava; apenas passava todo o tempo contemplando Margarida fixamente.

Quando seu corpo começou a se sentir incomodado por permanecer tanto tempo na cama, Margarida consultou as horas no relógio de pulso e decidiu que deveria, pelo menos, comer algo na padaria. Já passava das nove, e logo deixariam de servir o café da manhã.

Aplicou uma discreta maquiagem no rosto para tentar disfarçar as olheiras fundas, prendeu os cabelos em seu famoso coque e colocou um vestido simples, branco. Calçou também sandálias brancas e pendurou dois brincos nas orelhas. Nada chamativo nem exagerado, porque ela mesma não desejava chamar a atenção de ninguém.

Ao descer à recepção, ela notou um homem elegante conversando animadamente com o senhor que ficava atrás do balcão. Quando percebeu a presença de Margarida, ele parou de falar e a fitou. Ela nunca o vira antes, ou teria se lembrado daqueles olhos verdes e aquele rosto quadrado e viril. O homem era alto, de ombros largos e possuía cabelos grisalhos e ondulados. Aparentava ter pouco mais de quarenta anos e vestia-se inteiramente de branco, assim como ela.

— Bom dia! — ele cumprimentou Margarida com um belo sorriso, que o deixou ainda mais atraente e sedutor.

— Bom dia! — ela respondeu apenas por educação e ofereceu um fraco sorriso ao recepcionista, de quem já se tornara amiga. Passou por eles sem se deter e ganhou a rua logo em seguida.

Quando chegou à calçada, Margarida respirou aliviada. Não queria conversar com ninguém, pelo menos não naquela manhã em que estava tão emotiva pensando nas crianças e no marido. Pensando que nunca mais seria a mesma sem eles e que não sabia ainda de onde tiraria forças para continuar sua jornada sem a presença da família, ainda que Anabele tivesse dito que isso era totalmente possível.

Ao pisar na calçada da padaria, Margarida não conteve um grito de susto quando um grande cachorro marrom surgiu do nada e atirou-se em suas pernas, por pouco não a derrubando no chão. O cão requebrava, tamanha era sua alegria por tê-la encontrado. Só quando seu coração recobrou os batimentos normais, Margarida reconheceu que aquele era Tirano.

— O que você está fazendo aqui? — ela afagou a cabeça do cachorro, agachando-se para ficar mais próxima a ele.

Margarida virou o rosto para o lado e viu que Vinícius estava do outro lado da calçada, imóvel, olhando-a com expressão fechada. Assim como da outra vez, ele usava roupas muito maiores que seu corpo.

Percebendo que ele não pretendia se aproximar, Margarida levantou-se e caminhou até o adolescente, com Tirano pulando nela e latindo animadamente.

— Parece que Tirano é bem mais educado que você! — ela comentou ao parar diante de Vinícius.

Como o menino não disse nada, Margarida voltou-se para o cachorro:

— Estou impressionada por ter me reconhecido, sabia? Você é um fofo!

Satisfeito com o elogio, Tirano jogou-se no chão e exibiu a barriga para ela. Quando Margarida se inclinou para acariciá-lo, os olhos do cachorro se fecharam de prazer.

— Por que não me procurou, Vinícius? Não gostou de mim?

— Não é da sua conta. — A voz do adolescente estava ríspida.

— Achei que fôssemos amigos, por isso esperei que fosse me procurar no hotel.

— Não fui porque não tive vontade.

Ao dizer isso, Vinícius desviou o olhar, e Margarida descobriu que ele era um péssimo mentiroso. Estava se fazendo de difícil porque sempre encobria seus reais sentimentos.

— Sempre saio às ruas para dar um passeio e nunca mais o vi.

Vinícius abriu a boca para dizer alguma coisa, mas pareceu pensar melhor e tornou a fechá-la. Margarida logo percebeu que ele estava escondendo alguma coisa.

— Não deixaram você sair, não é mesmo? Desde aquela noite, você ficou preso dentro de casa.

— Minha vida não te interessa.

— Interessa a partir do momento em que passei a considerá-lo um amigo. Aliás, não tenho outro na cidade, além do recepcionista do hotel onde estou hospedada. Converso com ele todos os dias.

— Dane-se — Vinícius quase gritou, e sua voz tornou-se mais fina, prenúncio de que ele estava engolindo o choro.

— Você já tomou café da manhã?

Como se a pergunta tivesse sido dirigida a ele, Tirano voltou a ficar de pé e a pular sobre Margarida, o que a fez sorrir.

— Parece que Tirano está me contando que vocês ainda não comeram e que estão famintos.

Vinícius apertou os lábios e não respondeu nada.

— Estava indo à padaria tomar café. Não gostaria de me acompanhar? Ficaria feliz se meu amigo me acompanhasse — convidou Margarida delicadamente.

— Não somos amigos e não estou com fome — parecendo irritado, Vinícius deu as costas e fez menção de se afastar.

Tentando detê-lo, Margarida segurou-o pela camiseta, que se esticou e exibiu um pedaço das costas do adolescente. E o que ela viu, ainda que durante um ou dois segundos, deixou-a chocada. Nas costas muito morenas de Vinícius havia três vergões avermelhados e um hematoma roxo. Ele deu um safanão para se soltar e olhou-a com cara feia:

— Nunca mais segure em mim desse jeito!

— Nunca mais minta para mim!

— Você é uma chata, que acha que pode mandar na minha vida só porque tem dinheiro!

— E você é um mentiroso, que está se fazendo de malcriado apenas para esconder a realidade. Quem machucou suas costas? E não me diga que caiu por acidente ou que isso aconteceu durante uma brincadeira com Tirano.

Margarida viu Vinícius empalidecer e seus olhos marejarem.

— Você tem duas opções, Vinícius: virar as costas, correr para o mais longe que puder e esquecer-se de mim de uma vez por todas, ou entrar comigo na padaria e me contar o que está acontecendo, ou pelo menos alguma parte que queira me dizer. Desde o início, notei que você não é um ladrãozinho, nem é esse garoto respondão que tenta demonstrar ser. Seus olhos estão clamando por ajuda, e estou aqui para tentar apoiá-lo.

Vinícius simplesmente a olhava, enquanto seus lábios tremiam.

— É melhor que me deixe em paz, OK? Você não sabe nada sobre viver uma vida medíocre e infeliz, porque está nadando na grana.

Dito isso, ele virou-se de costas para ela outra vez e foi caminhando a passos largos. Já estava vários metros à frente, quando a ouviu dizer:

— Hoje faz um mês que enterrei meu marido e meus dois filhos. Eles eram tudo o que eu tinha, e a "grana" que você afirma que eu tenho não impediu a morte deles. Desde então, não tenho mais razão para viver. Portanto, Vinícius, saiba que entendo tudo sobre viver uma vida medíocre e infeliz, porque é nisso que minha existência se transformou desde que eles se foram.

Vinícius estacou e voltou-se lentamente para ela. Ambos não se surpreenderam quando viram lágrimas nos olhos um do outro.

— Você está falando a verdade? — ele indagou entre soluços.

— Acha que eu mentiria sobre algo assim? Bem que eu gostaria que tudo não passasse de uma grande mentira e que Guilherme, Zara e Ryan estivessem à minha espera no hotel.

Com os braços caídos ao longo do corpo, Vinícius retornou para perto de Margarida e secou as lágrimas teimosas com violência, como se estivesse enraivecido por estar chorando diante dela.

— Por que você veio para cá?

— Porque não havia mais nada a fazer em São Paulo. Pode não parecer, mas eu era a presidente de uma importante revista sobre política. Fui empresária durante anos e lhe confesso que amava meu trabalho, contudo, depois que eles morreram, tudo perdeu a graça, entende? Eu não tinha ânimo para mais nada, por isso achei que seria melhor se deixasse a cidade em busca de uma vida nova.

— Como eles morreram? — subitamente Vinícius estava curioso e interessado.

— Foi um acidente. O carro em que eles estavam colidiu com outros veículos, devido à infração cometida por um motorista bêbado. Além do meu marido e dos meus filhos, outras três pessoas também faleceram. Foi muito triste.

— Foi por isso que você disse que queria ficar com as fotos deles, no dia em que eu quase roubei seu carro?

— Sim. As fotografias e as lembranças que guardo no coração são tudo o que me restou deles. Doei todos os pertences deles a uma instituição de caridade, e isso me deixou destroçada — Margarida fungava baixinho. — E ainda estou em pedaços. Não sei quando conseguirei me recuperar — se é que conseguirei algum dia. E quer saber? Até tentei me matar para escapar da dor e do sofrimento que estava sentindo.

Margarida não sabia ao certo porque estava confidenciando trechos tão complexos e profundos de sua vida a um adolescente problemático e instável de quatorze anos. Não obstante, sentia que devia fazê-lo.

— Eu também já tentei fazer isso, mas na hora acabei desistindo. Tenho medo.

— Você também tentou se suicidar?

Vendo Vinícius sacudir a cabeça em consentimento, ela apontou para a padaria.

— Tem certeza de que não quer tomar café comigo? Parece que nós dois passamos por momentos muito dolorosos. Vi as marcas em suas costas e sei que alguém o agrediu, Vinícius. Também sei que você não me procurou no hotel, porque foi impedido de sair de casa, talvez por estar de castigo. Estou enganada?

Após um pouco de hesitação, ele fez que não com a cabeça.

— Meu querido, nós dois estamos feridos. Sua dor é no corpo, e a minha, no coração. Não tenho outra pessoa por perto para conversar e acredito que você também não tenha amigos com quem possa confidenciar o que acontece dentro de sua casa. Sendo assim, temos muitas coisas em comum. Deveríamos juntar nossas forças e ver o que acontece, não acha?

— Pode ser.

Resignado, Vinícius acompanhou-a até a padaria. Assim que entraram, Tirano sentou-se na calçada, com os olhos fixos em seu dono para não perdê-lo de vista.

Margarida e Vinícius acomodaram-se nas banquetas altas que margeavam o balcão e analisavam-se com atenção. Tão logo fizeram o pedido ao atendente, Vinícius confessou:

— Meu padrasto me bate.

A última frase de Vinícius provocou sensações inquietantes e nefastas em Margarida. A memória da mulher levou-a de volta à sua infância, na qual Sidnei, seu padrasto, surgia em seu quarto para fazer coisas das quais ela tinha verdadeiro pavor. Quando era menor de idade, ele tocava partes do corpo de Margarida que a enchiam de vergonha. Conforme seu corpo foi se desenvolvendo e ganhando formas mais arredondadas e femininas, as carícias intensificaram-se até acontecer o primeiro estupro.

Foram anos de tortura física e psicológica. Acuada em uma cidade pequena, onde as palavras de uma adolescente vista por muitos como tímida e taciturna pouco seriam levadas em conta, Margarida jamais pediu ajuda externa e limitou-se a guardar em si mesma aquele segredo nojento, afinal, a única pessoa com quem tentara se abrir mais de uma vez jamais lhe dera crédito. Para Elza, seu marido era a imagem e semelhança de um anjo celestial, e, se algo estava acontecendo, era porque sua filha provocava sexualmente o padrasto.

E isso acontecia quando Elza não estava muito embriagada, do contrário, limitava-se a rir como uma tola, a berrar descontroladamente ou a se render a prantos longos e tristonhos. Poucas semanas antes de Margarida fugir de casa, Elza raramente era vista sóbria. Para a menina, era deprimente se deparar com a mãe entornando garrafas de uísque e vodca às sete horas da manhã, como se fossem medicamentos controlados. Mais deprimente ainda era ter se tornado uma espécie de prostituta do próprio padrasto, que exigia sexo em troca de não machucá-la fisicamente.

Depois de fugir, Margarida nunca mais voltou a ter notícias deles. Não sabia se permaneciam morando na mesma casinha simples e na mesma cidade pacata, nem se estavam vivos ou mortos. Cerca de vinte anos haviam se passado, e eles jamais a procuraram. Margarida acreditava que a tinham deixado em paz. Faziam parte de um passado do qual ela odiava se lembrar.

Ouvir de um garoto que ele também era agredido pelo padrasto reacendeu nela tudo aquilo que estava enterrado sob uma pedra gigantesca. Como ela mesma dissera a Vinícius, os dois tinham vários pontos em comum, mas aquela estranha coincidência já era um pouco demais. Só faltava ele contar que a mãe também mergulhava no álcool para fugir da realidade.

Ávida por mais informações, de forma que pudesse ajudá-lo de alguma maneira, Margarida rodou a banqueta para que pudessem ficar frente a frente.

— Por que seu padrasto bate em você? — ela sondou com voz gentil.

Vinícius deu de ombros.

— Quem sabe? Quando ele não está de bom humor, procura um alvo onde possa descontar sua raiva.

— O que aconteceu com seu pai?

— Morreu. Eu tinha menos de cinco anos quando ele faleceu. Minha mãe já me falou sobre isso, mas nunca prestei muita atenção. Não dá para gostar de alguém de quem você não se lembra.

"E em alguns casos, nem de quem você se lembra", refletiu Margarida. Em voz alta, ela exprimiu:

— Em sua casa, moram apenas você, sua mãe e seu padrasto?

— E Tirano também, só que ele não pode entrar lá. Meu padrasto o odeia. Quando está furioso, bate nele também.

Ouvir aquilo revoltou Margarida. Que espécie de sujeito era aquele que maltratava até um animalzinho?

— E por que ele fica tão furioso?

— Quem sabe? — repetiu Vinícius. — Aquele homem é louco.

Margarida olhou-o em silêncio. Muitas vezes, também pensara que Sidnei fosse louco. Só muitos anos mais tarde chegara à conclusão de que ele era apenas um sádico, que abusara de uma adolescente porque isso lhe dava prazer.

— Ele trabalha fora? — ela continuou com o interrogatório.

Quando Vinícius ia responder, o atendente retornou trazendo os lanches que haviam solicitado. Ela pediu um misto quente, e ele, um X-tudo bem recheado. Como bebida, tomaram refrigerante. Assim como da vez anterior em que jantaram juntos, o garoto atacou o lanche com grandes e ferozes mordidas.

— Ele é aposentado, mas vive como um vagabundo! — exclamou Vinícius falando de boca cheia. — Passa quase o tempo inteiro sentado em frente à televisão, bebendo cerveja, assistindo aos jogos de futebol ou àqueles filmes em que as pessoas transam loucamente.

— Espero que você não faça companhia a ele durante essa programação.

De repente, Vinícius corou, pigarreou e desviou o olhar para o lado de fora, onde Tirano permanecia no mesmo lugar, encarando-o amorosamente. Uma lágrima escorreu pelo canto do seu olho.

— Não precisa ficar triste nem constrangido. — Sorriu Margarida. — Apesar de ser proibido pela censura, saiba que não é o primeiro adolescente a assistir filmes pornográficos. Hoje em dia...

— Ele tenta fazer em mim o que vê os atores fazendo na televisão.

A confissão veio rápida e murmurada. Margarida empalideceu e em seguida ficou rubra de ódio. Ainda atônita, buscou confirmar:

— Seu padrasto tenta fazer sexo com você?

— Ele sempre tenta... — novas lágrimas caíram dos olhos de Vinícius. — Quando eu me sinto cansado demais para resistir, ele consegue.

Aquilo foi a gota d'água para Margarida, que ficou tão alterada a ponto de bater a mão na lata de refrigerante e derramar o líquido borbulhante sobre o balcão. Ela desculpou-se com o atendente, que, já com um paninho nas mãos, se prontificou a limpar a sujeira.

Ainda nervosa, ela recusou a outra lata de refrigerante que lhe foi oferecida e tornou a fixar atentamente Vinícius.

— O que ele fez com você?

— Não quero mais falar sobre isso. Não aqui, com tantas pessoas por perto. Algum amigo dele pode estar aqui, escutar tudo e contar a ele. É meu corpo que vai sentir o peso do castigo.

Era um pedido coerente, e Margarida consentiu, entretanto, ela não estava nem um pouco mais calma.

— Gostaria que me desse seu endereço, querido. Não vou admitir que essa situação continue acontecendo em sua casa.

— Não posso — ele arregalou os olhos. — Isso só serviria para deixá-lo ainda mais irritado. Ele me daria uma surra com a cinta.

— Você nunca contou nada disso à sua mãe?

— Nunca, porque ele me diz que a mataria e depois acabaria comigo se eu falasse algo sobre o que fizemos.

As mãos de Vinícius tremiam, assim como as de Margarida, pois ela também sabia o que era dividir o mesmo teto com uma mãe que só estava ali de corpo presente, sem oferecer ajuda. No caso do menino, contudo, havia uma ameaça velada por trás da história que a impedia de amparar o próprio filho, já que ela supostamente não sabia de nada.

— Você acredita que ele cumpriria a palavra? Acha mesmo que seria capaz de fazer alguma maldade com você e sua mãe?

— Já lhe disse que ele é louco. Não dá para confiar nele.

— Por que ele o prendeu em casa durante todos esses dias? Já sei que foi por essa razão que você não foi me procurar no hotel.

— Quando minha mãe saiu para fazer uma de suas faxinas no dia seguinte ao que você me levou para jantar, meu padrasto levou duas mulheres para casa. Elas eram dessas que atendem os caminhoneiros na estrada e ganham para fazer o mesmo que aquelas atrizes dos filmes fazem. Do meu quarto, eu podia ouvir os gemidos, os barulhos e os gritos. Uma delas parecia uma sirene, pois fazia assim: "Óóóuuu, ããã iiiii, huummm...".

Apesar do jeito meio cômico que ele imitou os sons, Margarida não sorriu.

— Depois que terminaram, e elas foram embora — continuou Vinícius —, ele me mandou limpar o quarto antes que minha mãe voltasse e notasse alguma coisa. Como sabia que ele me bateria se eu não o obedecesse, fui logo cumprir a ordem. A cama estava toda desarrumada e havia quatro camisinhas usadas no chão com coisas estranhas grudadas nelas.

— Pule essa parte — pediu Margarida. — Você conseguiu deixar tudo limpinho?

— Não, porque ver aquilo me deu muito nojo. Isso sem falar que ele estava parado na porta do quarto, vestindo apenas uma cueca e me olhando fazer a limpeza. Eu percebi que ele ficava... bom, que ele estava... — subitamente, Vinícius corou e tornou a pigarrear.

— Entendi. O porco nojento se excita enquanto o observa. Sabia que isso se chama pedofilia? Se você procurasse a polícia e pudesse provar o que ele faz, seu padrasto passaria anos na prisão.

— Pode ser. Uma vez, eu disse isso a ele. E sabe qual foi a resposta? Que antes de ir preso, daria um tiro nas costas de minha mãe. Isso me dá muito medo.

Vinícius voltou a chorar, e Margarida concluiu que seria impossível terminar aquela conversa ali. O lanche dela estava praticamente intocado. Ela pediu que colocassem num prato algumas esfirras de carne, pois daria o recheio ao cachorro. Margarida pagou a conta e saiu da padaria com o adolescente, que foi recebido com uma saudação eufórica por parte de Tirano.

Ela aguardou que o garoto oferecesse a carne das esfirras ao amigo canino, que se fartou de tanto comer. Quando voltaram a caminhar pela calçada, ela pediu:

— Por que você não terminou a limpeza do quarto?

— Porque eu estava incomodado vendo o que ele fazia. Já li numa revista que o nome daquele gesto feio é masturbação. Confesso que uma vez tentei fazer em mim, só que o resultado não foi o mesmo.

Ele mostrou um de seus raros sorrisos, e Margarida acariciou os cabelos dele.

— Ele ficou nervoso por causa disso?

— Sim, ficou muito bravo. Disse que, se eu não deixasse o quarto novo em folha, usaria o cabo da vassoura para me machucar. Como ele já fez isso duas vezes, eu acreditei. Mesmo assim, não quis fazer o serviço. O quarto estava cheirando a azedo, e aquelas camisinhas estavam muito nojentas. Ele insistiu, e eu continuei me recusando a limpar. Não tenho coragem para enfrentar meu padrasto, mas nesse dia eu tive.

— Ele bateu em você?

— Por incrível que pareça, não. Porém, quando minha mãe voltou do trabalho, ele inventou coisas horríveis sobre mim. Disse que havia me flagrado "bolando um beck".

— Fazendo o quê?

— Enrolando um baseado, um cigarro de maconha. Os "manos" chamam assim. Você era quase a dona de uma empresa de fabricar revistas e não conhece essa gíria? Vai ser desinformada assim lá na China!

Margarida aceitou a ofensa sem se abalar.

— Sua mãe acreditou nele, mesmo quando você o desmentiu?

— Sim. Minha mãe me colocou de castigo por quase quinze dias, mas não precisei cumprir toda a pena, porque ela ficou com dó e me liberou antes. Eu estava indo ao hotel procurá-la, mesmo tendo certeza de que você já tinha ido embora. Nesse momento, Tirano escapou de mim e correu até você, quando a viu do outro lado da calçada. É um cachorro muito inteligente e meu único e verdadeiro amigo.

— Você também é um menino muito inteligente. Só não entendi porque quis me assaltar naquela noite.

— Eu também não sei. Nunca tinha feito aquilo, apesar de já ter afanado carteiras dos clientes de Maria Dita, aquela do restaurante. Você foi minha primeira vítima mais completa. — Ele sorriu. — Eu estava revoltado por conta de tudo isso e quis descontar minha raiva em alguém. Ou quem sabe ser descoberto pela polícia e levado para algum lugar horrível onde eu ficaria por algum tempo? Apesar de que se isso acontecesse, com certeza a minha vida seria melhor do que a que tenho agora.

— Você tinha uma arma, está lembrado?

— Já me livrei daquele canivete. Olha, o assalto não foi uma ideia tão fracassada assim. Afinal, foi por causa disso que nos conhecemos.

"Sim, ele realmente é muito inteligente e esperto", refletiu Margarida.

— Tem certeza de que não pode me dar seu endereço? — ela insistiu. — Não vou dizer nada do que me contou ao seu padrasto.

— De jeito nenhum. Acredito que você não falaria nada, mas não confio nele. Sei como aquela peste é. Ficaria desconfiado e começaria a me fazer perguntas. Quando percebesse meu nervosismo, ele teria certeza de que nos conhecemos e que você foi até minha casa para tentar me ajudar.

Aquilo fazia sentido, por isso Margarida não se opôs. Mesmo assim, não desistiria. Daria um jeito de levantar mais informações sobre a residência de Vinícius de uma forma que não o comprometesse.

Vinícius acompanhou Margarida até a entrada do hotel em que ela estava hospedada. Quando ela perguntou se ele desejava subir, o adolescente chacoalhou a cabeça em negativa.

— Hoje não. Preciso voltar logo para casa. Quando saio e demoro na rua, ele me xinga assim que entro. Não estou a fim de arrumar encrenca com aquele louco.

— Tudo bem. Agora você já sabe onde fico. Pode me procurar sempre que tiver vontade ou sentir necessidade de um ombro amigo.

— Você é mais do que um ombro. — Finalmente, Vinícius mostrou um imenso sorriso, que durou apenas um instante. — Obrigado por encher minha barriga e a de Tirano.

Ao ouvir seu nome, o cachorro latiu em agradecimento. Margarida voltou a afagar a cabeça do cão, ainda preocupada com a história que Vinícius narrara.

O garoto despediu-se de Margarida e afastou-se antes que ela tentasse abraçá-lo novamente. Ela permaneceu parada na calçada, vendo-o ganhar distância. Mesmo sem perceber, era a primeira vez em que pensava em algo que não fosse a tragédia que se abatera sobre sua vida.

Margarida cumprimentou o recepcionista ao entrar no hotel e estava entrando no elevador, quando alguém pediu que ela segurasse a porta. Ao se virar, viu o mesmo homem que encontrara mais cedo conversando no hall de entrada. Ele trazia algumas sacolas nos braços e sorriu gentilmente para ela. Seus olhos verdes brilhavam energicamente.

— Obrigado. Subindo juntos, economizamos energia elétrica! — ele comentou, apertando o botão do terceiro andar, três abaixo do que Margarida estava.

Ela não respondeu, mas retribuiu o sorriso. Quando o elevador abriu as portas no pavimento no qual ele estava hospedado, o homem agradeceu a ela novamente e saiu sem olhar para trás. Margarida deu de ombros, ainda pensando no triste e sombrio relato de Vinícius. Não podia ficar de braços cruzados, consentindo os ataques brutais dos quais o garoto era vítima.

Assim que entrou no quarto, todavia, os pensamentos de Margarida mudaram radicalmente. Sua ânsia de proteger o novo amigo foi substituída pela tristeza ao se lembrar do marido e dos filhos. Os olhos dela encheram-se de lágrimas, e Margarida deitou-se na cama, permitindo que o pranto a envolvesse.

O espírito de fisionomia indistinta estava no quarto, sem se dar conta de que sua energia estava afetando Margarida, enfraquecendo-a, atormentando-a com as recordações do acidente e reduzindo suas forças para superar a perda dos entes queridos e vencer.

23

    Jarbas tinha o costume de riscar os dias no calendário à medida que eles passavam, o que fazia Juan ter a impressão de que o tempo estava correndo mais depressa. Já estava morando com o amigo havia quase quinze dias e às vezes tinha a sensação de que apenas poucas horas haviam transcorrido desde que se conheceram.

    Nesse ínterim, a amizade entre eles ganhou força. Jarbas agia como um verdadeiro pai, sempre dando conselhos e orientações a Juan, ora num tom sério e formal, ora de um jeito brincalhão e divertido. Nada disso, contudo, fez o rapaz se esquecer de Marta ou deixar de chorar pela morte dela. Por outro lado, já não se sentia culpado pelo que acontecera. Ele pensava que a culpa deveria recair sobre Ramirez, que enganara seus conterrâneos, submetendo-os àquelas condições terríveis. Se houvesse um nível mínimo de segurança na fábrica, os fios não estariam descascados e expostos, e, provavelmente, nunca teria acontecido um incêndio.

    Em uma manhã ensolarada, Jarbas levou Juan ao Consulado Geral da Bolívia, localizado em São Paulo. Lá, ele foi intimado a relatar minuciosamente tudo o que lhe ocorrera desde sua chegada ao país. O rapaz, então, falou sobre o trabalho escravo a que fora submetido, sobre o roubo de seus documentos e suas roupas, e finalizou contando sobre o incêndio. Imediatamente, a polícia brasileira foi acionada, e o jovem rapaz prestou depoimento na delegacia, pois era uma testemunha do incêndio, cuja origem ainda não fora totalmente esclarecida pelos peritos.

Juan fez um grande esforço para não chorar, enquanto descrevia detalhadamente o sofrimento que ele, Marta e todos os outros vivenciaram na fábrica. Olhava fixamente para o intérprete que fora designado para traduzir seu depoimento e que repassava suas palavras ao delegado. Juan não escondeu o fato de ter jogado água na fiação elétrica e disse que assumiria a responsabilidade penal, se fosse o caso, como o responsável por ter provocado as chamas.

— Nove mortos... — explicou o delegado por meio do intérprete. Era um homem bem-apessoado, na casa dos cinquenta anos, com olhos escuros e treinados após anos servindo à corporação policial. — Desse total, apenas três morreram devido à fumaça. Os relatórios das autópsias apontam intoxicação como a causa da morte. Ninguém morreu queimado vivo. Uma das vítimas só faleceu por ter ficado presa atrás dos blocos de concreto.

— Era a minha namorada... — revelou Juan ao tradutor. — Marta veio comigo de El Alto. Não consegui salvá-la...

— Além dela, uma mulher e um rapaz morreram da mesma forma. A mulher foi identificada como Dinorá Munhoz Ramirez, a esposa de Ramón Ramirez. Nos demais corpos, havia perfurações ocasionadas por balas. Sabe o que isso significa? — O delegado inclinou o corpo para frente. — Foram assassinadas.

— Vocês disseram que minha namorada não sobreviveu ao incêndio. Para onde o corpo dela foi levado?

— As vítimas seguiram juntas para um sepultamento coletivo em um cemitério na periferia. Como nenhuma delas possuía documentos e não havia parentes ou amigos para reclamarem seus corpos, foram enterradas como indigentes. Não havia condições de transportar os cadáveres para a Bolívia, porque não há verbas para isso. Posso lhe dar o endereço, se quiser.

— Eu quero, mesmo que encontrá-la dentro de um túmulo não me sirva de nada — ao dizer isso, Juan esforçou-se para não sucumbir ao choro. — Quanto às outras pessoas que foram assassinadas, deixo claro que os responsáveis foram Ramirez e seus seguranças. Eles estavam armados. Os funcionários só estavam tentando fugir.

— É o que nos mostram os laudos periciais. Ramirez está sendo procurado por todo o Brasil. As rodoviárias e os aeroportos estão sendo vigiados desde que descobrimos que ele escravizava pessoas em sua fábrica improvisada. Se encontrado, ele será punido no rigor da lei brasileira ou deportado à Bolívia para que responda pelos crimes em sua terra natal.

— E eu? O que acontecerá comigo? — Juan estava em pânico, pois temia ser preso.

— Não pode continuar vivendo no Brasil sem documentos ou será visto como um estrangeiro em condições ilegais. Também deveria ter nos procurado, assim que recuperou os sentidos. Ainda não sei por que fugiu do pronto-socorro.

Juan também já explicara essa parte. O único fato que omitira foi o furto da sacola de frutas da cliente da quitanda.

— Eu estava com medo, aliás, ainda estou. Não sei o que o futuro me reserva.

— Isso ninguém sabe — apesar da aparência austera e severa, o delegado tinha uma faceta altruísta que poucos conheciam. — Você nos contou que está morando com um amigo brasileiro, que o levou ao Consulado. O nome dele é Jarbas Mota da Silva. É isso mesmo?

— Sim. Ele está na sala de espera me aguardando. Podem conversar com ele e verão que não estou mentindo. Jarbas fala espanhol. Às vezes, não consigo acreditar que tive tanta sorte.

— Falaremos com ele. Quanto a você, restam-lhe duas opções: ser imediatamente deportado à Bolívia ou retornar ao Consulado e colocar suas documentações em dia. De acordo com o que nos contou, você não viajou de maneira ilegal até aqui. Sabe que pode se enquadrar no acordo do Brasil com o Mercosul e regularizar sua situação no país, desde que esteja com tudo em ordem e arranje um emprego. Somos um país acolhedor no que diz respeito a imigrantes.

Aquele era o momento que Juan mais aguardava desde que percebeu que fora ludibriado pelas falsas promessas de Ramirez. O sonho de realizar muitos de seus sonhos em terra brasileira fora obrigatoriamente substituído pelo ardente desejo de retornar para casa e rever seus pais. Queria abraçar e beijar Vicenzo e Dolores e pedir perdão à mãe por não ter escutado suas palavras e ter permanecido em El Alto. E só conseguiria retornar se optasse pela deportação.

Quando estava respondendo, sentiu uma energia revigorante envolvê-lo. Na sala do delegado, ninguém percebeu a presença dos radiosos espíritos de Heitor e Anita, que se aproximaram do neto. Heitor posicionou-se atrás de Juan e murmurou:

— Ainda não é o momento de voltar para casa, meu querido. Ainda há tempo de realizar o sonho que alimenta desde a infância. Não permita que sua experiência com Ramirez extirpe a centelha de coragem e de determinação que sempre existiu dentro de você. Sei o quanto está saudoso, mas acredito que não deva deixar a ferida ainda aberta ser maior que sua vontade de vencer. Aos poucos, tente curar essa ferida com pensamentos mais animadores e encarar o passado com firmeza no olhar. Seus pensamentos podem tudo, pois sua mente é mais poderosa do que consegue imaginar. Não tenha medo e não deixe morrer em si o brilho da esperança.

Juan não chegou a ouvi-lo, contudo, na mesma hora sentiu que suas ideias tomaram outro rumo. Obviamente ainda queria reencontrar Dolores e Vicenzo e voltar a pisar no lar no qual crescera e que amava sem limites, entretanto, será que não estaria entregando os pontos se desistisse de tudo? Não fora para orgulhar os pais que ele emigrara? E não fora esse o pedido de Marta? Em suas últimas palavras, ela desejou que ele obtivesse sucesso e fosse feliz no Brasil. Onde quer que ela estivesse agora, não se sentiria feliz se ele não se empenhasse em fazer valer a pena tudo o que eles tinham passado.

"Sim, a morte de Marta não será em vão!", ele pensou antes de responder ao delegado. Além disso, a vida colocara Jarbas em seu caminho. Não eram amigos? O velho senhor gostava da companhia de Juan e tratava-o com gentilezas, carinho e compreensão desde que o recolhera das ruas. Quem sabe não havia à sua espera um pote de ouro no fim do arco-íris, como uma espécie de recompensa?

— Se eu escolher continuar no Brasil, pretendo reorganizar meus documentos e conseguir um trabalho — Juan explicou ao delegado sempre através do intérprete. — Quero conversar com os meus pais, ouvir a voz deles.

— Claro! Creio que você conseguirá facilmente esse contato por meio do Consulado — como era um profissional que não gostava de rodeios, o chefe de polícia estendeu a mão direita a Juan. Mesmo sem saber o porquê, gostara daquele garoto. — Seja bem-vindo ao Brasil. Sempre que precisar de ajuda policial, pode contar comigo.

— *Muchas gracias* — Juan agradeceu diretamente ao delegado, emocionado por tudo estar dando certo.

— Agora quero conversar com seu amigo Jarbas, e depois vocês serão liberados.

Quando Juan deixou a sala, os espíritos de seus avós também partiram, satisfeitos com o progresso do neto.

O depoimento de Jarbas foi muito mais rápido e objetivo. O delegado repetiu a orientação que dera a Juan sobre as providências que ele deveria tomar para regularizar sua situação no país e explicou que alguns funcionários da fábrica estavam desaparecidos e que outros tinham procurado a polícia e já tinham sido deportados à Bolívia. Garantiu que intensificariam as buscas por Ramirez e que entraria em contato se tivessem algum avanço.

De sua parte, Jarbas contou como conhecera Juan e garantiu que o rapaz era esforçado, educado e tinha intenção de trabalhar. Usando a lei a favor de si, seria mais um trabalhador estrangeiro no Brasil quando regularizasse sua situação. O delegado falou que, naquele mesmo dia, mandaria dois policiais à residência de Jarbas para conferir se tudo o que ele dissera era verdade.

De volta ao Consulado, Juan preencheu e assinou três formulários. A atendente explicou que ele deveria retornar nos dias seguintes à medida que fosse necessária sua presença para concluir os trâmites burocráticos. O rapaz pediu autorização para fazer uma ligação a uma vizinha de seus pais, uma vez que Dolores e Vicenzo não tinham telefone fixo em casa. O rapaz tinha boa memória e jamais se esqueceu do número de Dominique.

Quando a vizinha atendeu à ligação, ele emocionou-se ao ouvir uma voz familiar. Logo após Juan se identificar, Dominique contou que os pais de Juan estavam desesperados por notícias dele e de Marta. Já tinham ido à polícia local com a intenção de obter informações sobre os jovens com a polícia brasileira, mas tudo fora em vão.

— Vou chamá-los agora mesmo — prometeu Dominique. — Fique na linha.

Instantes depois, ele escutou um falatório ao fundo e a voz amada de sua mãe surgiu:

— Juan?! É você mesmo? Por onde andou, meu filho?

— Quanta saudade, *mamita*! Não pude entrar em contato antes porque aconteceram muitas coisas.

— Que coisas? Você está telefonando da fábrica de Ramirez?

Juan fechou os olhos e logo escutou seu pai falando:

— Filho, o que aconteceu? Estamos loucos à sua procura! Por que não nos telefonou assim que chegou ao Brasil?

Percebendo que o momento era delicado, Jarbas, que estava ao lado Juan, pousou suavemente a mão no ombro do amigo. Ainda de olhos fechados, o que não impediu as lágrimas de rolarem, o rapaz baixou o tom de voz ao revelar:

— Era tudo mentira, mãe! Marta e eu fomos enganados. Ramirez e Dinorá eram pessoas ruins. Nada daquilo era verdade.

— Como assim?! — Dolores estava quase gritando. — Eles não tinham um emprego para você e Marta?

— Tinham sim. Mas nos tornamos escravos deles. Passamos fome, sede, e fui espancado mais de uma vez. Eram verdadeiros criminosos.

— *Santo Dios* — pronunciou Dolores, horrorizada na outra ponta da linha. — Vocês precisam denunciá-los à polícia! E onde está Marta? Quero ouvir a voz dela.

— Marta morreu — Juan disparou as palavras, chorando cada vez mais. — Houve um incêndio na fábrica, e ela não sobreviveu.

Remexer naquele assunto sempre feria muito Juan, que emendou, interrompendo a torrente de perguntas que Vicenzo e Dolores já faziam, ambos ao mesmo tempo.

— Não quero falar sobre isso, porque ainda dói muito em meu coração. Estou ligando do Consulado Geral da Bolívia. Vou colocar meus documentos em ordem para poder continuar por aqui.

— Continuar aí sozinho? Enlouqueceu, Juan?! — Dolores estava novamente desesperada. — Você vai dar um jeito de voltar para casa e se esquecer dessa loucura! Nunca deveria ter saído daqui, porque sempre falei que...

— Meu coração me diz que ainda não é a hora de voltar. Sinto como se tivesse algo para fazer aqui antes de ir embora. Por favor, me compreenda.

— Juan, você não pode falar tanta bobagem! Seu pai e eu queremos...

— Preciso desligar, mãe — ele interrompeu-a novamente. — Estou morando com um amigo chamado Jarbas. Ele é brasileiro, mas viveu na Espanha e fala nossa língua. Jarbas permitiu que eu ficasse na casa dele até conseguir consertar minha vida no Brasil. O pesadelo que eu vivi já acabou. Agora, acho que posso tentar realizar meus sonhos.

— Você tem certeza disso? — Vicenzo quem indagou.

— Tenho. Só liguei para que soubessem que estou bem. Não queria lhes contar notícias tão tristes, principalmente sobre Marta, mas foi necessário. Quero que me perdoe de novo, *mamita*, mas ainda não posso obedecê-la. Por enquanto, não voltarei para casa.

— Não entendo por que tanta obsessão por esse país — lamentou Dolores, ainda magoada e triste com a morte de Marta. — Sua terra é a Bolívia, Juan!

— Pode ser, só que agora é o Brasil, onde estou. Vou lhes dar o endereço de onde estou morando para que possamos trocar cartas. Eu os amo muito. Nunca se esqueçam disso.

Jarbas forneceu seu endereço a Juan, que o repetiu aos pais. Ele tornou a dizer que os amava e enviou seus agradecimentos a Dominique. Quando desligou o telefone, estava se sentindo mais leve e animado, apesar da comoção causada por aquele momento. O rapaz agradeceu a ligação à atendente do Consulado e, quando foi liberado, experimentou uma sensação de paz, como havia muito tempo não sentia. Quando contou isso a Jarbas, o amigo explicou:

— É assim que nos sentimos, quando vencemos algum obstáculo. Essa manhã foi bastante conturbada para você, Juan, mas pelo menos deu tudo certo.

— Apesar de tudo, eu me sinto mais alegre hoje, com a sensação de que parte do meu dever foi cumprido.

— Isso é muito bom, pois a alegria é um bálsamo para o espírito. Fico feliz que tenha escolhido continuar no Brasil. Nunca me arrependi de tê-lo levado para minha casa.

Sorrindo, Juan abraçou o amigo com carinho e respeito. Enquanto voltavam para a casa de Jarbas, tocou no escapulário que ganhara de Marta. Sim, naquele momento, tudo parecia estar em paz.

24

O Carnaval chegou trazendo muitas danças, alegrias, festividades e cores a muitas cidades brasileiras. Juan acompanhou os desfiles das escolas da samba pela televisão de Jarbas e contou ao amigo que a festa popular não era muito diferente dos desfiles que aconteciam na Bolívia, embora lá o samba fosse substituído por danças típicas folclóricas. Em seu país, também havia fantasias coloridas e vistosas, carros alegóricos e desfiles nas ruas, sempre levando em consideração a cultura e as características de cada região da Bolívia.

Juan também conseguira as segundas vias de boa parte de seus documentos; e os outros, que ainda estavam em produção, seriam liberados em breve. Ele já falava em trabalhar para auxiliar Jarbas a manter a casa, pois não era justo que ele desembolsasse toda a sua aposentaria para sustentar a si mesmo e ao seu hóspede.

Além da alimentação, de um lar confortável e das roupas novas que ganhara de Jarbas, o velho amigo estava ensinando-o a falar português. Começara com alguns cumprimentos básicos e outras palavras essenciais para que ele conseguisse se comunicar com outras pessoas. Muito arguto, Juan aprendia tudo com rapidez e facilidade. Sempre quis falar português e agora Jarbas o presenteava com mais essa oportunidade.

Juan adorava ouvir Jarbas falar sobre espiritualidade e estava adquirindo uma nova forma de encarar os fatos da vida. Nunca pensara muito em vida após a morte, em reencarnação ou na atuação dos amigos espirituais trabalhando a nosso favor. Era um tema deveras interessante, e ele sempre tinha muitas dúvidas sobre o assunto.

O rapaz também notara que Jarbas falava muito pouco sobre sua vida pessoal, sobre a neta que morava no exterior e sobre seu passado.

Durante um almoço dominical, numa tarde quente regada a um temporal que despencara na cidade, Juan não escondeu sua curiosidade:

— Jarbas, acho que, desde que nos conhecemos, você já sabe tudo sobre minha vida e os momentos alegres e tristes que eu já vivi, mas confesso que sei pouco sobre você. Claro que nada disso é da minha conta, porém...

— Você tem razão. Acho que também lhe devo algumas informações. Assim como você, existem fatos e situações no meu passado de que não gosto de me lembrar. Já vivi muitos momentos desagradáveis, porém, fiz deles alicerces para construir a vida estável que tenho hoje. Esses momentos me ensinaram muito.

— A gente aprende com os erros.

— Eu não chamaria de erros, pois, à essa altura da minha vida, já não tenho certeza do que é certo ou errado. Quando faço algo que me agrada e me faz bem, sinto que acertei, e isso é só o que me importa. — Jarbas olhou pela janela, quando um relâmpago riscou o céu. — Se eu for lhe contar em detalhes tudo o que já fiz em meus oitenta e oito anos, vou finalizar a história quando seus cabelos estiverem brancos.

Os dois riram. Juan olhou para o prato de comida à sua frente e novamente fixou o semblante de Jarbas.

— Conte-me apenas o que achar que deve mencionar e me perdoe por minha curiosidade.

— Bobagem! Se somos amigos, é justo que saiba mais informações sobre mim, afinal, moramos juntos agora! — Jarbas brincou com o copo de suco que segurava. — Nasci aqui em São Paulo e tive boa educação. Meus pais, embora não fossem ricos, sempre se esforçaram para trabalhar e obter um dinheiro extra para pagar as mensalidades do meu colégio. Nunca estudei em escola pública. Como fui filho único, eles sempre me incentivaram a estudar, e eu nunca parei até me aposentar.

Juan assentiu, esperando que o amigo continuasse.

— Assim que completei dezoito anos, descobri que queria trabalhar como professor de um idioma estrangeiro. Como sempre pensavam em meus estudos, meus pais guardaram um fundo de investimento para quando eu desejasse ingressar no Ensino Superior. Com muito esforço e muita dedicação, consegui uma bolsa de estudos em uma universidade em Madrid e lá aprendi a falar espanhol fluentemente durante os quatro anos em que morei na Espanha. Obtive um diploma para lecionar aulas de música, pois sempre me interessei por essa área. De volta ao Brasil, foi fácil conseguir emprego. Trabalhei como professor de espanhol, como professor de música, como tradutor e intérprete e até em uma companhia aérea. Minha vida profissional deu uma guinada, o que foi muito bom. Meus pais estavam orgulhosos de mim.

— Espero que um dia os meus também se orgulhem de mim — comentou Juan, pensando em Vicenzo e Dolores.

— Com certeza, eles vão se orgulhar. Só o que você passou até chegar aqui já o transforma em um herói — elogiou Jarbas com um sorriso no rosto. — Quanto a mim, em uma dessas idas e vindas profissionais, conheci Vera, meu único e grande amor. Quando nos casamos, minha vida, que já estava boa, pareceu se tornar perfeita. Ao descobrirmos que seríamos pais, nos sentimos no céu.

— Imagino o quanto você era feliz naquela época.

— Sim, muito feliz. Mauro era um menino lindo, e eu me tornei um pai coruja, como chamamos aqui no Brasil. Amava aquele menino, e Vera ria e me chamava de tolo. Ele era muito parecido comigo.

Um trovão ribombou próximo dali, e Jarbas olhou novamente para fora. A chuva continuava caindo a cântaros.

— Foi o único filho que tivemos, e, assim como eu havia sido, Mauro também era muito aplicado na escola e só queria estudar. Era o tipo de filho que todo pai gostaria de ter. Nunca me deu trabalho nem fez algo que me decepcionasse. Quando ele atingiu a maioridade, meus pais já haviam morrido, e minha família se resumia a ele e Vera. E admito que não precisávamos de mais ninguém. Tínhamos amigos queridos, que sempre nos felicitavam com sua presença. Eu ganhava bem com minhas aulas particulares de espanhol, assim como Vera, que era uma jornalista muito bem remunerada. Nunca vivemos no luxo nem desperdiçamos dinheiro com coisas supérfluas.

— Você tem fotos deles?

— Tenho. Ao contrário do que normalmente as pessoas fazem, não gosto de expô-las em locais visíveis. Quando vejo as fotos, me sinto saudoso e nostálgico, mesmo sabendo que eles estão em um bom lugar.

Ouvindo aquilo, Juan entendeu que tanto Mauro quanto Vera estavam mortos e imaginou o quanto o amigo sofrera com a morte dos dois.

Jarbas entrou em seu quarto e voltou trazendo quatro porta-retratos. Juan viu que três pessoas sempre apareciam juntas nas imagens. Uma mulher de cabelos encaracolados e castanhos, com um sorriso doce e penetrante; um rapaz alto, magro e muito bonito; e Jarbas. A semelhança física entre pai e filho realmente era impressionante.

Na última foto, bem mais recente que as anteriores, apenas Jarbas e Mauro apareciam. O rapaz era bem mais velho e mais maduro, com um bebê nos braços.

— Na metade da década de 1960, nosso país ingressou numa das épocas mais cruéis de nossa história: a ditadura militar, um regime de censura e perseguição política. Os militares haviam assumido o comando do Brasil, e tudo deveria seguir de acordo com o que eles pensavam e acreditavam. Aqueles que se rebelaram, protestaram ou foram contra o sistema terminaram perseguidos, torturados e mortos.

— E ninguém fazia nada para acabar com isso? A polícia não ajudava?

— Eles eram a polícia, o exército e todo o nosso poder militar. Muitos cantores, escritores, artistas e jornalistas foram torturados, exilados ou assassinados. Muitos desapareceram e nunca mais foram encontrados.

— Como isso terminou?

— A ditadura durou vinte e um anos, deixando um saldo horrendo de mortos, feridos e desaparecidos. — O olhar de Jarbas pareceu endurecer. — Vera estava entre essas pessoas que sumiram sem deixar rastros.

— Como assim?

— Ela era jornalista, totalmente contra o regime militar e publicava muitas matérias denunciando as investidas secretas dos poderosos. É claro que isso durou pouquíssimo tempo. Ainda me lembro da noite em que invadiram nossa casa portando armas pesadas e a levaram. Mauro era um adolescente ainda, que chorava desesperado pelo que estavam fazendo com a mãe. Eles não tiveram um pingo de piedade e disseram que, se nós tentássemos algo, matariam os três. Vera foi levada em março de 1972. Nunca soubemos de seu destino nem o que fizeram com ela. Só tive a certeza de que ela havia desencarnado quando, dois anos depois, a vi em um sonho. Ela nunca me contou o que lhe aconteceu, mas garantia que estava bem e que eu precisava continuar cuidando do nosso filho.

A expressão de Jarbas voltou a suavizar-se, embora seus olhos ainda estivessem fixos num ponto distante. Nem ele nem Juan conseguiram terminar o almoço.

— Mesmo arrasado pela dor, foi o que fiz. Mauro era tudo o que eu tinha, e jurei a mim mesmo que seria o melhor pai do mundo para ele. Meu filho cresceu, estudou, graduou-se em engenharia e arranjou um excelente emprego. Mal tinha tempo para namoros, porque dizia que o trabalho era mais importante. Cheguei a pensar que ele nunca fosse se casar nem me dar netos.

— E quando ele fez isso?

— Aos quarenta anos, acredita? — Jarbas sorriu. — Conheceu uma moça muitos anos mais jovem que ele, que lhe arrebatou o coração. Ela trabalhava como estagiária na empresa de engenharia da qual ele já era sócio. Não chegaram a se casar, porém, ela engravidou, e os dois tiveram uma filha. Assim que a menina nasceu, a namorada de meu filho disse a ele que não estava preparada para ser mãe, pois se sentia imatura e assustada. Duas semanas depois, contudo, ela se casou com um dos colegas de Mauro. Ela se mudou para o Rio de Janeiro e nunca mais voltou para ter notícias da filha.

— Como Mauro superou esse baque?

— Com meu apoio. Desde que sonhei com Vera pela primeira vez, comecei a me aprofundar nos estudos sobre espiritualidade, muito malvistos no auge dos Anos de Chumbo, como a ditadura militar ficou conhecida. Tudo era secreto, e eu não comentava nada com ninguém. Quando esse período nefasto terminou, e a democracia se reestabeleceu no Brasil, consegui me sentir mais à vontade. Aliás, até hoje o tema espiritualidade ainda causa repúdio e receio em pessoas mal-informadas. — Jarbas limpou os lábios com o guardanapo. — Eu conversava muito com Mauro até que ele se convenceu de que o mundo não se resumia à sua ex-namorada. Assim como eu praticamente o criei sozinho, caberia a ele ser um bom pai para Beatriz. E ele foi. Bia teve uma ótima criação.

— O que aconteceu com eles? — Juan voltou a olhar para a foto em que Jarbas estava ao lado de Mauro, que segurava a criança nos braços.

— Infelizmente, a gente passa por certos acontecimentos que não desejamos, e alguns deles não são fáceis de superar — disse Jarbas com um longo suspiro. — Em uma noite em que estava deixando o trabalho para voltar para casa, Mauro foi assaltado por dois sujeitos e não reagiu. Levaram o carro e todo o dinheiro que ele portava. Mesmo assim, os bandidos acharam que não era conveniente deixá-lo vivo, porque temiam que ele os denunciasse à polícia. Mauro levou dois tiros e morreu na hora.

Pela primeira vez desde o início de sua história, Jarbas deixou duas únicas e solitárias lágrimas molharem seu rosto enrugado.

— Os criminosos foram encontrados e presos, mas isso não mudou nada em minha vida. Uma semana depois, voltei a sonhar com Vera, que me contou que tudo estava certo, por mais injusta que uma situação pudesse parecer. Ela disse que Mauro já havia despertado no astral e que eu poderia revê-lo assim que isso fosse possível. E, com um lindo sorriso nos lábios, explicou que agora, em vez de um filho, tinha uma neta a quem eu deveria dar uma excelente criação.

— É a mesma que mora nos Estados Unidos?

— Sim. Hoje, Bia tem vinte anos. Assim como eu fui à Espanha para estudar, ela conseguiu uma bolsa de estudos em uma universidade americana. É uma boa moça e está cursando Relações Internacionais.

Juan notou quando o olhar de Jarbas pareceu se transformar novamente. Ele já havia enxugado as lágrimas. Do lado de fora, a tempestade ainda caía com força.

— Há algo mais que queira me falar?

— Bia não conversa comigo, pelo menos nada além do estritamente necessário. A última ligação dela aconteceu há seis meses. Eu a criei e, assim como Mauro, lhe dei o melhor dentro de minhas condições. Bia nunca foi exigente nem exibida até arrumar um namorado. Os dois tinham dezessete anos na época e nessa idade acham que podem fazer tudo o que bem entendem.

— Sei bem como é — sorriu Juan.

— Descobri que o rapaz estava envolvido com drogas e com pessoas de péssima índole. Havia fugido de casa e morava em uma pensão com outros amigos nas mesmas condições. Não trabalhava, não estudava e estava tentando convencer Bia a fazer o mesmo. Eu me posicionei contra o namoro, decretei que ela deveria se afastar dele, e é óbvio que ela ficou a favor do namorado. Tivemos uma briga horrível, e ela me ameaçou dizendo que, se tentasse impedi-la de ser feliz, fugiria de casa para ficar com ele e que eu nunca mais a veria.

— Quanta ingratidão!

— Eu diria que ela estava apaixonada por Téo e que ele exercia uma grande influência sobre Bia. Meninas apaixonadas não enxergam nada além do garoto que amam. Voltei a proibi-la de se encontrar com ele, e Bia cumpriu a promessa. Após uma nova discussão que tivemos, ela colocou algumas roupas em uma mochila e fugiu com o namorado. Só que não chegaram longe. Téo estava bêbado ou drogado e bateu com a moto na traseira de um caminhão. Ele morreu, e Bia ficou muito ferida, tanto no corpo quanto nos seus sentimentos. Não fiquei feliz pela morte dele, mas confesso que me senti aliviado por achar que ela colocaria a cabeça no lugar. Bia, contudo, nunca me perdoou e me acusou de ser o culpado pelo acidente. Ela disse que eu tinha deixado Téo nervoso, temendo minha represália. Depois disso, Bia passou a me ignorar completamente e, logo após completar dezoito anos, conseguiu uma bolsa de estudos na Califórnia. Como era para uma boa causa, lhe dei o dinheiro para a passagem e ainda deposito mensalmente uma quantia em sua conta para que ela se sustente. Bia mora com outros alunos brasileiros em uma república. Mal conversamos, e ela não gosta que eu lhe telefone. Até hoje me culpa pela morte do namorado.

Juan não respondeu, imaginando como um homem que vivenciara tantas perdas e tragédias conseguia ser tão animado, divertido, paciente e espiritualizado.

O telefone começou a tocar, e Jarbas, mostrando um sorriso, atendeu.

— Acreditaria se eu lhe dissesse que estava falando sobre você para um amigo? O nome dele é Juan. Está morando comigo há algumas semanas.

Juan concluiu que era Bia quem estava na linha.

— Como?! — Jarbas ficou levemente pálido para, em seguida, um brilho alegre surgir em seus olhos. — Isso é verdade?! Não mate seu velho avô do coração.

Ele ouviu mais um pouco, trocou algumas palavras com a neta e desligou, com um amplo sorriso nos lábios.

— O que aconteceu?

— Era Bia. Disse que descobriu que não deseja seguir nessa área profissional e que por isso trancará o curso — sorrindo, Jarbas finalizou: — E, assim que terminar de se organizar por lá, pegará o voo de volta ao Brasil. Ela voltará a morar comigo, definitivamente.

25

    A cidade em que Margarida estava hospedada não comemorou o Carnaval propriamente, embora uma dúzia de foliões vestindo trajes coloridos e usando máscaras tivessem dado um *show* à parte na praça central da cidade. Eles se autoproclamavam um bloco carnavalesco e convidavam os espectadores presentes a entrarem no ritmo do samba.
    Margarida não acompanhou as festividades, pois, desde a manhã em que levara Vinícius para lanchar na padaria, não saíra do quarto. Como ele não fora procurá-la no hotel, ela não voltou à rua. Mesmo contrariada, pedia o café da manhã oferecido aos hóspedes e comia no quarto. Fazia o mesmo com as demais refeições.
    No restante do tempo, pegava algumas fotografias de Guilherme, Ryan e Zara, beijava-as, apertava-as junto ao peito e entregava-se à tristeza e à angústia. Lembrava-se da noite em que se despedira deles, dos últimos beijos que dera nas crianças e do suave toque que depositara nos lábios de Guilherme. Pensava que nunca mais voltaria a vê-los e isso a deixava ainda mais deprimida, desalentada e chorosa.
    Todo o ânimo de ajudar Vinícius desaparecera. Alheia ao fato de que nunca estava sozinha no dormitório, Margarida não fazia ideia de que eram as energias do espírito presente ali que a influenciavam negativamente, porém, isso só acontecia porque ela permitia tal influência. Cabe a cada indivíduo a responsabilidade de zelar pelos próprios pensamentos, e quanto mais Margarida pensava na

dor que sentia, mais força dava ao espírito para interferir em suas ações, ainda que o vulto não dissesse uma única palavra nem demonstrasse estar alegre por vê-la entristecida.

Aquilo continuou durante todo o mês de fevereiro, e, na primeira semana de março, Margarida não estava muito diferente. Visivelmente mais magra, com olheiras fundas e os cabelos em desalinho, era a imagem da derrota. Tinha certeza de que Vinícius não voltaria a procurá-la e chegou a pensar que toda aquela história que ele lhe contara sobre o padrasto pudesse ser invenção da cabeça dele. E se não fosse? Quando conversaram, ele parecera ser sincero.

Margarida levou um susto quando ouviu seu celular tocar sobre a mesinha de cabeceira. Mesmo sem vontade de se levantar, ela sentou-se, conferiu o número no visor e ficou surpresa ao ver que vinha da empresa. Quase ignorou a chamada, quando imaginou que pudesse ser algum assunto importante.

— Alô?

— Que demora pra atender, Margarida! Você está bem?

Ela sentiu a tensão se dissipar ao reconhecer a voz de Anabele e visualizou na mente o rostinho sempre sereno de sua ex-secretária.

— Sim... — com voz trêmula, Margarida emitiu a vaga resposta.

— Tem certeza? Você não me pareceu muito convincente.

Como Margarida não retrucou, Anabele deu sequência à conversa:

— Onde você está?

— Bem longe de São Paulo e não pretendo voltar tão cedo.

— Calma! Não precisa ser tão agressiva! Não liguei para tratar de assuntos profissionais. Na verdade, eu estava almoçando, quando tive a impressão de ouvir alguém me pedir para entrar em contato com você. Com certeza, deve ter sido seu guia astral ou algum amigo querido que esteja preocupado com você.

— Não sei quem se preocuparia comigo. Com certeza, não é o espírito do meu marido. — Margarida mordeu os lábios, antes de prosseguir: — Como vai tudo por aí?

— Tranquilo. Claro que não é a mesma coisa sem você na presidência. Digamos que ainda estamos em fase de adaptação com o novo presidente. Está correndo tudo bem.

— Que bom!

— No entanto, parece que com você as coisas não estão fluindo tão naturalmente. Percebi no seu tom de voz quando me atendeu. Senti que você continua muito triste. Achei que essa viagem fosse arejar sua mente e ajudá-la a recuperar o foco.

— Não consigo superar a morte deles, Anabele... — Margarida fungou, pronta para recomeçar a chorar. — É muito difícil. Dói demais. Por que as pessoas boas têm de morrer, enquanto outras, imprestáveis, continuam por aí perturbando a vida dos outros?

— Cada pessoa está aqui para que seu espírito tenha um aprendizado, uma experiência essencial para seu desenvolvimento interior. Não cabe a nós apontar quem deve partir e quem deve ficar. Seria muito fácil se fosse assim. Muitas vezes, são com essas pessoas mais instáveis que aprendemos muitas coisas. Cada indivíduo está em um determinado grau de evolução, e os avanços ou a estagnação dependem também de cada um. Podemos até tentar ajudar, mas a responsabilidade de crescimento é intransferível.

— Acho muito injusto a vida ter levado Ryan e Zara de mim. Eram duas criancinhas amorosas. Eu os amava.

— Você ainda os ama, visto que eles continuam vivos em outro plano, com as mesmas qualidades e características inatas que tinham enquanto foram seus filhos. Ninguém, ao desencarnar, deixa de ser o que era. Costumes, manias, vícios e peculiaridades seguem conosco após a morte, porque são marcas do nosso espírito. É a nossa verdadeira natureza e faz parte de nossa personalidade — a voz sempre agradável de Anabele continuou: — Aliás, a morte é uma ilusão. Imagine o ocorrido como uma viagem. Eles chegaram a um destino antes de você. Um dia, irá reencontrá-los.

— Queria ter a mesma certeza, mas não tenho provas, então, fica difícil.

— Você também não tem provas de que eles desapareceram para sempre, Marga. Não pode provar que eles não estão em outro lugar. Enterrar um corpo não significa enterrar a vida. Tanto é verdade que estou lembrada de quando você tentou se matar com a vã esperança de revê-los. Intimamente, você sabe que a espiritualidade é verdadeira e que o mundo astral é tão genuíno quanto o nosso. Só reluta em acreditar, porque parece ser mais fácil enveredar pelo caminho do "nunca". Você o conhece?

— Não — resmungou Margarida.

— É aquele em que costumamos dizer: "Nunca mais verei meus amigos, nunca mais ouvirei a voz deles, nunca mais os terei ao meu lado, nunca mais serei feliz". Não entendo por que o ser humano sempre escolhe a direção mais complexa, infeliz, tortuosa e sofrida. Por que não substituem o "nunca" por "até o dia em que os verei de novo"? Por que pensar que a vida é tão pobre e limitada, que cessa no túmulo, se podemos imaginar a ideia de um mundo muito melhor no astral?

Margarida continuou calada, pois era exatamente desse jeito que ela estava pensando até Anabele lhe telefonar.

— É muito difícil acreditar naquilo que não vemos, Marga — disse por fim.

— Então, por que acreditamos nas bactérias e nos vírus? Por que acreditamos no ódio, na mágoa e na vingança, se sentimentos são abstratos e não podem ser vistos? Por que acreditamos no vento e no ar? Por que colocamos fé no amor? Percebe que nem tudo o que não é visto existe? Eu não vejo o planeta Netuno da minha casa, mas sei que ele está lá.

— Todas essas coisas já tiveram sua existência comprovada pela ciência.

— A vida após a morte também. Procure na internet as pesquisas, os relatos e os documentários de cientistas de renome internacional e ficará surpresa com suas conclusões. Por meio de diferentes formas e interpretações, todos eles são unânimes ao afirmar que a reencarnação e a sobrevivência do espírito após a morte do corpo são reais. Não sou eu quem está dizendo ou inventando isso, Margarida.

— Confesso que não sei o que fazer para sair dessa tristeza.

— O primeiro passo é aprender a diferenciar o sofrimento do drama, sem misturar as duas coisas. Você conhece seus limites, portanto, veja até onde consegue chegar, sem deixar que a dor tolha suas atitudes. Perceba o que é capaz de realizar, mesmo que esteja triste. Descubra que pode trabalhar, alimentar-se, dormir, viajar, dançar e até sorrir, mesmo tendo passado por um momento tão difícil, talvez o pior em toda a sua vida. Sofrer não é se esquecer, mas aprender com a tragédia para poder crescer, superar a dor e vencer. Aliás, nós só reencarnamos para vencer. Somos vencedores do momento em que nascemos até nosso último suspiro.

Margarida passou o celular para a outra orelha, muito atenta às palavras ditas por Anabele.

— Já o drama começa quando colocamos na cabeça que não podemos fazer mais nada, porque estamos machucados demais para reagir. Desculpe, amiga, mas isso não existe. Não há dor que seja capaz de tirar nossas forças, pelo menos não perpetuamente. O drama acontece quando você se coloca lá embaixo, para que os outros sintam pena de você para ser mimada e bajulada porque está chorosa. Você pode, sim, vencer qualquer obstáculo. Pode e tem condições de seguir sua vida sozinha, mesmo sabendo o quanto eles lhe fazem falta. O mundo não acabou por causa disso. Outras pessoas estão acordadas agora passando por situações mil vezes piores que a sua e, mesmo assim, muitas delas estão sorrindo, porque se recusam a entregar os pontos.

— Só consigo chorar. Nem tenho saído da cama nos últimos dias. Eu como a refeição que o hotel onde estou oferece, porque não tenho vontade de ir à rua.

— Sinal de que está entrando em outra onda depressiva, como aquela que a envolveu logo após o acidente. Estive o tempo todo com você e sou testemunha de suas angústias. Está lembrada?

— Se você não tivesse me encontrado quando tomei os comprimidos, eu estaria morta agora.

— Mais um motivo para reagir, Marga. Não estou aí, nem mesmo sei onde você se enfiou, pois percebi que não quis me dizer o nome da cidade em que decidiu se hospedar. Porém, não vou insistir nem invadirei sua privacidade. O que eu quero é ver a Margarida de antes: animada, altiva, senhora de si. Aquela mulher fenomenal, que galgou vários degraus até chegar ao cargo mais alto da empresa. E tudo por mérito próprio! Dê um jeito de ficar bonita, passe um batom nessa boca e penteie esses cabelos. Daqui eu consigo vê-los mais eriçados do que um ouriço.

Margarida sorriu, porque a realidade dos seus cabelos era quase aquela.

— Não tenho muita coisa para fazer. Minha vida está tão quieta, vazia e solitária.

— Comece trazendo paz para sua vida. Sabe como fazer isso?

— Não tenho ideia.

— Conheço um exercício muito simples e rápido. Você está sentada?

— Estou.

— Então, feche os olhos e mentalize uma luz branca e muita clara envolvendo todo o seu quarto e seu corpo. Visualize-a como achar melhor. Sinta essa luz branca, pura e revigorante penetrando seu corpo através de sua cabeça, do seu coração e de sua mente. Essa luz é serena, tranquilizadora e muito benéfica. Ela pode minimizar suas dores e seu sofrimento, porque ela aquieta seu coração abalado. A essa luz damos o nome de paz. Sinta que a paz está dentro de você. Encha-se de paz. Coloque-a no seu ambiente, nos seus caminhos e na sua vida. Paz, muita paz.

Anabele falava tão suavemente que Margarida sentiu os nós de tensão se soltarem com fluidez e percebeu que, aos poucos, seu corpo ficava mais leve.

— Você está com a paz agora, Margarida, e a paz está com você. Quem vive com a paz não sai do prumo, porque a vida se torna equilibrada. A paz nos traz harmonia e bom senso para lidar com as situações. Infelizmente, alguns fatos não correram como você queria, mas só temos o agora e aquilo que dá pra ser. É com isso que precisamos aprender a lidar. Com a paz dentro de si, você conseguirá encontrar a solução para tudo o que a aflige.

Margarida continuou de olhos fechados, sentindo-se cada vez mais leve, disposta, e menos agoniada e lamentosa.

— Ainda imaginando essa luz branca vindo do alto e banhando todo o seu ser, procure em seu interior onde está o desconforto e a dor. Está no coração, na mente ou na alma? Onde há tristeza, inquietação, desespero e fraqueza? Você se conhece, então, imagine que cada ferida é um buraquinho que será tapado com essa luz chamada paz. Cada recuo, cada desvio, cada bloqueio dentro do seu corpo será iluminado pela paz. Saiba que você nunca esteve sozinha, nem estará, porque a vida usa das mais diversas formas para direcioná-la ao progresso. A vida lhe ensina vários caminhos para conquistar a felicidade. Sendo assim, jogue fora as ideias depressivas e dolorosas, porque é chegada a hora da paz, de fazer as coisas com ânimo e alegria e de buscar novos horizontes sem perder o foco daquilo que seu espírito mais anseia. Não tenha pressa! Caminhe com calma, apreciando o entorno. Não se preocupe para onde a vida vai levá-la. Esqueça suas preocupações e viva só o agora. Com a paz dentro de si, você terá tudo para alcançar o sucesso e dar uma guinada positiva em sua vida.

Quando Anabele anunciou que o exercício estava encerrado, Margarida reabriu os olhos, sem perceber que seu rosto estava molhado de lágrimas, que, pela primeira vez, representavam esperança, fé e renovação. As palavras da amiga realmente a emocionaram muito, e Margarida não sabia o que dizer para agradecer o apoio de Anabele.

Como se adivinhasse os pensamentos da ex-chefe, Anabele enfatizou:

— Não quero seus agradecimentos. Quero apenas que se reinvente, assuma seu poder de mudança e mostre a si mesma que pode chegar aonde quiser. Que acredite que vai superar a tristeza, porque agora está com a paz. Você consegue! Tenho certeza disso.

— Anabele, estou me sentindo leve como uma pena. Impressionante como você conseguiu me mostrar que depende de mim mesma sair desse marasmo negativo que minha vida se tornou. Acho que é por isso que Vinícius não veio me procurar. Ele deve estar de castigo novamente. Tenho de ajudá-lo.

— E quem é Vinícius?

Com poucas palavras, Margarida compartilhou tudo o que sabia sobre o enigmático adolescente. Falou sobre o assalto, sobre a aproximação hesitante de Vinícius e sobre seu relato chocante dos abusos infligidos pelo padrasto.

— Ele prometeu que viria me ver no hotel e, como não retornou, é porque foi impedido — finalizou Margarida. — Tenho que descobrir onde ele mora e fazer alguma coisa por aquele garoto.

— Se você estava procurando uma razão para continuar em frente, que tal essa? — Anabele brincou com animação. — Você pode ser útil na vida desse menino, querida. Mesmo que nunca mais torne a vê-lo, com certeza ele lhe será grato pela vida inteira.

— Como sempre, você tem toda razão — Margarida conferiu as horas no visor do celular e levou um susto ao ver que já passava da uma da tarde. — Minha vida não pode se resumir a um vale de lágrimas. De tanto chorar, poderia abastecer uma represa.

— Então saia para a vida, Margarida. Sempre linda, bem-arrumada e elegante, porque nisso você é perita. Ah, e não se esqueça de pentear os cabelos.

Margarida soltou uma risada alegre, a primeira em muitos dias, e agradeceu Anabele por tudo o que ela dissera e desligou sentindo o coração bater com mais vigor. Sim, Vinícius e Tirano precisavam dela, e ela descobriria se era realmente uma mulher forte, segundo Anabele dissera, testando sua força contra o padrasto do garoto. Jurou para si mesma que o tal sujeito nunca mais colocaria as mãos em seu amigo.

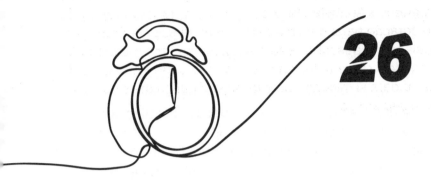

26

Enquanto Margarida se levantava para trocar de roupa e dar um jeito na aparência abatida, o espírito que a acompanhava todos os dias estava sentado do lado de fora do quarto, em um dos degraus das escadas. Com o rosto afundado entre as mãos, estava encolhido e parecia chorar. Tivera de sair às pressas, quando Margarida fez o exercício proposto por Anabele, porque, do lado astral, vira toda aquela luz límpida, clara e quase celestial invadindo o recinto. Com medo, fugiu rapidamente para que a luz não o atingisse.

— Até quando vai continuar assim? — Ouviu alguém perguntar atrás de si.

Quase em pânico, voltou-se para trás e deparou-se com um senhor de cabelos grisalhos, semblante agradável e olhos gentis. Uma luz em tom róseo o contornava.

O vulto levantou-se e tentou correr, mas inexplicavelmente seus pés pareceram grudar-se no chão. Sentindo-se aprisionado, desatou a chorar.

— Meu nome é Paulo — disse o espírito recém-chegado. — Fui o avô paterno de Margarida. Não tivemos a oportunidade de nos conhecer, mas há muitos anos venho acompanhando minha neta e tentando fazê-la reencontrar a si mesma para que possa tocar a vida. Tento sempre inspirar pessoas que saibam como orientá-la para que ela não sucumba à tormenta. Anabele é uma dessas pessoas. Hoje, eu a intuí para que telefonasse a Margarida e lhe passasse algumas diretrizes. Parece que funcionou, o que me deixa muito feliz.

O vulto continuou em silêncio, voltando a cobrir o rosto com as mãos.

— Saiba que também fui eu quem intuiu Margarida a fugir de casa na adolescência, porque ela não conseguia criar coragem para sair daquela situação. E depois disso, a vida dela foi só sucesso. Margarida nunca se arrependeu de ter deixado Sidnei para trás. Nem mesmo sentiu remorso por tê-la esquecido, Elza.

Lentamente, o espírito de Elza baixou as mãos para abraçar o próprio corpo, como se sentisse muito frio.

— Você me conhece? — indagou em um fio de voz.

— Sim. Acredito que você não se conheça. Desde que desencarnou, só tem um objetivo em mente: conseguir o perdão de Margarida, porque sempre se culpou por ter deixado que os acontecimentos se estendessem ao ponto que chegaram. Essa culpa a fez ter vergonha de si mesma a ponto de fazer crescer em si a vontade de desaparecer até mesmo do mundo espiritual. É por isso que seu perispírito mal passa de um borrão, porque é como se você quisesse se manter apagada, desbotada e quase imperceptível.

— Eu tenho nojo de mim mesma. Como deixei que Margarida passasse por tudo aquilo sozinha? Eu era a mãe dela e consenti com os estupros e com toda aquela violência, porque estava embriagada demais para até saber meu próprio nome.

— Entenda que, se não pôde ajudá-la naquela época, não será muito diferente agora. Ainda não notou o quanto afeta Margarida com suas energias?

— Sim, mas não sei como fazer de outro jeito. Sempre tento abraçá-la, mas, quando estico os braços para frente, tenho medo. A filha que eu criei, pessimamente por sinal, não é a mulher que está dentro daquele quarto. Não a reconheço mais.

— As pessoas estão mudando a todo instante, Elza. Não é verdadeiro o ditado que diz: "Pau que nasce torto morre torto". Margarida mudou, e, após essa conversa importante que ela teve com Anabele, creio que mudará de novo. Essas transformações dependem de cada um, e alguns conseguem mudar mais depressa que outros. Claro que nem sempre essa transformação acontece para o lado positivo.

— Eu não mudei. Continuo a mesma porcaria de antes. A única diferença é que não sinto mais vontade de beber. — Elza abraçou-se com mais força.

— Seu espírito tem outras necessidades agora. Você desencarnou há três anos, após uma cirrose que destruiu seu fígado, e tem se mantido próxima de Margarida desde então. Nunca havia conseguido atingi-la antes, porque ela se mantinha num nível vibratório muito mais alto do que atualmente. Isso acontecia porque ela se sentia feliz com o marido e os filhos, no entanto, com a vinda deles para o astral, Margarida baixou a guarda, e você teve acesso a ela.

— Continuo não a ajudando em nada. Não gosto de vê-la chorar, pois isso me faz sentir tão impotente quanto fui durante anos, época em que não me importava com o que Sidnei fazia com ela.

— Deixe o passado onde está, Elza — devolveu Paulo. — Estamos falando de hoje, do momento atual. Não acha que, para conseguir o perdão de Margarida, você também precise mudar? Não acha também que tenha um caminho para seguir e que precisa fazer um esforço para se livrar desses grilhões que a prendem à matéria?

Aos poucos, a imagem de Elza foi se tornando mais nítida, mais colorida, mais visível. Seu corpo astral mostrava a figura de uma mulher pequena, magra, de pele clara e olhos castanhos, avermelhados de tanto chorar. Tinha os cabelos curtos e pretos e um rosto comum, sem grandes atrativos.

— Queria fazer algo para ajudá-la e, se possível, que ela soubesse que esse auxílio veio de minha parte. Queria muito pedir perdão a ela por eu ter sido uma mãe negligente e ausente.

— Melhor irmos por partes, Elza. Margarida deseja procurar Vinícius. Você sabe onde e com quem ele mora?

Elza encarou Paulo com seriedade e fez que não com a cabeça.

— O que acha de nós a acompanharmos? Esse poderia ser seu primeiro passo.

— Se é a minha energia que a afeta, talvez eu deva me manter bem distante dela.

— Afeta sim, mas Margarida também permitia esse contato. Agora, creio que as coisas começarão a entrar nos eixos — murmurou

Paulo num tom bem-humorado, esticando a mão. — Venha comigo. Vamos acompanhar de perto os próximos acontecimentos.

Elza concordou, deu a mão para Paulo, e eles desaparecem logo depois.

***

Maria Dita não se mostrou nem um pouco receptiva quando viu Margarida entrar em seu restaurante. Tinha uma memória de elefante, o que a ajudou a se lembrar de ter sido destratada por aquela mulher, que defendera o sujeitinho metido a ladrão que atormentava seus clientes, ora pedindo comida, ora roubando carteiras.

Com o cenho franzido, os lábios apertados e uma expressão impaciente no olhar, Maria Dita posicionou-se no caminho de Margarida, cruzando os braços e afastando as pernas, como um guarda-costas.

— O que deseja aqui? — Maria Dita empinou o queixo. — Se veio almoçar, procure outro lugar, pois não vou lhe servir comida nem se me pagar em barras de ouro.

— Guarde as armas, porque vim em paz. Para ser sincera, estou aqui para lhe pedir ajuda.

Desconfiada, Maria Dita estreitou os olhos. Que papo estranho era aquele? E aonde a visitante iria toda produzida, como se estivesse a caminho do evento do ano?

De fato, Margarida parecia estar dez anos mais jovem do que algumas horas atrás. Usava um vestido bege, um pouco acima dos joelhos, e sapatos de camurça pretos, de solas baixas. Um colar de contas africanas e uma tiara também bege completavam seu visual. Como sempre, seus cabelos longos estavam presos em um elegante coque, e o rosto estava bem maquiado, sem excessos. Seus lábios, pintados num tom de vermelho-cereja, abriram-se num sorriso.

— E também quero lhe pedir desculpas por ter sido grosseira naquela noite.

— Hum... se é assim, tudo bem. — Maria Dita pareceu relaxar um pouco. — O que aconteceu?

— Aquele menino, o Vinícius... bem que a senhora me avisou que ele não valia nada. É um pilantrinha. Acredita que estive com ele hoje de manhã e, num instante de distração minha, ele furtou meu relógio? — era a mentira mais deslavada que Margarida contava naquele ano. Ela levantou o pulso esquerdo para mostrar que não havia nada ali.

— Eu não lhe disse que ele não era confiável? Agora acredita em mim?

— Só posso lhe pedir perdão novamente — Margarida mostrou uma expressão de remorso. — Por outro lado, isso não vai ficar assim. Vou recuperar aquele relógio, custe o que custar.

— Duvido que consiga! — Maria Dita riu com desdém. — Ninguém nunca recuperou nada que ele tenha pegado.

— Porque ninguém foi diretamente à casa dele! E, como sei que a senhora mora aqui há muitos anos e praticamente conhece todos os moradores, com certeza sabe onde aquele babaca se esconde.

— Não seria melhor procurar a polícia?

— Com certeza. Porém, lhe confesso que não gosto de policiais. Eles são maçantes e burocráticos. Fazem muitas perguntas, e a conversa é sempre longa. Meu ex-marido era policial e admito que tenho trauma de todos eles.

Intimamente, Margarida estava rindo de si mesma, sem saber de onde estava tirando tanta baboseira. Maria Dita, contudo, parecia estar acreditando nela.

— Aquele endiabrado mora na Rua Imperial, na terceira casa da esquina. É um imóvel todo descascado, então, não posso lhe dizer a cor com muita certeza. Tem um portão torto na entrada. Não há erro.

— Muito, mas muito obrigada. Vou lá agora mesmo.

— Meus clientes, todos muito bobos, nunca foram lá nem procuraram a polícia. A maioria era turista, de passagem por nossa modesta cidade — Maria Dita balançou a cabeça, fazendo os longos brincos chacoalharem. — Não quiseram encrenca ou acharam que o valor furtado de suas carteiras e bolsas não compensava todos os trâmites pelos quais teriam de passar se fossem à polícia. É por isso que aquele moleque se sente vitorioso. Nunca lhe aconteceu nada de ruim.

"A não ser dentro da casa dele", pensou Margarida.

— Ele vai descobrir que mexeu com a pessoa errada. Se for preciso, entro em contato com meu ex-marido, mesmo que a gente converse muito pouco atualmente. Juro que estarei com meu relógio de volta antes do anoitecer.

— Boa sorte em sua empreitada! — Sorriu a dona do restaurante. — E nem me fale em ex-maridos. Fui casada três vezes, e até hoje todos eles me procuram. Parece um trio de babuínos apalermados. Como se eu quisesse algo com eles! Não percebem que o tempo deles já passou.

O tempo de Margarida, no entanto, era aquele. Foi nisso que ela pensou, assim que agradeceu mais uma vez a Maria Dita e retornou à calçada. Margarida continuou caminhando, apreciando as vitrines das lojas, até parar em uma banca de jornal e pedir novas informações ao jornaleiro. A tal Rua Imperial ficava a uns dez minutos a pé a partir dali, subindo a avenida principal. Ela continuou o percurso devagar, debaixo de um sol fortíssimo. Ainda não sabia o que diria ao padrasto de Vinícius, que certamente negaria qualquer acusação que ela lhe fizesse.

Ao chegar ao endereço indicado, não teve nenhuma dificuldade de localizar a casa de portão torto. A terceira residência a partir da esquina tinha as paredes externas sujas, marcadas pela umidade e por várias camadas de tintas de cores diferentes, que se sobrepunham umas às outras. Vista de fora, a casa parecia pequena e acolhedora.

Ao lado do botão da campainha, havia uma placa com as palavras "NÃO FUNCIONA" e que parecia ter sido colocada ali quando Vinícius ainda era um bebê. O portão de ferro enferrujado era um convite a contrair tétano, e qualquer ladrão inexperiente conseguiria saltá-lo com facilidade. Para surpresa de Margarida, ele não estava trancado. No chão do pequenino quintal que havia entre o portão e a entrada da residência havia folhas secas, folhetos de propaganda e um cadáver de uma barata voadora. Qualquer um notaria que havia meses ninguém limpava aquela área, o que fez Margarida questionar a eficiência da mãe de Vinícius como diarista, visto que a casa dela parecia estar abandonada à própria sorte.

Margarida bateu palmas e, como não foi atendida, repetiu o gesto com mais força. Escutou latidos vindos dos fundos da casa e julgou que Tirano estivesse preso ou acorrentado, já que o cachorro não apareceu para conferir quem estava no portão. Tornou a bater palmas pela terceira vez até ouvir uma voz masculina soltar um palavrão no interior do imóvel.

Ela respirou fundo quando viu a porta se abrir, ainda espreitando por entre as grades do portão. Precisava tomar coragem para enfrentar o sujeito, nem que precisasse colocar a polícia naquela história. No passado, ela estivera sozinha, mas agora Vinícius não estava. Faria o possível para que não visse seus traumas se repetindo na pele de um adolescente.

— Quem está aí? — a voz masculina, rouca e gutural perguntou quando a porta foi aberta. No entanto, o dono dela não surgiu em seu campo de visão.

— Quero falar com Vinícius. Sei que ele está em casa. Somos amigos.

— Ele não tem amigos — continuou a voz. — E Vinícius não pode receber visitas agora. Se isso é tudo o que deseja, já pode ir embora.

Aquilo foi a afronta final para Margarida, o que a fez perder o resto de paciência que ainda mantinha.

— Escute aqui, cara, por que não mostra seu rosto e vem até aqui repetir tudo isso olhando em meus olhos, em vez de ficar se escondendo atrás da porta? Se não vier me atender, sairei daqui diretamente para a delegacia.

Margarida ouviu uma série de novos palavrões e resmungos até que um homem gordo, com o rosto inchado pela bebida e com ralos cabelos espetados, saiu para o quintal. Ele esfregava os olhos, como se tivesse acabado de acordar. Vestia apenas um bermudão largo e florido e colocou a mão sobre os olhos, tentando enxergar sob o sol quem era a visitante chata e inoportuna.

Margarida, por sua vez, estava pálida, trêmula e com as pernas amolecidas, prontas para derrubá-la. Seu coração ficou descompassado desde o instante em que o viu sair da casa. Nem mesmo se duzentos anos tivessem passado, ela deixaria de reconhecer o rosto do homem que tanto mal lhe fizera na infância. Estava bem mais gordo, feio e asqueroso, mas sem a menor dúvida era ele.

Quando ele chegou mais perto do portão e a encarou, Margarida descobriu que estava fitando o rosto de Sidnei, seu padrasto, porém, nos olhos dele não havia o menor sinal de que a reconhecera.

27

Na manhã em que Bia chegaria dos Estados Unidos, Juan decidiu que aguardaria a chegada da neta de Jarbas no apartamento do amigo. O voo da moça estava previsto para as onze, e Jarbas comunicou que queria chegar ao aeroporto muito antes deste horário.

— Ela pode chegar antes e não encontrar ninguém para recebê-la — justificou Jarbas antes de sair.

Juan se propôs a preparar um delicioso almoço para receber a recém-chegada. Não era perito na cozinha, mas aprendera com seus pais muitas coisas sobre a rica culinária boliviana. Como já aprendera algumas palavras básicas da língua portuguesa para sua sobrevivência, segundo dizia o próprio Jarbas, ele saía para fazer compras sem medo de ser desprezado como antes e até arriscava compor pequenas frases no idioma.

A sopa de frango e batatas cozidas já estava praticamente pronta, quando Juan ouviu a porta do apartamento abrir-se e a voz alegre de Jarbas anunciar:

— Entre e fique à vontade, porque a casa é sua.

Juan desligou o fogão e parou na porta da cozinha, contemplando a moça que olhava em torno com expressão de admiração. Quando percebeu que era observada, ela ergueu a cabeça e também mirou Juan.

O rapaz, então, viu uma jovem magra, alta, de pele clara e cabelos castanhos, cortados na altura dos ombros. Seus olhos igualmente castanhos demonstravam surpresa e curiosidade. Tinha lábios finos e nariz aquilino e era dona de um rosto bonito.

Sem dizer nada, ela tirou a mochila que carregava nas costas e colocou-a sobre o sofá ao lado de duas malas que trouxera consigo. A jovem voltou-se para o avô e começou a se abanar com uma das mãos.

— Eu havia me esquecido do quanto o Brasil é quente, principalmente no verão.

— Vou ligar o ventilador — adiantou-se Jarbas ligando o aparelho. — Quero que conheça Juan, meu jovem amigo boliviano. Ele está morando comigo desde janeiro, ou seja, há cerca de dois meses. Ainda não fala muito bem português, mas já consegue se comunicar com algumas palavras que lhe ensinei.

— Oi. — Parecendo descontente, Bia acenou para Juan e logo virou as costas para ele. — Vovô, não acha que seu apartamento ficará pequeno para três pessoas?

— Temos dois dormitórios aqui, Bia. Juan vai dormir no meu quarto para que o segundo aposento fique à sua disposição.

— Interessante — ela voltou a olhar ao redor, como se esperasse encontrar grandes mudanças no apartamento em relação à última vez em que morara ali.

— Quer... almoçar? — gaguejou Juan, falando em português.

Depois de conhecer a história de Jarbas e sua relação complicada com Bia, pensava que sua obrigação seria tornar a estadia da moça o mais confortável possível.

— Você cozinha? — ela indagou com certo deboche.

— Ele me contou que prepararia um delicioso ensopado de frango com batatas, um dos pratos típicos da Bolívia — arrematou Jarbas, todo orgulhoso. — Eu já experimentei em outras ocasiões e é realmente deliciosa.

— Ah! — com ar de pouco caso, Bia largou-se no sofá. — De verdade, vovô, eu preferia a época em que morávamos apenas nós dois aqui — relanceando o olhar para Juan, ela completou: — Ele não consegue me compreender?

— Muito pouco, mas está bem melhor do que quando o conheci. — Jarbas aproximou-se e sentou-se ao lado da neta. — É um rapaz maravilhoso, com uma história de vida incrível. Quando a conhecer, se emocionará.

— Não estou interessada. — Bia sacudiu a mão no ar, como se estivesse dispensando aquele papo. — Só não entendi o que se passou na sua cabeça para recolher um estranho da rua e trazê-lo para cá. Vovô, você está transando com ele?

A alegria que Jarbas tentava manter no semblante quase foi substituída por revolta, no entanto, ele fechou os olhos e disse a si mesmo que não permitiria que Bia desequilibrasse suas emoções. Pacientemente, replicou:

— Somos apenas amigos. Ele me faz companhia, e temos aprendido muito um com o outro. Lamento por seus pensamentos perniciosos.

Como se ignorasse as palavras do avô, Bia segurou uma das malas pela alça e levantou-se outra vez.

— Gostaria de tomar um banho e me trocar. O voo da Califórnia para cá levou muitas horas. Estou exausta.

— Antes de se deitar, vamos almoçar — convidou Jarbas. — Não vai se arrepender de experimentar o ensopado de Juan.

Bia voltou a olhar o rapaz, que continuava parado à porta da cozinha, em silêncio.

— Tudo bem — ela murmurou. — Posso fazer um esforço e descobrir qual o gosto que tem a gororoba boliviana.

Sem mais nada a acrescentar, ela levou suas bagagens para o quarto que Jarbas reservara à neta e que pertencera a ela até o dia em que se mudou para os Estados Unidos para estudar.

— Ela não gostou de mim — balbuciou Juan falando em sua língua materna, depois que a moça fechou a porta do dormitório.

— Acho que ela está se sentindo um pouco incomodada por ter uma pessoa diferente morando aqui — explicou Jarbas. — Ela é assim mesmo, mas logo fará amizade com você. Creio que se tornarão bons amigos.

Mesmo não acreditando muito naquilo, Juan decidiu não retrucar. Vinte minutos depois, Bia estava de volta, com os cabelos molhados e usando um vestido curto. A moça entrou na cozinha, onde o avô e Juan já estavam tomando a sopa.

— Pelo jeito, não quiseram me esperar! — parecendo irritada, ela pegou um prato no armário e dirigiu-se ao fogão, olhando para a panela com ar crítico. — A aparência não é muito bonita, mas espero que o sabor compense.

— Não queríamos que o ensopado esfriasse. — Jarbas indicou uma cadeira vazia à mesa. — Sente-se conosco e venha nos contar como foi sua viagem e como eram seus estudos.

— Já disse que não me interessei pelo curso, por isso decidi voltar — com o prato na mão, ela sentou-se à mesa. — Aliás, como vou contar algo para vocês, se não sei falar espanhol? Aprendi muitas coisas em inglês, serve? — ela indagou a Juan.

— Falando devagar, ele até consegue entender algumas coisas — consolou Jarbas.

— Lá é bem mais legal do que aqui. Estados Unidos, né? — ela sorriu, provou a sopa e fez uma careta em seguida. — Que horror! Esta sopa está mais salgada que o Mar Morto.

— Não exagere, Bia! — repreendeu Jarbas. — Está deliciosa. Juan a preparou com muito carinho, especialmente para recebê-la.

— Eu não pedi que ele cozinhasse para mim, muito menos esta refeição estranha. Estou acostumada com a comida americana, que, aliás, é bem melhor do que a nossa. É muito superior a esta sopa nojenta.

— Você não gosta do Brasil — disse Juan de repente, sem tropeçar nas palavras e fixando a moça.

— E quem lhe perguntou? — Ríspida, Bia empurrou o prato para frente e ficou de pé. — Perdi o apetite. Se quer saber, realmente detesto este país de quinta categoria. Nunca deveria ter voltado para cá.

— Respeite... seu avô — continuou Juan furioso com aquela moça metida.

— Quem você pensa que é para me dar ordens, seu estrangeiro sem teto?

— Já basta! — Jarbas também se levantou e olhou no fundo dos olhos da neta. — Bia, quero que respeite esta casa e principalmente Juan. Não permitirei que o destrate de forma alguma. Você já sabia que ele estava morando aqui quando decidiu regressar, porque eu lhe contei tudo por telefone.

— Mas eu sou sua neta! Sou eu que tenho seu sangue!

— É a minha neta, que passou a me detestar quando o namorado faleceu! Não era eu quem estava no controle da moto, nem estava por perto para fazê-lo se acidentar. Se nunca me perdoará por isso, pelo menos me respeite como seu avô.

— Eu nunca deveria ter voltado — repetiu Bia, com o rosto vermelho.

— O aeroporto continua no mesmo lugar, vendendo passagens para o mundo inteiro. Se acha que não tem condições de continuar aqui ou que nossa casa a incomoda, nem precisa desfazer suas malas. Volte para o lugar de onde veio.

— É assim que vai me tratar?! — ela continuava gritando. — Está me expulsando de minha própria casa?

— A casa é minha e continuará sendo enquanto eu estiver vivo. E não grite, porque, apesar da idade, escuto muito bem!

— Você é engraçado, vovô. Finge que é um espiritualista bonzinho, mas na primeira oportunidade quer colocar a própria neta na rua.

— Ser bom não é ser bonzinho. Antes de qualquer coisa, prezo pelas boas energias que existem aqui dentro. E não será você, com suas vibrações inferiores, que abalará tudo isso. Quando você decidiu ir para os Estados Unidos, após conseguir a bolsa de estudos, pouco se importou comigo. Raramente me telefonava para saber se eu estava vivo e só voltou porque não se deu bem com o curso. Se tivesse tido outra oportunidade, talvez nunca mais retornasse ao Brasil.

Bia lançou um olhar duro e gélido para o avô, mas, como se viu sem argumentos para rebatê-lo, girou nos calcanhares, entrou no quarto e bateu a porta num estrondo.

Com um profundo suspiro, Jarbas voltou à mesa e surpreendeu-se ao ver Juan de cabeça baixa, fitando o ensopado com ar desolado.

— Juan, não precisa ficar assim. Ignore as palavras maldosas de Bia. Apesar de seus vinte anos, ela ainda age como uma adolescente rebelde.

— Eu estou sobrando aqui. Você a criou, Jarbas. É natural que ela se sinta ameaçada, porque eu estou invadindo o espaço dela. Acho que chegou a hora de eu ir embora.

— Ora, não diga bobagens! — Jarbas puxou uma cadeira, sentou-se e apontou um dedo para Juan. — Já falei que não deve dar atenção ao que Bia disser. Ademais, para onde você iria?

— Não sei. Se eu não conseguir arranjar um trabalho aqui, terei de retornar à Bolívia. Às vezes, penso que nunca deveria ter saído de lá.

— Você já me disse isso, e nunca concordei com esse pensamento. Sinto muito por tudo o que lhe aconteceu na fábrica clandestina, Juan, e principalmente pela morte de sua namorada, porém, penso que você não pode desistir dos seus sonhos. Não chegou até aqui para se render a uma menina mimada como Beatriz.

— Ela é sua neta; é sua família.

— Minha família são as pessoas mais próximas, que gostam de mim como sou. Eu já o considero como um neto também, porque uma família verdadeira nem sempre é formada pelos laços sanguíneos, mas pelos laços que unem os corações.

Aquelas palavras emocionaram Juan, que relutou para não chorar ali mesmo.

— Bia não era assim até conhecer e namorar Téo. Acho que ela é uma pessoa muito influenciável e se deixou contaminar pela maneira do namorado de ser e agir. Nunca mais foi a mesma e, infelizmente, piorou muito após a morte dele. Sinto que ela não gosta muito de mim. — Jarbas voltou a suspirar. — Entretanto, não é por isso que permitirei que ela faça o que bem entende. Se realmente continuar a morar comigo, Bia terá de aprender o valor do respeito. Não permitirei que ela o maltrate e muito menos a mim.

— Ainda acho que eu deveria ir embora. — Juan continuava de cabeça baixa fitando a mesa. — Tenho que dar um rumo à minha vida, principalmente agora que consegui tirar todos os meus documentos.

Juan e Jarbas visitaram outras vezes o Consulado Geral da Bolívia para que ele conseguisse regularizar permanentemente sua situação no Brasil. De fato, todos os seus documentos estavam em ordem agora.

— Volto a repetir que isso tudo é besteira. Esqueça toda essa confusão. Bia cairá em si e pedirá desculpas pela cena que fez aqui.

Isso, contudo, não aconteceu. Bia continuou tratando Juan com zombaria, sarcasmo e desprezo. Evitava fazê-lo perto do avô para não ouvir uma bronca, mas, sempre que o via sozinho, não perdia a oportunidade de provocá-lo.

— Quanto custa a passagem para a Bolívia? — Bia perguntou a ele, três dias após chegar. A moça falou em português, e ele conseguiu entendê-la.

— Não sei. Não deve ser barata.

— Você deveria ir embora. Se eu tivesse um dinheiro extra, faria esse favor para você, presenteando-lhe com a passagem de retorno ao seu país.

Os dois jovens estavam sentados na sala, diante da televisão ligada em um telejornal. Jarbas estava no banho.

— Pensa que não sei que você está morando de favor aqui? — Bia continuou com seus ataques. — Abusando da boa vontade do meu avô.

— Não a compreendo.

— Compreende muito bem! — Bia saiu da poltrona em que estava sentada e postou-se ao lado dele. De perto, a moça notou que ele era mais bonito do que parecia. — Por que não volta para sua terra?

Juan não respondeu e continuou assistindo à televisão. Bia encarou-o e pôs-se a analisar o rosto muito moreno, os cabelos pretos e lisos e a boca de lábios carnudos do rapaz. Inesperadamente, a moça sentiu uma onda de desejo invadi-la, misturada com raiva, inveja e indignação.

Foi então que Bia notou uma correntinha no pescoço de Juan e, sem rodeios, puxou-a até perceber que se tratava de um escapulário.

— Quem lhe deu isso? — Bia quis saber.

— Não toque nele. — Juan tirou o escapulário das mãos de Bia e tornou a colocá-lo por dentro da camiseta.

Ainda sentindo que seu sangue estava mais quente, Bia teve uma súbita vontade de atirar-se no colo de Juan e enchê-lo de beijos. Por outro lado, também tinha vontade de agarrá-lo pelo braço e colocá-lo para fora do apartamento do avô.

Afinal, quem era aquele estranho boliviano, que lhe provocava tantos sentimentos diversos?

Vencida pela atração, Bia chegou ainda mais perto de Juan, cutucou-o no ombro, e, quando ele se virou, a moça mergulhou nos lábios dele, ávida para beijá-lo e ser beijada. No início, ele assustou-se com o gesto, mas logo a empurrou para trás e levantou-se.

— Não faça isso! — Juan disse em português claro e objetivo.

— Se não me quer, dê o fora de minha casa! — Bia retrucou, ainda sentada.

— Tudo bem.

Sem dizer mais nada, Juan afastou-se e entrou no quarto que estava dividindo com Jarbas. Bia teve vontade de ir atrás do rapaz e tentar lhe roubar outro beijo, mas temeu que ele contasse tudo ao seu avô.

Pela primeira vez, desde a morte de Téo, Bia descobriu que estava interessada em outro rapaz, porém de uma forma estranha e enigmática, e decidiu que o melhor seria descobrir mais sobre Juan, que tinha o dom de encantá-la e ao mesmo tempo de despertar nela a vontade de expulsá-lo dali.

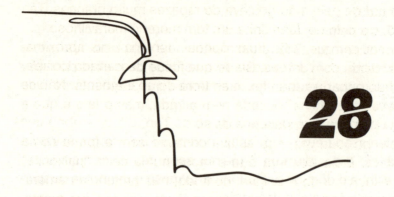

28

Nos dias seguintes, Bia baixou a guarda, oferecendo uma espécie de trégua. A jovem sabia que o avô seria bem capaz de convidá-la a se retirar do apartamento se ela continuasse afrontando Juan e, se isso acontecesse, não teria para onde ir. Nem mesmo tinha dinheiro guardado para sustentar a si mesma, se tivesse de pagar aluguel em outro lugar.

Além disso, não conseguia negar o fascínio que Juan exercia sobre ela. Nunca se sentira atraída fisicamente por um boliviano, aliás, por nenhum imigrante, mas ali estava um belo exemplar daquela etnia. Além de bonito, o rapaz tinha um corpo musculoso e definido, o que a atraía ainda mais, todavia, quando Bia se aproximava, ele sempre a evitava. E, como Jarbas não havia tocado no assunto, ela acreditou que Juan não tivesse comentado nada com ele a respeito do beijo.

Apesar da vontade constante que Bia tinha de se jogar nos braços de Juan, ela irritava-se quando o via circulando pelo apartamento como se fosse o dono do imóvel. Além disso, sentia-se enciumada quando via o tratamento de primeira linha que seu avô dispensava ao rapaz. Quando os dois conversavam em espanhol, ela sentia-se um peixe fora d'água, alheia ao que estavam conversando, o que a zangava sobremaneira.

Aos poucos, Bia descobriu-se curiosa em saber mais sobre Juan. Durante os dois anos em que viveu na Califórnia, alguns rapazes se interessaram por ela, mas a moça considerava os americanos muito frios e secos E, embora não tivesse nenhum preconceito em relação à cor de pele, não gostava de rapazes muito brancos. Téo era negro, e a pele de Juan tinha um tom moreno maravilhoso.

Bia decidiu que tinha duas opções: tentaria uma aproximação mais íntima, ou, na hipótese de que fosse descartada por ele, faria de tudo para que Juan fosse embora do apartamento. Não se considerava uma mulher ousada nem atirada, mas o fato é que a presença do rapaz a deixava fora de si.

Juan, por sua vez, não estava contente com a forma como Bia o olhava. Ele percebera que a moça nutria certa "paixonite" por ele desde quando o beijara, contudo, não pretendia namorá-la, pois a memória de Marta ainda era muito viva em sua mente. Bia era atraente e sedutora, mas nada que se comparasse à sua namorada. Ademais, não confiava nela o bastante. Ora a moça lhe parecia interesseira e fingida, ora confiável e fiel. Era uma pessoa bastante peculiar.

Durante uma noite quente e abafada, Jarbas reuniu Bia e Juan na sala:

— Vou ao apartamento de João Carlos jogar xadrez, como costumo fazer de vez em quando. — Sorrindo, ele olhou para Juan. — É aquele amigo para quem comprei os acessórios no *sex shop* no dia em que nos conhecemos.

— Eu me lembro. — Juan também sorriu.

— Não vou me demorar, a não ser que vocês queiram ir comigo.

— Não, obrigado — declinou Juan. — Vou tomar banho.

— E eu vou me deitar — atalhou Bia, espreguiçando-se. — Hoje, meu sono chegou mais cedo.

— Dupla de furões! — brincou Jarbas. — Volto em, no máximo, duas horas.

Assim que Jarbas saiu, Juan foi para o banheiro, e Bia, para seu quarto, contudo, ela nem chegou perto da cama. A moça aguardou alguns instantes, retornou à sala e apurou os ouvidos junto à porta do banheiro. Ouviu a água do chuveiro caindo, e, imediatamente, um violento desejo a envolveu. Conseguia imaginar Juan nu sob a água morna e sentiu que não conseguiria controlar seus impulsos.

Bia aproximou-se da porta, rodou a maçaneta e mal conteve a alegria quando descobriu que Juan não trancara a porta por dentro. Refletiu se aquilo fora mera distração da parte dele ou um ato proposital. Silenciosamente, ela entrou no banheiro e, em meio a uma nuvem de vapor, viu a silhueta do corpo do rapaz por trás do vidro fumê do box de acrílico.

Excitada demais para se conter, Bia despiu-se rapidamente e avançou na direção do box. A moça percebeu que Juan cantarolava baixinho alguma canção em seu idioma nativo e, num gesto rápido, afastou a porta deslizando-a para o lado. Ao fazer isso, sorriu diante do grito de espanto que ele soltou.

— Como está o banho? — Bia perguntou, colocando-se sob os jatos quentes do chuveiro.

A aproximação, os toques, as carícias, a presença de um corpo feminino junto ao seu, tudo contribuiu para que Juan perdesse o controle. Sentindo-se traído pelo próprio corpo, ele até pensou em recuar, mas não havia como fugir da malha sedutora de Bia. Em instantes, a moça começou a beijá-lo e entregou-se plenamente a Juan, que não viu outra alternativa a não ser se render à tentação do momento e tomá-la para si. Logo depois, os dois jovens escorregaram para o chão e transaram ali mesmo. Quando terminaram, Bia levantou-se, secou-se com a toalha do rapaz e saiu do banheiro sem dizer nada.

Todo o ato não demorou nem vinte minutos. Com o corpo relaxado e a mente em turbilhão, Juan finalmente se deu conta do que tinha acontecido entre eles. O rapaz deixara-se levar pela ardência daquela mulher, e, enquanto a possuía, as lembranças de Marta tornaram-se apenas uma mera luzinha nos recônditos de sua mente.

Quando saiu do banheiro, Juan descobriu que Bia não estava na sala nem na cozinha. Precisavam conversar. O rapaz pensava que o que fizera não era certo, até porque achava que estava traindo a confiança que Jarbas depositara nele. Precisavam esclarecer as coisas, embora soubesse que agora já não havia mais como remediar a situação.

Juan bateu na porta do quarto de Bia, que a abriu com um sorriso malicioso nos lábios. A moça vestia uma camisola quase transparente e continuava tão tentadora quanto antes.

— Não me diga que já quer mais! — Ela piscou um olho para Juan.

— Fizemos sexo — ele disse devagar, pensando nas palavras certas em português.

— Claro que sim. Ou acha que estávamos ensaiando um número de dança?

Bia soltou uma gargalhada, rindo da própria piada.

— Agora, não estou com vontade, mas, durante a madrugada, pode vir me procurar — ela continuou. — Teremos uma segunda rodada, se é o que você deseja.

— Erramos ao fazer isso — tornou Juan, sentindo-se atordoado.

— Não dá para chorar sobre o leite derramado. Conhece esse ditado?

— Sem proteção... — ele prosseguiu.

— Fique tranquilo. Eu lhe garanto que não sou portadora de nenhuma doença sexualmente transmissível. Você tem algo?

Como Bia estava falando muito rápido, Juan não conseguia entendê-la muito bem. Queria falar sobre a possibilidade de ela ter engravidado, mas, além disso, tinha outra mensagem mais importante para transmitir-lhe.

— Fizemos sexo — ele repetiu. — Mas eu não amo você.

Aquilo bastou para que a ironia de Bia fosse para o ralo. Ela também sabia que não havia amor naquela relação precipitada, porém, ouvir isso diretamente da boca de Juan a deixou bastante incomodada.

— Amo Marta — Juan continuou. — E não você.

— Quem é Marta? — Desta vez, a voz dela estava cortante.

— O amor da minha vida. Você é corpo, mas ela era sentimentos — foi tudo o que ele disse, dando o assunto por encerrado.

Juan afastou-se em direção ao quarto que dividia com Jarbas. Estava orgulhoso de si mesmo por ter transmitido seu recado e ainda mais por estar conseguindo se expressar em português de uma forma que, para ele, era satisfatória. Embora estivesse massacrado pelo arrependimento do sexo impulsivo, tinha certeza de que a breve relação deles se encerraria ali.

Bia, contudo, não pensava da mesma forma. Sentada em sua cama, a moça tremia de raiva, afinal, nunca, em toda a sua vida, fora desprezada daquele jeito, muito menos por alguém que não pertencia ao seu país. Na Califórnia, fora ela quem recusara os pretendentes, porque a ela cabia o direito de selecionar aquele que mais a interessasse. Durante sua estadia nos Estados Unidos, nenhum dos rapazes que se aproximaram dela conseguira passar por seu crivo avaliador.

Na verdade, nenhum rapaz era como o finado Téo. Com ele, Bia viveu as mais loucas, perigosas e alucinantes aventuras. Ao lado dele, ela sentia-se segura, amada e protegida. Era como se o mundo não passasse de um mar de rosas.

Não era necessário dizer que fora Téo quem lhe oferecera o primeiro cigarro de maconha ou a primeira carreira de cocaína. Ele era tão inteligente que lhe garantiu que ela não ficaria viciada na droga. Talvez não tenha dado tempo de isso acontecer, pois ele morreu três dias depois de oferecer-lhe o pó. Assim sendo, a repulsa que Jarbas parecia alimentar por Téo era inaceitável. Os dois nunca se deram bem. Jarbas sempre enchia a cabeça de Bia pedindo que a neta terminasse o namoro, e, quando ela comentou o fato com Téo, ele disse que se sentia pressionado e que provavelmente o melhor a fazer era terminarem o relacionamento.

Enlouquecida de medo, ódio e preocupação, Bia teve uma discussão acalorada com Jarbas. A moça levara Téo ao apartamento para que o namorado presenciasse toda a conversa, que resultou em uma fervorosa batalha de palavras. Jarbas estava irredutível e dizia que, embora Bia fosse dona de suas próprias escolhas, ele sentia que aquela relação não traria frutos positivos. A moça, por sua vez, atacou-o com palavras de baixo calão, humilhando e espezinhando o avô. E, se não fosse a intervenção de Téo, ela teria estapeado o velho senhor em defesa do rapaz.

Naquela madrugada, Bia e Téo subiram na moto do rapaz e ganharam as ruas em alta velocidade, como sempre costumavam fazer. No entanto, o rapaz distraiu-se por um momento e colidiu sua moto com um veículo. O impacto terrível causou a morte de Téo, e Bia nunca perdoou o avô pelo que aconteceu naquela noite. A partir desse dia, o relacionamento entre os dois manteve-se na corda bamba.

Três anos depois, Bia estava de volta ao Brasil e ao lar em que fora criada, mas agora dividia o espaço com um estranho rapaz boliviano. Reconhecia que apenas o olhar dele a excitava, mas sua presença na casa a enfurecia. A moça sentia que sua ausência mal fora sentida por Jarbas, pois, na primeira oportunidade, ele colocara um desconhecido para viver sob o mesmo teto. Um desconhecido que tivera a ousadia de lhe dizer que ela não passava de um corpo sedento por sexo.

Intimamente, Bia dizia para si mesma que aquilo não ficaria assim. "Se Juan pensa que pode me esnobar, está muito enganado. Ele não tem nenhuma obrigação de se tornar meu amante, no entanto, não continuará vivendo no bem-bom, à custa da aposentadoria de meu avô". A moça exigiria que ele se retirasse do apartamento, nem que precisasse travar outro bate-boca com o avô.

Praticamente marchando, Bia rumou até o quarto ao lado e esmurrou a porta com o punho fechado. Juan abriu-a logo depois com os olhos arregalados.

Sem hesitar, Bia abriu a mão e disparou uma bofetada contra o rosto do rapaz.

— Hipócrita! Nojento! Cretino! — Bia berrava, completamente alterada. — Com que direito acha que pode me dispensar após ter usado e abusado de mim? Pensa que sou material descartável?

— Desculpa... — ele murmurou esfregando o ponto atingido pelo tapa. Mesmo sem entender todas as palavras, sabia do que Bia estava falando. — Foi um erro nosso.

— Erro nosso?! Acho que somos bem grandinhos para cometer erros desse tipo! — notando que ele parecia estar com dificuldade para entendê-la, Bia ficou ainda mais alterada. — Não finja que não compreende minhas palavras. Quero que dê o fora daqui agora mesmo.

Como Juan permaneceu calado, ela apontou para a porta de saída.

— Vá embora daqui. Você não é bem-vindo! Eu o odeio.

— Jarbas manda aqui! — ele retrucou assustado com a raiva da moça, que estivera entregue ao prazer alguns momentos antes.

— Pode ser, mas eu já morava aqui antes de você, portanto, posso dar ordens também! Além do mais, sou a neta dele! Agora, arrume suas coisas e caia fora daqui!

Bia virou as costas e retornou ao seu quarto. Juan permaneceu estático durante alguns instantes, absorvendo o teor daquela mensagem. Ainda que não tivesse entendido tudo, era fácil inferir que ela o expulsara do apartamento, e tudo porque dissera a ela que não a amava, o que era a mais absoluta verdade.

Quando Jarbas voltou do jogo, Juan já estava deitado, fingindo dormir. Não queria conversar, muito menos compartilhar com o amigo os últimos acontecimentos. Não queria falar sobre o sexo quase animalesco que fizera com Bia nem sobre a exigência da moça de que ele se retirasse do apartamento.

Na manhã seguinte, quando Jarbas acordou, percebeu que a cama de Juan estava vazia, mas que não fora arrumada. Sobre ela notou um papel dobrado.

O recado, escrito em um espanhol simples e objetivo, dizia apenas:

Muito obrigado por tudo o que fez por mim, Jarbas. Agora, preciso construir meu destino. Não sei para onde vou, mas Deus vai me guiar para um bom caminho. Um dia, voltarei para lhe agradecer por ter salvado minha vida. Perdoe-me por ter saído às pressas, sem me despedir. Tive meus motivos, mas não convém falar disso aqui. Aprendi a amá-lo como a um pai. Gratidão eterna.

Juan

Jarbas leu duas vezes o bilhete, incapaz de acreditar no que lera. "Afinal de contas, o que deu na cabeça daquele menino?"

Ele revistou todo o aposento e descobriu que Juan levara suas roupas, os presentes que Jarbas lhe dera semanas antes e todos os seus documentos, todavia, ele não tinha dinheiro, fator que não permitiria que ele chegasse longe, o que era muito mais perigoso. Logo, logo Juan estaria passando fome outra vez.

Jarbas sentiu uma inspiração e fechou os olhos para que pudesse se sintonizar melhor com aquela conexão com o astral. Sabia que só alguma razão muito inesperada faria Juan sair do apartamento praticamente fugido, e, seja lá o que tivesse acontecido, passara-se durante o período em que ele esteve jogando xadrez com o vizinho.

"Juan não está longe", Jarbas ouviu uma voz amiga sussurrar em seu ouvido. "Converse com Bia, mas não se deixe levar pela revolta. Tente compreender os motivos dela, sem julgá-la."

Tendo captado o recado, Jarbas foi até o quarto da neta e bateu na porta. Tornou a bater mais três vezes até que ela apareceu sonolenta e com os cabelos despenteados.

— São apenas sete e meia da manhã, vovô, e pretendo dormir até o meio-dia.

— Lamento, mas isso não vai acontecer, Bia. Para onde Juan foi?

— E eu que sei? — ela piscou, tentando afastar o sono. — Nem entendo direito o que aquele sujeito fala.

— Ontem à noite, durante as horas em que estive jogando xadrez no apartamento do meu amigo, aconteceu algo entre vocês?

Apesar da expressão serena, havia firmeza no olhar de Jarbas, o que fez Bia hesitar. Ainda assim, ela tentou escapar pela tangente:

— Já falei que mal converso com ele. Não falo espanhol.

— Ele fugiu daqui durante a madrugada, Bia, e me deixou um bilhete evasivo. Consigo, no entanto, deduzir que algo o assustou ou ofendeu para que ele saísse às pressas do apartamento. E não sou tolo a ponto de não notar que você não gostou dele desde o dia em que chegou. Se você disse ou fez algo que o desagradou, quero saber agora.

Sentindo que seu rosto começava a arder, Bia ainda tentou uma última jogada:

— Vovô, se Juan quis ir embora sem avisar, é porque não gostava tanto de você. Esse povo boliviano não é de confiança.

— O que não é de confiança é o seu preconceito, a sua intolerância e toda essa soberba que você carrega nas costas como um manto. Nesses dois meses, conheci Juan muito mais do que você pode imaginar. Ele é um rapaz maravilhoso, que passou por fatos trágicos antes de chegar aqui. Esses fatos são recentes, portanto, ele também estava aqui para se curar de algumas feridas que o afetaram profundamente. Seja lá o que você tenha feito, lhe informo que não foi a melhor decisão.

Sentindo-se pressionada, Bia desatou a chorar.

— Eu só queria que ele fosse embora, entendeu? Senti que ele estava invadindo meu espaço e a nossa vida. Nós dois...

— Bia, você nunca se importou comigo desde a morte de Téo. Seja sincera consigo mesma. O que aconteceu foi que você se sentiu ameaçada por ele. Esperava encontrar este apartamento do mesmo jeito que estava quando o deixou para viver nos Estados Unidos. Mesmo que não admita, você sentiu inveja e ciúmes de Juan.

Bia sacudiu a cabeça para os lados e afastou-se da porta, avançando para dentro do quarto. A moça sentou-se na beirada da cama e ficou observando o avô se aproximar.

— Ontem, eu fiz uma loucura, vovô... — ela murmurou enxugando o rosto molhado de lágrimas.

— Por que não me conta?

— Promete que não vai me mandar embora, assim como eu fiz com ele?

Agora não havia mais por que mentir. Bia conhecia o avô o suficiente para saber que ele era um homem experiente e que não acreditaria facilmente em qualquer coisa. Além disso, não imaginara que Juan realmente iria embora, pois pensou que ele não se intimidaria com suas exigências.

Jarbas sentou-se na cama ao lado da neta e segurou as delicadas mãos de Bia.

— O que você fez?

— Quando ele estava tomando banho, invadi o banheiro e o seduzi, vovô. Nós transamos sem preservativo. Fiz isso porque, mesmo irritada por Juan estar aqui, me senti muito atraída por ele. Não sei explicar direito por que tenho por ele sentimentos tão contraditórios. Como posso sentir desejo por um alguém, ao passo que anseio nunca mais vê-lo por perto?

Jarbas não respondeu, esperando que ela continuasse.

— Foram momentos incríveis, mesmo que tenham durado poucos minutos. Imaginei que ele fosse me procurar novamente mais tarde, mas, quando ele o fez, foi para me dizer que amava uma tal de Marta e que o que havia acontecido entre nós não passara de puro sexo, já que não houve sentimentos envolvidos. Isso me deixou muito revoltada, e eu permiti que aquele lado que o rejeitava ganhasse força. Eu mandei que ele saísse daqui e que parasse de se aproveitar de sua boa vontade — chorando muito, Bia completou: — Juro que não esperava que ele realmente fosse embora. Não pensei na possibilidade de que ele sairia às ruas, correndo risco por ser estrangeiro. Eu só queria que ele tivesse me tratado com mais respeito, no entanto, penso que ele me viu como uma prostituta. Fizemos sexo e mais nada.

— Bia, vou lhe contar o que sei sobre Juan, e, ao final do meu relato, você tirará suas próprias conclusões. E vou respeitá-las, sejam elas quais forem.

Jarbas falou sobre a vinda de Juan e Marta ao Brasil à revelia da mãe do rapaz, sobre os dois jovens terem sido enganados por Ramirez e Dinorá e sobre os dias de terror que viveram na fábrica clandestina. Contou à neta sobre o incêndio, a fuga de Ramirez e a morte de Marta, e finalizou falando sobre como Juan foi encontrado por ele andando a esmo pelas ruas, sem dinheiro nem documentos, passando fome, sede e toda sorte de riscos.

— E foi assim que o encontrei e o trouxe para cá. Desde o momento em que o vi, percebi que poderia confiar em Juan — concluiu Jarbas. — Ele tem apenas dezoito anos e já traz toda essa carga emocional consigo. Eu estava ensinando-o a falar português e o auxiliei a recuperar todos os seus documentos para que ficasse dentro da legalidade brasileira. Agora, não faço a menor ideia de onde ele esteja.

Bia não conseguia falar, tamanha a emoção e o arrependimento que a envolveram. A moça precisou fazer um grande esforço para se acalmar, antes de responder:

— Vovô, perdoe-me por tudo isso. Reconheço que nunca fui uma neta maravilhosa, principalmente depois da morte de Téo. Agora, vejo que não tenho mais ninguém além do senhor e estou verdadeiramente arrependida por tudo o que já lhe disse, assim como pelas palavras duras e ofensivas que lancei contra Juan. Eu sinto tanto...

Bia estava encolhida, de cabeça baixa, e lágrimas pingavam de seus olhos diretamente para seu colo. Jarbas sorriu levemente, porque sabia que ela estava sendo sincera. A jovem poderia ser mimada e arrogante, mas jamais foi uma má pessoa. No fundo, era apenas uma criança desamparada.

Jarbas abraçou a neta e beijou-a na testa carinhosamente. Sentindo-se amada entre os braços do avô, ela deixou-se ficar ali e voltou a pedir perdão por várias outras vezes.

— Claro que você está perdoada, Bia. Você sabe que eu a amo.

— Também o amo, vovô, mesmo que eu nunca tenha demonstrado isso.

— Agora, acho que só me resta sair à procura de Juan. Espero que meus amigos espirituais possam me ajudar nessa tarefa.

— Quero ir com você — animou-se Bia. — Também preciso pedir perdão a Juan e lhe dizer... bem, deixa pra lá.

— Eu sei o que você pretende falar para ele. — Sorriu Jarbas, segurando-a pelo queixo com delicadeza. — Acho que foi algo como amor à primeira vista, certo? Você não o procurou durante o banho apenas porque queria sexo. Você foi procurar carinho, ternura e proteção, por isso ficou tão furiosa quando ele lhe disse que não houve sentimento no que vocês fizeram. Ele ainda ama Marta, a namorada que faleceu, e você deveria compreender isso. Não espere que ele a peça em namoro.

— Desde o Téo, nunca senti nada parecido por alguém.

— Então, respeite seu coração. Sempre faça aquilo que a deixa bem, que lhe traga sorriso ao rosto, pois é isso que alimenta nosso espírito. Quanto mais satisfizermos a nós mesmos, melhor a nossa vida se tornará.

— Se Juan voltar para cá, prometo que esperarei o tempo que for necessário, vovô. E mesmo que a gente nunca namore, me sentirei feliz por tê-lo como um amigo.

— Então vamos trocar de roupa e sair à procura dele. Pelo que soube por meio de intuição espiritual, ele não está muito longe. A essa altura, já deve estar faminto. Vamos trazer Juan para casa.

Bia beijou o avô no rosto, sentindo-se muito mais leve e empolgada após aquela conversa produtiva entre eles. Depois que Jarbas saiu do quarto, ela descobriu que amava fraternalmente um homem e que estava apaixonada por outro. Nunca deveria ter brigado com Jarbas por causa de Téo e tampouco sugerir que Juan fosse embora. Agora, precisaria mostrar ao avô e a ela mesma que estava mudada e que queria agir diferente. E, quem sabe, futuramente, tivesse alguma chance com o enigmático e charmoso boliviano.

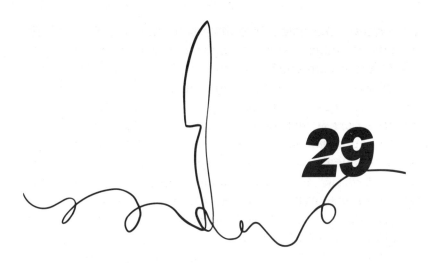

29

Margarida ainda demorou alguns segundos para reagir, saindo do momentâneo estado de choque que a acometera enquanto encarava Sidnei. Ainda não conseguia acreditar que o homem que abusara dela por tantos anos agora fazia o mesmo com Vinícius. Estavam a quilômetros de sua cidade natal, portanto, ela perguntou-se que mundo pequeno era aquele.

— Que papo é esse de ir à delegacia? — rosnou Sidnei. A voz dele continuava rouca, pastosa e nojenta, do mesmo jeito que ela se lembrava. — Quem é você?

— Sou uma amiga de Vinícius. Você é o padrasto dele?

— Sim, mas, até onde eu sei, meu enteado não tem amigos, muito menos uma mulher de sua idade. — Sidnei abriu um sorrisinho sarcástico. — A não ser que ele esteja transando com você. Aí, nesse caso, vou parabenizá-lo.

Margarida precisou se segurar no portão para não enfiar a mão na cara daquele pulha. Sidnei continuava tão asqueroso quanto ela podia se lembrar.

— Nossa amizade é sincera e verdadeira, coisa que você não deve conhecer. Agora, abra logo esse portão e me deixe vê-lo. Se eu não puder falar com Vinícius e me certificar de que ele está bem, voltarei aqui acompanhada de alguns policiais.

— Que mulher chata, meu! — parecendo indignado, Sidnei puxou o ferrolho do portão e fez uma reverência irônica quando

Margarida entrou. Na realidade, tinha pavor da polícia e não queria um confronto com eles.

— Onde Vinícius está?

— No quarto dele. É a segunda porta à direita, seguindo pelo corredor que sai da sala principal.

Sem responder, Margarida atravessou o quintal imundo e entrou na casa. A sala principal, na realidade, era um quadrado pequeno e entulhado de móveis encardidos e empoeirados. Espalhados no chão havia meias usadas, tênis de modelos diferentes e duas embalagens de preservativos. O encosto e os braços do sofá estavam rasgados, e uma única almofada franjada o enfeitava.

Margarida olhou em volta, sentindo o cheiro agridoce que impregnava o ambiente, e preferiu não tentar descobrir do que se tratava. Ela seguiu pelo corredor indicado, parou diante da segunda porta, rodou a maçaneta e não ficou surpresa ao encontrá-la trancada. Bateu com força e escutou a voz de Vinícius do outro lado.

— Vá embora, seu canalha! Já falei que não vou assistir àqueles filmes nojentos com você. Deixe-me em paz!

— Vinícius, meu amor, sou eu, Margarida. Estou aqui para ajudá-lo.

Houve um instante de silêncio até que ela o ouviu de novo, agora bem mais próximo da porta.

— Você precisa ir embora. Ele me trancou aqui dentro de castigo. Se não sair, ele pode machucá-la também.

— Como assim? Ele bateu em você de novo?

— Margarida? — ela ouviu a voz de Sidnei brotar ao seu lado. — Este nome me soa familiar.

Margarida virou-se e levou um susto ao vê-lo parado tão perto dela. Com seu corpanzil, Sidnei bloqueou a passagem do corredor. Pela primeira vez, ela sentiu-se assustada, mas se esforçou para não deixar o medo transparecer.

— Isso não é problema meu — Margarida retrucou, pois não tinha a menor intenção de revelar-lhe sua identidade — Abra a porta deste quarto ou chamarei a polícia.

— Tem certeza?

Sidnei mantinha um sorriso presunçoso nos lábios. Margarida baixou o olhar, reparou no cabo da faca que ele prendera junto do elástico da bermuda e empalideceu. Se ele a esfaqueasse ali, conseguiria dar um sumiço no corpo dela sem grandes problemas. Em pânico, Margarida percebeu que sua vida estava correndo perigo.

— Vá embora, Margarida — ela ouviu Vinícius gritar de dentro do quarto. — Ele é perigoso. Você nunca deveria ter vindo aqui.

— Cale a boca, moleque do inferno!

— Saia da minha frente! — ela tentou transmitir força e tranquilidade pela voz. — Saiba que você não me assusta!

Mas assustava, e Margarida temeu que Sidnei tivesse percebido isso.

— Dê o fora daqui. Esqueça meu enteado.

Sidnei encostou-se na parede e abriu um estreito espaço para que ela passasse. Quando Margarida passou por ele, Sidnei agarrou-a por trás e tapou a boca dela com a mão esquerda. Com a direita, tirou o facão da bermuda e encostou a ponta da lâmina no pescoço dela.

— Nunca gostei de mulheres intrometidas! — ele sussurrou ao ouvido dela. — Se você contar algo do que viu aqui para a polícia, sei que correrei o risco de ser preso, mas juro que antes eu matarei aquele moleque. Fui claro?

Margarida assentiu com a cabeça, a visão embaçada pelas lágrimas que brotavam de seus olhos.

— E se tentar voltar aqui sozinha, esta faca chegará muito mais fundo do que está agora — Sidnei pressionou um pouco mais a ponta da lâmina na garganta de Margarida. — Você entendeu?

Ela voltou a menear a cabeça em concordância.

— Não a machuque, seu doente! — Vinícius gritou. — Deixe-a ir embora em paz.

Sidnei soltou-a, e Margarida mal conteve o alívio. Com o coração disparado, ela massageou a garganta e correu na direção da porta quando o viu balançar a faca. De volta à rua, precisou fazer um grande esforço para não chorar. Nunca passara tanto medo na vida, nem mesmo durante sua adolescência, quando ele a ameaçava caso ela dissesse algo a Elza. Naquela época, no entanto, ele nunca lhe exibira uma arma.

Por outro lado, Margarida precisava fazer alguma coisa que não colocasse a segurança de Vinícius em risco. Tinha certeza de que Sidnei era capaz de cumprir as ameaças, machucar o menino ou até mesmo matá-lo. Ela conheceu-o anos antes e percebeu que ele estava muito pior agora.

Vinícius, todavia, tinha uma mãe. Por que ela não ajudava o filho? Onde estaria que não percebia o que estava acontecendo dentro da própria casa? Por que deixara a manutenção de seu lar entregue à sorte para limpar as residências alheias? Será que ela também era constantemente ameaçada por Sidnei?

Enquanto retornava a pé para o hotel, tentando bolar uma solução rápida e eficiente para tirar Sidnei de cena, os espíritos de Elza e Paulo conversavam ali perto.

— Sidnei está de volta! — ela exclamou com espanto. — Os caminhos dele e de Margarida voltaram a se cruzar.

— Não será por muito tempo, posso lhe garantir. Ademais, para cada situação difícil que enfrentamos, existe uma recompensa depois. O reencontro entre eles poderá surtir resultados muito positivos.

— Quais resultados?

— Aguarde mais um pouco e entenderá o que estou dizendo, Elza.

— Tudo bem. Não me conformo é que ele continue fazendo suas maldades. Como pude amar aquele homem? Como me deixei afundar no vício da bebida a ponto de ignorar tudo o que ele fazia com Margarida? Que mãe omissa eu fui!

— Culpar-se não mudará o que aconteceu. O passado deve ficar onde está. Somos seres eternos, então, é bobagem perder-mos tanto tempo remoendo fatos dolorosos, relembrando situa-ções infelizes ou guardando mágoa e ódio no coração.

— Tudo bem — disse Elza mais uma vez. — O que faremos agora? Só o fato de ver minha filha tão bonita, maquiada e elegan-te, sem chorar, já me serve de consolo.

— Aguardemos os próximos acontecimentos. Estaremos por perto, auxiliando Margarida sempre que for possível.

Elza concordou, parecendo mais tranquila do que alguns mi-nutos antes. Logo depois, eles desapareceram.

✳✳✳

Margarida estava muito mais furiosa do que amedrontada, quando cruzou a entrada do hotel. Sabia que, se tivesse desafiado

Sidnei, ele a teria ferido ou até matado com aquela faca. Não obstante, estava brava consigo mesma por ter fugido correndo como uma menininha medrosa. O dia a dia naquela casa deveria ser muito pior do que o relato de Vinícius. Provavelmente, o adolescente fora sutil em sua confissão.

Parou de repente e olhou por cima do ombro. Do outro lado da rua, bem em frente ao hotel, havia uma delegacia. O que aconteceria se ela fosse até lá e fizesse uma denúncia? Não tinha provas de nada, além do que vira. Sem um mandado em mãos, talvez os policiais não pudessem entrar na casa de Sidnei sem seu consentimento, e, assim que eles virassem as costas, ele descontaria sua fúria no garoto.

— Está tudo bem? — quis saber o simpático senhor que ficava atrás do balcão da recepção. — A senhora me parece um pouco pálida.

— Eu deveria estar mais corada, já que vim caminhando rapidamente até aqui — Margarida forçou um sorriso. — Mas está tudo bem, sim, ou ficará muito em breve.

Ela pegou o elevador e desceu em seu andar segundos depois. Ao ver um homem abaixado bem diante da porta do seu quarto, forçou-se a não gritar. Percebendo que não estava sozinho no corredor, ele levantou-se rapidamente e, quando ficou de frente para Margarida, mostrou um sorriso fulgurante.

Ela relaxou de alívio, quando descobriu que estava ali aquele hóspede que sempre encontrava de vez em quando. Era o homem dos olhos verdes e fartos cabelos grisalhos. Margarida imaginou que ele teria menos de quarenta e cinco anos. Seu sorriso, contudo, o rejuvenescia, dando-lhe um ar de adolescente travesso.

O homem segurava vários panfletos nas mãos e vestia uma camiseta onde se via o rosto de uma linda menina carequinha. Abaixo da imagem, uma legenda dizia: "Salve uma criança com câncer".

— Parece que eu a assustei. — Sem apagar o sorriso do rosto, ele aproximou-se dela e ofereceu-lhe a mão direita. — Sou Fabiano, médico especializado em leucemia infantil. Garanto-lhe que só estava colocando um desses panfletos por baixo da sua porta. Ainda não aprendi a arrombar fechaduras.

Acalmando o coração, que já vivera grandes emoções naquele dia, Margarida também sorriu e apertou a mão dele.

— Sempre nos encontramos no elevador ou na portaria, mas creio que ainda não havíamos nos apresentado — ele continuou, entregando a ela um de seus panfletos. — Desculpe-me pelo susto.

Margarida reparou nas mãos dele, bonitas, bem cuidadas e livres de alianças.

— Também lhe peço desculpas. Estou um pouco nervosa. Eu me chamo Margarida. — Ela não quis acrescentar que praticamente não tinha nenhuma ocupação profissional no momento. — Estou hospedada neste quarto há dois meses.

— Quase o mesmo tempo que eu.

Margarida olhou para o panfleto, que mostrava mais imagens de crianças carequinhas e um grande prédio branco, com janelas de vidro azul. Abaixo, havia o endereço do hospital, que ficava em uma cidade que ela não conhecia.

— Faço a divulgação do nosso trabalho assim mesmo, de porta em porta. As verbas que recebemos do governo não suprem todas as nossas necessidades. Esse é um hospital que, inicialmente, atendia apenas a crianças de zero a onze anos diagnosticadas com leucemia. A demanda, contudo, cresceu muito, e hoje temos pacientes infantis com vários tipos de câncer, além de três ou quatro adolescentes.

— E onde fica o hospital?

— Em uma cidade vizinha, a trinta quilômetros daqui. Muitos moradores desta cidade já foram até lá, seja visitar o hospital, seja para contribuir com algo ou para levar uma criança para tratamento. No total, atendemos a oitenta e nove pacientes. Desse total, trinta e dois estão internados lá. Infelizmente, nove deles já foram desenganados.

— A morte de uma pessoa é muito triste, mas parece que, quando falamos de crianças, a dor é maior. — Automaticamente, Margarida pensou em Ryan e Zara, mas desta vez não se entristeceu muito.

— Sim, e como é! Minha equipe e eu não nos envergonhamos de fazer essa divulgação, que é um trabalho de formiguinha. Sem vergonha alguma, vamos batendo nas casas e nos comércios em busca de apoio, seja em busca de doações de dinheiro, roupas, brinquedos e objetos de higiene pessoal, ou de parceria para marketing. Divulgamos os nomes de algumas empresas em troca de um cachê pela propaganda. O pessoal da Secretaria da Saúde não acha graça nisso, mas, como parecem não se importar com as condições precárias em que funcionamos, não vejo sua autoridade como fator relevante.

— Vocês não têm parcerias com clínicas e convênios particulares? — interessou-se Margarida, olhando novamente para o panfleto.

— Temos algumas. Lamentavelmente, tudo o que recebemos em termos de verba é menor do que as despesas que temos. Quantas vezes não comprei fraldas para os bebês com meu próprio dinheiro, porque não tínhamos nada em nosso estoque?

— E por que está hospedado aqui? — sentindo-se constrangida por ter feito aquela pergunta, ela acrescentou: — Não é da minha conta.

— Não tenho nada a esconder — ele mostrou outro de seus brilhantes sorrisos. — Estou aqui para tentar conseguir novos contribuintes, parcerias e doadores. E, quando me refiro a doadores, falo tanto dos que ajudam de alguma forma, quanto daqueles que podem doar medula. Apesar disso, dirijo diariamente até o hospital, onde trabalho de domingo a domingo, e ainda dou plantão à noite duas vezes por semana. Não me permito tirar férias ou folga, porque há muito mais trabalho a ser feito do que funcionários para desempenhá-lo.

— Deve ser muito gratificante quando consegue alguma ajuda.

— Eu sinto como se tivesse conseguido ganhar uma recompensa da fada dos dentes.

Margarida riu alegre, esquecendo-se dos instantes de tensão que passara na casa de Sidnei. Ela olhou para a porta fechada do seu quarto e tirou a chave do bolso.

— Sou tão deselegante que não o convidei para entrar.

— Não quero tomar seu tempo. Deve ser uma mulher com muitas ocupações.

— Tenho tantas ocupações quanto uma pedra. Entre um pouco. Não precisamos conversar de pé aqui no corredor.

Margarida destrancou a porta e fez um sinal para que ele entrasse. Pensou que algumas pessoas poderiam ver com maus olhos o fato de ela convidar um homem para entrar em seu quarto, cerca de noventa dias após a morte de Guilherme, mas não havia ninguém para ver. Ninguém a quem ela devesse satisfações.

Ademais, só iriam conversar e não se perderem em muitas horas de sexo.

Rindo dessa ideia, Margarida fechou a porta por dentro e pediu que ele se sentasse em uma das cadeiras disponíveis no dormitório. Quando ele se sentou, ela fez o mesmo, mas optou pela cama.

— Desde já, gostaria que soubesse que desejo contribuir com o hospital, tanto financeiramente, quanto voluntariamente, se isso for permitido.

— Claro que é. Se você souber contar boas histórias, inventar brincadeiras legais ou simplesmente auxiliar os internos em alguma tarefa simples, já será de grande ajuda. Muitas crianças estão deprimidas por conta da doença, outras acham que vão morrer, por isso alguns instantes de risada valem ouro.

— Farei o que puder. Sei como alegrar crianças. — Sempre funcionara com Ryan e Zara. Embora sua única experiência se resumisse às brincadeiras com seus filhos, estava convicta de que não decepcionaria os pacientes.

— Posso levá-la quando desejar — Fabiano pousou os panfletos no colo e olhou em volta. — Eu estaria sendo muito enxerido se perguntasse se está sozinha aqui?

— Estou. E você?

— Também. — Ele sorriu.

— E quem é essa menina linda em sua camiseta?

— Jéssica. Foi nossa paciente durante seis meses. Uma das crianças mais inteligentes que conheci. Tinha seis anos nessa época.

— Não me diga que ela... — Margarida não conseguiu concluir a frase.

— Graças a Deus, não. Hoje, ela está com quase oito anos e totalmente curada da leucemia. Os pais dela autorizaram que divulgássemos seu retrato nas campanhas, porque se sentiram muito gratos à nossa equipe, a quem atribuíram a salvação de Jéssica. Sempre que podem, eles a levam para nos visitar, e, quando ela conta sua história de superação às outras crianças, elas sempre se mostram mais otimistas e esperançosas, acreditando que também podem se curar. Isso é muito importante para o tratamento delas.

Margarida sentiu vontade de fazer mais perguntas, porém, a lembrança de Vinícius preso em seu quarto a fez se mexer na cama, muito inquieta. Fabiano percebeu a súbita mudança no semblante da mulher à sua frente e não segurou a indagação:

— Aconteceu alguma coisa? Você ficou séria, de repente.

— E se eu lhe fizesse uma proposta? — A ideia surgira de repente e agora ganhava forma. — Uma proposta que traria muitos benefícios a outras pessoas. Vou ajudá-lo, mas gostaria muito que também me ajudasse.

— Estou disposto a ouvi-la — ele ergueu as sobrancelhas, enquanto aguardava.

Em poucas palavras, Margarida compartilhou tudo o que sabia sobre Vinícius desde o dia em que se conheceram. Falou do assalto frustrado, dos maus-tratos que ele sofria em casa, e finalizou contando sobre a visita que fizera à casa de Sidnei pela manhã e a ameaça com a faca.

— Isso é um absurdo! — expôs Fabiano. — Esse homem já deveria estar preso.

— Concordo. Aparentemente, ninguém sabe que isso acontece. Nas vezes em que teve oportunidade de sair às ruas, Vinícius cometeu pequenos delitos, furtou algumas pessoas, e isso fez com que ele não fosse bem-visto por alguns moradores. A mãe dele, que eu não conheci, pouco se importa com o filho, ou realmente é uma tola que faz vista grossa ao que ele vive — Margarida contou e pensou: "Exatamente como Elza fez por tantos anos".

— Temos que denunciá-lo à polícia, ao Conselho Tutelar, à imprensa... isso não pode ficar impune — determinou Fabiano.

— O que sugere que façamos?

— Embora eu saiba da gravidade da situação, sugiro que deixemos a poeira assentar um pouco. Se nós voltarmos lá hoje ou amanhã, o cara estará com as armas preparadas para se defender. Infelizmente, teremos de esperar mais alguns dias ou mesmo algumas semanas.

— Não podemos aguardar tanto tempo — exasperou-se Margarida. — Cada dia que passa é um sofrimento a mais para Vinícius. Isso sem falar em Tirano, o cachorro dele. Não quero nem pensar no que aquela peste é capaz de fazer com o animalzinho.

— O delegado da cidade é amigo meu. A sobrinha dele também já fez tratamento em nosso hospital e conseguiu se curar. Ele sempre acha que me deve favores, porque fui o médico dela. Eu acompanhei o tratamento da menina. Vamos conversar com ele e contar tudo o que você sabe. Ele nos dará orientações quanto ao que devemos fazer. Com o respaldo da polícia, podemos nos sentir mais tranquilos.

Ao ouvir isso, Margarida acalmou-se. Sabia que ele tinha razão. Não adiantava fazer nada às pressas e estragar tudo. Por Vinícius, daria o seu melhor. Ele merecia isso.

Foi durante a primeira semana de abril que o delegado da cidade entrou em contato com Margarida e Fabiano para expor o plano que tinha em mente. Após receber a denúncia feita por eles, o chefe de polícia concordou que o ideal seria aguardar mais alguns dias antes de agir. Ele revelou que sentia verdadeira repulsa por pessoas que abusavam sexualmente de crianças e adolescentes e que casos semelhantes nunca haviam sido registrados no município.

No dia em que Fabiano e Margarida se reuniram com Laurentino, o delegado, para contar o que sabiam, ela não poupou detalhes, dando ênfase principalmente às ameaças que Sidnei lhe fizera com a faca. A partir daí, Laurentino decidiu que colocaria a casa de Sidnei sob discreta vigilância para que ele não percebesse que estava sendo observado.

A polícia descobriu que uma mulher saía da casa muito cedo e só retornava no final da tarde. Certamente, deveria ser a mãe de Vinícius. Sidnei raramente saía, mas, em diversas ocasiões, ele foi visto recebendo mulheres, cuja vestimenta e trejeitos corporais atestavam que se tratavam de prostitutas. Elas demoravam-se pouco mais de uma hora no interior da residência e compareciam pelo menos três vezes por semana à casa onde Vinícius vivia com a família.

Descobriram que Sidnei possuía ficha criminal, embora as infrações cometidas não fossem graves. Ele já estivera envolvido em confusões no trânsito e em bares, quase sempre resultando em agressões a outras pessoas. Fora preso por dois meses após furtar três garrafas de uísque de um mercado na cidade em que morava — a mesma na qual Margarida fora criada. Por meio de uma pesquisa rápida, descobriram também que, aparentemente, ele conhecera Heloísa em um site de relacionamentos. Nunca se casaram formalmente, mas moravam juntos havia cerca de quatro anos. Vinícius já estava com dez anos, quando ela convidou Sidnei para morar com eles. O homem era aposentado, o que explicava de onde ele tirava dinheiro para bancar seus momentos de luxúria.

Após a intensa vigilância da casa de Sidnei, Laurentino concluiu que era necessário obterem provas mais concretas sobre os abusos. Ele, então, designou dois policiais, que conseguiram acesso ao interior da casa vestidos com uniformes da companhia de energia elétrica. Os homens alegaram um problema na fiação elétrica do bairro e que estavam visitando todas as casas da vizinhança para averiguar se estava tudo em ordem.

Com perícia e habilidade, os policiais instalaram diminutos microfones em alguns pontos da sala e do corredor, onde ficava o quarto no qual Vinícius estava trancado. Os policiais relataram que Sidnei estava visivelmente embriagado e que aparentemente não percebera que os aparelhos tinham sido instalados na casa. Ele nem sequer desconfiou da possibilidade de os dois homens não serem funcionários da empresa de energia. Mais tarde, os policiais confirmaram que o homem realmente não notara nada, porque os policiais que acompanhavam o caso conseguiam ouvir boa parte dos diálogos que se passavam dentro da residência.

Os policiais ouviam e gravavam tudo, desde as ofensas e os xingamentos até os momentos em que ele entrava no quarto do garoto e tentava estuprá-lo. Os gritos, gemidos e pranto do menino deixaram Laurentino a ponto de explodir de fúria. Para completar, escutaram várias vezes Sidnei dizendo que não estava com vontade de alimentar o cachorro e que não seria má ideia vê-lo morrer de fome ou de sede, preso a uma coleira curta nos fundos da casa.

— Os abusos sexuais a um menor de idade, somados aos maus-tratos a um animal, são acusações mais do que suficientes para mantê-lo trancafiado atrás das grades por muitos anos — anunciou Laurentino perante o grupo de policiais que trabalharia com ele logo após ser expedido o mandado de prisão de Sidnei.

— Temos provas concretas agora, além do relato da testemunha — ele referia-se a Margarida — e do próprio menino, que certamente terá muitas coisas a nos contar. Heloísa, a mãe, também deverá prestar depoimento, pois é necessário sabermos até que ponto ela desconhece o que se passa na própria casa ou se é conivente com tudo e não toma nenhuma atitude por temer o marido.

Laurentino também repetiu tudo isso a Margarida e a Fabiano, quando os convocou a irem à delegacia naquela mesma tarde. O plano era bem simples. Perguntaram se Margarida se disporia a retornar à casa de Vinícius, fingindo naturalidade e perguntando se poderia ver o menino. Ela estaria grampeada, isto é, usando um microfone dentro da roupa para gravar toda a conversa. Se Sidnei a ameaçasse ou a convidasse para entrar, pensando em assustá-la dentro da casa, os policiais invadiriam em seguida, prontos para detê-lo. Laurentino garantiu que Margarida não correria risco algum, pois seria acompanhada de perto pelos policiais.

Margarida concordou de imediato, olhando para Fabiano com emoção no olhar. Desde quando era adolescente, há mais de vinte anos, ela desejou todos os dias que a polícia entrasse em sua casa e prendesse Sidnei, e isso estava prestes a acontecer. Todo o terror físico e psicológico que ela vivenciara agora fora transferido para um garoto de quatorze anos.

Durante esse intervalo de quase três semanas que a polícia solicitou para vigiar os movimentos do padrasto de Vinícius, Margarida e Fabiano estreitaram a amizade. Ela ainda não fora ao hospital conhecer os pacientes do novo amigo, mas já fizera duas vultosas doações em dinheiro, o que deixou o médico à beira das lágrimas. Ela contou que o dinheiro que tinha guardado não seria usado tão cedo e, caso desejasse comprar uma casa para si, poderia financiá-la ou até mesmo pagar à vista, se fosse um imóvel pequeno. Como agora não tinha mais família, não havia motivos para viver em uma mansão.

Eles passaram a conversar quase todos os dias. Trocaram telefones, e às vezes Fabiano ligava para Margarida do hospital apenas para lhe desejar um bom-dia ou um boa-noite. Houve uma vez em que ele colocou uma das crianças na linha para conversar com Margarida, e a menina disse que estava muito ansiosa para conhecê-la, pois gostava de fazer novos amigos. Ela, por sua vez, prometeu que muito em breve faria uma visita. Margarida já havia dito a Fabiano que estava sem cabeça para animar as crianças, enquanto a situação de Vinícius não fosse completamente resolvida.

Durante um jantar, Fabiano contou a Margarida que era divorciado e que não tinha filhos com a ex-mulher. Contou também que, após cinco anos de casamento, fora um rompimento amigável e que continuavam sendo bons amigos, embora ela já estivesse noiva de outro homem. Falou que não tinha muito tempo para conhecer mulheres, pois trabalhava muito e não sabia como faria caso viesse a ter filhos um dia. Ele tinha quarenta e três anos, sete a mais que Margarida. Era um homem muito bonito, gentil, educado, brincalhão, inteligente e completamente dedicado à profissão.

Mesmo enxergando tantas qualidades em Fabiano, Margarida não tinha a intenção de namorá-lo nem a outro homem qualquer, pois sentia que se o fizesse trairia a memória de Guilherme. Não fazia nem quatro meses que ele havia morrido, e ela não se sentia preparada para abrir seu coração à outra pessoa. Nem saberia dizer quando conseguiria fazer isso, se é que o faria.

Margarida, entretanto, abriu o coração de outra forma, contando a Fabiano sobre o acidente e a morte do marido e dos filhos. Naturalmente, ela chorou durante o relato, mas agora eram lágrimas de saudade e de tristeza, e não tanto da dor que ainda sentia. Ela explicou que perdera toda a motivação após a morte da família, que abandonara o emprego de presidente de uma grande revista e que saíra às pressas de São Paulo após colocar sua casa à venda. A corretora conseguira um comprador seis semanas depois de ela se mudar, e o novo morador pagara à vista pelo imóvel.

— Hoje, admito para mim mesma que, quando saí de São Paulo, estava fugindo da dor, do sofrimento e da desilusão — confessou Margarida. — Sabia que não tinha condições emocionais de continuar morando na mesma casa em que vivi com eles. Larguei minha carreira profissional e enterrei tudo na mesma cova em que deixei meu marido e meus filhos. — Ela secou o rosto e sorriu. — Entrei em depressão e até tentei me suicidar.

— Não consigo acreditar nisso! — Fabiano estava chocado. — Se você estivesse morta, não teríamos nos conhecido e o hospital nunca teria recebido a importante doação que você nos fez.

— É... parece que não. — O sorriso de Margarida se ampliou.
— Tenho uma amiga chamada Anabele, que me ajudou bastante

em meu processo de recuperação ou de superação, se quiser chamar assim. Ela era minha secretária. É uma moça que estuda a espiritualidade e me fez perceber que eu deveria usar a força do meu espírito a meu favor para conquistar uma vida melhor. Ela me fez descobrir que somos nós os responsáveis por cultivar a paz dentro da gente e que a superação de uma tragédia é totalmente possível. Ela me disse também que, quando conseguimos substituir a dor e a tristeza pela alegria e pelas conquistas interiores, podemos nos considerar vencedores. Reconheço que ainda estou em reconstrução. Não sou a mesma de antes, mas estou a caminho de chegar lá.

— Acho que você nunca será a mesma de antes, porque o passado não importa mais. O que você precisa é se tornar uma nova Margarida, que não necessariamente precisa ser idêntica à anterior. Você está mais madura agora, pois passou por muitas experiências, bastante dolorosas por sinal. Seja a Margarida atual, conheça a nova mulher que pode surgir aí dentro e coloque a sua luz interior para brilhar.

— Agora você falou exatamente como Anabele. Não me diga que são irmãos.

Os dois riram bem-humorados, e, enquanto finalizavam o jantar, Fabiano garantiu:

— Acredito que você mudará totalmente sua visão a respeito do sofrimento, da angústia e do pesar após visitar as crianças no hospital. Verá que muitas delas, mesmo conscientes de que a doença é resistente, não deixam de acreditar na cura e de sorrir. E mesmo aquelas que, infelizmente, foram desenganadas e que contam com pouco tempo de vida, ainda brincam, beijam, abraçam e nos dão carinho. É uma verdadeira lição de vida.

— Mal posso esperar por esse momento — informou Margarida, ansiosa para conhecer os pacientes.

Margarida sempre se lembrava da noite agradável que tivera com Fabiano nesse dia, porém, agora sua concentração estava voltada para a ação policial que aconteceria na casa de Sidnei. O delegado disse que ela deveria estar no imóvel por volta das 17 horas, e lá estava Margarida pontualmente no horário.

O delegado repassou mais duas vezes para Margarida as instruções de como ela deveria agir, quando chegasse à casa de Vinícius. Fabiano estava em um dos carros da polícia ao lado de Laurentino, a cerca de cem metros da casa. Para não levantar suspeitas, haviam substituído as viaturas por veículos civis.

Respirando fundo, Margarida fez uma rápida prece antes de bater palmas diante do portão enferrujado da casa e notou que o quintal continuava tão sujo quanto antes. Ela voltou a se perguntar por que Heloísa não limpava seu lar e o que realmente se passava entre ela e Sidnei. "Não é possível que ela saia para trabalhar de domingo a domingo, de manhã cedo até o cair da noite, sem nenhuma folga ou descanso, e deixe o garoto e o cachorro aos cuidados do padrasto agressivo e pedófilo. Não é possível que nunca tenha notado nada no comportamento do filho ou do próprio companheiro", pensou.

Tentando não deixar que o corpo todo tremesse, Margarida voltou a bater palmas e logo viu a porta da casa se abrir. O corpo gordo de Sidnei brotou para fora, e o homem mostrou uma careta ao reconhecê-la parada ali. Desta vez, vestia uma calça e uma camiseta larga e aproximou-se mexendo na genitália, talvez com a intenção de mostrar à visitante que ele sempre estava disposto a uma rodada de sexo com mulheres bonitas.

— Não acredito que esteja aqui de novo. — Ele soltou uma gargalhada e abriu o portão. — Ou sua memória é curta ou você é muito corajosa.

— Quero ver Vinícius e não irei embora enquanto eu não conversar com ele. Já falei que somos amigos, portanto, tenho o direito de me sentar com ele para conversarmos um pouco.

— Sentar? — ele riu tanto desta vez que sua barriga começou a estrebuchar. — Acho que ele está meio impossibilitado de se sentar, pelo menos por alguns dias.

Ela ajustou a blusa, certificando-se de que o pequeno microfone instalado por dentro de sua roupa conseguisse captar com clareza o que Sidnei acabara de falar.

— O que você fez com ele?

— Tem dias em que não estou com vontade de catar mulheres, entende? Como minha esposa sai toda manhã, e eu não me interesso pelo cachorro, adivinha quem sobra para mim?

— Você não se envergonha de transar à força com uma criança?

— Ele já é bem grandinho e tenho certeza de que gosta do que fazemos. Aliás, se você experimentar, também ficará de quatro, no verdadeiro sentido da palavra.

Houve outro estrondo que se passava por uma risada. Tentando disfarçar o nojo e a revolta que sentia, Margarida empinou o queixo, desafiadora.

— Saiba que você não me assusta! Não tenho medo do que possa me fazer. Destranque a porta daquele quarto ou farei um escândalo aqui.

— Ah, é? — embora ainda estivessem no quintal, Sidnei tirou uma faca do bolso da calça. Era menor que a anterior, mas parecia tão afiada quanto. Ele apontou-a para Margarida. — Tem certeza de que pretende me enfrentar?

— Você não seria tolo o bastante para me machucar.

— Machucar, talvez não, mas certamente eu poderia dar cabo de você e enterrá-la debaixo do pé de manga que tem lá atrás. Aliás, acho que teremos dois corpos, pois o cão idiota está quase partindo também. Faz quatro dias que não lhe dou comida nem um pingo d'água. Quero ver se aquela praga morre de uma vez.

Quando Sidnei gesticulou com a faca para frente, e Margarida saltou para trás, ouviram passos de pessoas correndo e a voz de Laurentino trovejar:

— Largue essa faca agora mesmo, Sidnei. Você está preso!

Sidnei ficou imóvel, ainda tentando compreender o que estava acontecendo. Três policiais segurando revólveres entraram no quintal, tiraram a faca das mãos dele e jogaram-no no chão, algemando-o em seguida. Outros dois ampararam Margarida, que afirmou que estava bem.

Sidnei começou a berrar todos os tipos de palavrões, dizendo que chamaria um advogado e que não tinham o direito de derrubá-lo no chão. Laurentino já estava dentro da casa, seguindo na direção do quarto onde ouviram Vinícius gritar. Quando arrombaram a porta com um chute, encontraram o menino magro, repleto de arranhões e hematomas, com o rosto lavado de lágrimas. Margarida entrou logo atrás, e, ao vê-la, ele desvencilhou-se dos policiais e correu até ela, mergulhando em um abraço apertado.

— Seu pesadelo acabou, meu querido! — Margarida chorava junto com ele. — Sidnei não poderá mais lhe fazer mal.

— Você me salvou! Você me salvou! — ele repetia sem parar.

— Vai ficar tudo bem. Ninguém nunca mais tocará em você contra sua vontade.

— Obrigado, Margarida! — Como se temesse perdê-la, Vinícius abraçou-a com mais força. — Acho que eu amo você.

Ouvir aquilo fez Margarida chorar ainda mais. Chorou de alegria, de alívio e principalmente por também experimentar a sensação de estar salvando a si mesma. Salvando a Margarida de anos atrás.

— Alguns policiais foram à procura da mãe do garoto — informou Laurentino, após revistar a casa e confirmar que não havia outras pessoas lá. — Ela também nos deve muitas explicações.

— Vocês não podem prendê-la — gritou Vinícius de repente. — Minha mãe tem problemas. Ela é doente.

— Que tipo de problemas ela tem, meu amor? — indagou Margarida.

— Eu nunca lhe contei antes porque tinha vergonha. Fico triste sempre que penso nisso. Minha mãe tem aquela doença que afeta a memória das pessoas. Não sei o nome direito. Ela sai todos os dias de manhã dizendo que vai fazer faxina na casa das pessoas, só que ela não tem nenhum cliente. Sai daqui direto para a igreja católica que fica do outro lado da cidade e passa o dia inteiro lá rezando. Quando volta, meu padrasto lhe dá remédios, e ela dorme até o dia seguinte. Quase não se alimenta, por isso está tão magrinha. Penso que chegará um dia em que ela nem se lembrará de mim. Sei que Sidnei espera que ela morra logo para ficar com a casa.

— Isso explica o fato de a casa ser tão imunda — justificou Fabiano, que tinha entrado e estava parado ao lado de Margarida.

— O relato do garoto se confirma — atalhou um dos policiais a Laurentino. — Seguimos Heloísa hoje pela manhã, e ela fez exatamente o que o menino disse. Nós a trouxemos, mas parece que ela nem sequer percebeu que somos policiais. Está nos aguardando lá fora.

— Achamos o cachorro. — Uma policial trazia Tirano pela coleira. — Ele está muito faminto e bastante debilitado. Encontramos marcas de agressões no corpo do animal.

Vinícius afastou-se de Margarida e correu até o amigo canino, que emitiu um latido fraco ao vê-lo.

— Vamos todos para fora, porque a casa ficará interditada até segunda ordem — ordenou o delegado.

Margarida viu uma mulher magra, morena, de pele muito pálida encostada no muro da casa vizinha. Ela aparentava ter menos de cinquenta anos, e seu olhar era perdido. Heloísa não demonstrou muita emoção ao ver Vinícius e Tirano ali.

— Ela não fala coisa com coisa — afirmou Laurentino após tentar conversar com Heloísa. — Não sei como ela consegue reconhecer o caminho de volta para casa todos os dias. Essa senhora não faz a menor ideia do que Sidnei fazia com seu filho, mas sabe que possui um. Ela terá de se submeter a um tratamento médico com urgência, ainda que o Alzheimer não tenha cura. Apesar de ter apenas quarenta e oito anos, está em avançado estágio de demência.

— Não podem levar minha mãe — lamentou Vinícius. — Quem vai cuidar de mim? Onde Tirano e eu vamos morar agora?

— Antes de qualquer coisa, você deverá nos acompanhar à delegacia, pois teremos que colher seu depoimento. — Laurentino brincou com os cabelos de Vinícius, como se quisesse tranquilizá-lo. — Uma assistente social e uma psicóloga serão convidadas a acompanhar a conversa, uma vez que você é menor de idade, não possui um responsável para acompanhá-lo, e sua mãe não tem condições de fazê-lo.

— O que vai acontecer com ele depois? — perguntou Margarida.

— Vamos conversar com a assistente social, mas acredito que ele ficará em algum abrigo ou orfanato até nova decisão.

— Quero que ele fique comigo até que a mãe de Vinícius esteja em condições de cuidar dele. — Margarida, no entanto, sabia que isso dificilmente aconteceria. — Irei ao juiz para tentar obter sua custódia provisória.

— Terá de fazer isso mesmo — confirmou Laurentino, satisfeito com a decisão dela. — Desde já, pode ficar com o cachorro, se quiser.

— Não sei se permitirão a entrada dele no hotel — lembrou Fabiano, acariciando Tirano, que se mostrava muito enfraquecido.

— Terão de permitir, apesar de que preciso sair de lá e conseguir uma casa para mim. É hora de tocar minha vida de novo — sorriu Margarida.

Margarida virou a cabeça para o lado ao ver Sidnei ser colocado, sob protestos, dentro de um dos carros policiais. Ela olhou para Laurentino e pediu:

— Sei que meu pedido pode parecer estranho, mas eu poderia trocar algumas palavras com Sidnei? É muito importante para mim.

— Pra quê?

— Eu posso lhe contar a história na delegacia, pois se trata de um assunto pessoal. Seria muito importante se eu tivesse essa chance, pois acredito que nunca mais voltarei a vê-lo.

— Tudo bem, desde que seja breve. Precisamos ir embora.

Margarida agradeceu e caminhou devagar até a janela da porta traseira do veículo. Sidnei continuava disparando seus palavrões e lançou-lhe um olhar de ódio, quando a viu observando-o da janela.

— O que quer aqui, sua piranha? Está satisfeita por terem me prendido?

— Eu vou lhe contar uma historinha rápida, e, ao final, você terá a resposta para sua pergunta. Há muitos anos, você foi casado com uma mulher chamada Elza, que tinha uma filha de nome Margarida. Durante quatro anos, você abusou, violentou, espancou e maltratou essa menina. Elza sempre estava bêbada demais para intervir. Você ameaçava essa menina, exatamente como fazia com Vinícius. Sua enteada fugiu de casa quando teve oportunidade, e você nunca mais teve notícias dela. Essa menina cresceu, aprendeu muitas coisas e se tornou uma mulher experiente. Mesmo assim, o passado sempre a martelava, fazendo-a pensar na adolescência perdida. Saiba que essa menina é a mesma que agora está aqui, observando com satisfação você ser levado para o lugar onde deveria estar desde aquela época. Parece que a vida nos juntou novamente, mas foi para que resolvêssemos nossos assuntos pendentes.

— Você é uma maldita! — ele gritou, chacoalhando os braços algemados às costas. — Eu deveria tê-la matado naquela época.

— Já que não o fez, me deu a chance de ajudar a polícia a prendê-lo. Embora eu esteja vinte anos atrasada, nunca é tarde para colocar gente de sua espécie na cadeia.

Sem esperar por uma resposta, Margarida virou as costas, ignorando os xingamentos proferidos contra ela. Uma sensação de alívio muito grande a envolveu, enquanto voltava para onde estavam Vinícius, Fabiano, o delegado e os demais policiais.

Aquela era mais uma conquista de Margarida, e agora, quem sabe, ela finalmente pudesse deixar o passado para trás.

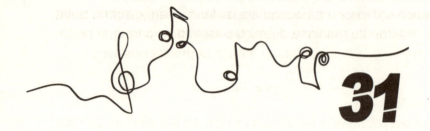

31

A muitos quilômetros dali, em São Paulo, outro delegado conversava com Jarbas e Bia. Era o mesmo que havia colhido o depoimento de Juan a respeito do incêndio e o orientado a reorganizar seus documentos no consulado boliviano para legalizar sua situação perante a justiça brasileira.

— Hoje completa dezoito dias que ele fugiu do meu apartamento — contou Jarbas. — Não sei mais onde procurá-lo. Bia teve a ideia de imprimir algumas das poucas fotos que tive oportunidade de tirar dele e distribuir nos comércios do entorno, porém, ninguém o viu, nem sabe falar nada a respeito dele. Já sabemos que Juan não está no bairro.

— Posso verificar se ele embarcou de volta à Bolívia ou se foi deportado, contudo, não acredito nessa possibilidade.

— Nem eu. Mesmo sem saber a exata localização de Juan, sinto que ele continua em São Paulo. Como não tem amigos ou pessoas conhecidas aqui, creio que tenha andado sem rumo por aí.

O delegado ia falar alguma coisa, quando foi tomado por uma sensação agradável. Sem saber que o espírito de Heitor estava por ali, intuindo-o a todo instante, ele murmurou de repente:

— E se ele encontrou a Feira da Kantuta?

— O que é isso? — Bia perguntou.

— É uma feira dominical que acontece no bairro Pari, onde há uma grande comunidade de bolivianos. Aliás, na última averiguação, descobriram que há mais de duzentos mil bolivianos morando em São Paulo. Podem procurar por lá no domingo que vem. A feira recebe esse nome porque fica em uma praça chamada Kantuta.

Jarbas agradeceu e decidiu aguardar a chegada do domingo. Constantemente, pedia aos amigos espirituais para que protegessem Juan e que o encontrasse o mais depressa possível.

**

Juan acordou cedo para mais um dia de trabalho na barraca que vendia *chicha*[7]. O rapaz sentou-se na cama, esfregou a cabeça e tentou colocar os pensamentos em ordem, mas tudo o que conseguiu foi pensar em Jarbas e em Bia, nas ofensas que ela lhe dirigira e na maneira autoritária com que exigira sua saída do apartamento do avô. Ele nunca a teria obedecido se não tivesse a impressão de que era um intruso ali ou que afetaria ainda mais a já turbulenta relação entre Jarbas e a neta.

Fugir às escondidas o fez se sentir fraco e covarde. Parecia mera ingratidão por tudo o que Jarbas lhe proporcionara, e arriscar-se novamente a voltar às ruas sem dinheiro era outra tarefa perigosa. Mesmo assim, ele tentou. Vagou a esmo por horas até encontrar, quando já amanhecia, um casal de bolivianos parado em um ponto de ônibus e acompanhado de duas crianças.

Era muito bom poder conversar com alguém em sua língua materna. O casal viera da cidade de Sucre e estava no Brasil havia quatro anos. Seus dois filhos pequenos estudavam em escolas públicas brasileiras e sabiam falar português com fluência. Guadalupe e Zenon eram costureiros e pagavam o aluguel de sua casa com o dinheiro que obtinham dos serviços que prestavam para algumas lojas de roupas do Brás, bairro da capital paulista famoso pelo grande comércio de roupas e tecidos a preços econômicos.

Juan contou as razões pelas quais estava no Brasil e falou resumidamente sobre a fábrica de Ramirez e o incêndio. Disse que fora amparado por um amigo brasileiro, mas que a neta desse benfeitor estava descontente com a presença do rapaz no apartamento.

---

7 Bebida típica da Bolívia feita à base de milho e com baixo teor alcoólico. Possuía aroma de milho e um sabor ácido e avinagrado. Também era vendida com frutas misturadas à receita para que aqueles que não estão acostumados ao sabor forte da bebida consigam tomá-la.

Como Juan não queria ser o pivô de desavenças entre os donos do apartamento, acabou decidindo ir embora.

— Muitos brasileiros não gostam de nós — explicou Guadalupe. — Dizem que somos porcos, feios, sujos, ladrões e vários outros tipos de ofensas. Acham que não deveríamos estar aqui, em seu país.

— A boa notícia é que São Paulo é uma cidade muito hospitaleira, apesar do preconceito que já vivemos — completou Zenon. — Nosso povo vem ganhando espaço, e, aos poucos, nossa cultura está sendo introduzida no Brasil por meio da Feira da Kantuta. Trabalhamos lá todos os domingos, e lhe confesso que me sinto em nosso país.

— Vocês poderiam me mostrar onde fica essa feira? — pediu Juan. O que ele queria era não perder aquele simpático casal de vista, pois tinha muito a lhe ensinar.

— Claro! Venha conosco! — Zenon deu sinal para o ônibus que vinha se arrastando devagar, como se o motorista não estivesse com vontade de chegar a seu ponto final.

— Não tenho dinheiro para a passagem. — Juan fez uma careta.

— Pagaremos sua passagem, e você poderá nos reembolsar depois, caso queira trabalhar na feira. Temos um quarto sobrando em nossa casa, onde você poderá ficar e nos auxiliar a pagar o aluguel — Zenon olhou para a esposa, que aprovou com a cabeça. — Creio que todos nós poderíamos nos ajudar assim.

E, desde então, Juan passou a morar na casa do casal de bolivianos e de seus filhos. Com a experiência adquirida na fábrica, ele ajudava-os a costurar as roupas.

No primeiro domingo em que foi à feira, Juan emocionou-se por encontrar tantas pessoas de seu país reunidas num mesmo lugar. Assim como Guadalupe e Zenon haviam dito, ele também se sentiu em casa.

As barracas vendiam de tudo, desde quitutes típicos a temperos andinos, passando pelos produtos industrializados mais populares da Bolívia. Também vendiam roupas, malhas e bordados típicos do país, instrumentos musicais de sopro, chás e a famosa cerveja boliviana. Zenon explicou que em dias festivos como o Carnaval, o dia da Independência da Bolívia, em 6 de agosto, e a Festa das Alacitas, em 24 de janeiro, aconteciam apresentações folclóricas bolivianas. A feira ficava lotada nesses dias, pois muitos brasileiros apreciavam suas danças lindas e alegres.

A feira em si era pequena, porém, muito bem organizada e colorida. As barracas onde eram vendidas comidas e bebidas eram limpas, e havia nelas mesas e cadeiras para os clientes, todas cobertas para se protegerem em caso de chuva. Juan foi apresentado a vários amigos do casal e já se sentia parte daquela grande família.

Sua emoção foi ainda maior, quando ele ouviu seu nome ser chamado por uma voz familiar. Ao se virar, o rapaz deparou-se com Rosalinda, que o fitava com um grande sorriso no rosto. A mulher, que fora uma espécie de gerente na fábrica de Ramirez e que sempre tentou ajudar Juan, Marta e os demais funcionários, usava os cabelos presos em uma longa trança. Seus braços estavam abertos à espera de um abraço, que veio logo em seguida.

— O que está fazendo aqui? — ela perguntou, após ver que Juan estava bem. — Achei que não tivesse sobrevivido ao incêndio.

— Eu consegui sair, mas Marta, não... — ele baixou a cabeça e mordeu os lábios.

— Muitos amigos meus também morreram. O que me deixa mais nervosa é saber que Ramirez nunca foi encontrado. Temo que ele tenha aberto outra fábrica e que continue fazendo a mesma coisa.

— Isso é bem possível, mas, se houver justiça divina, ele ainda terá que se ajustar com a vida — desejou Juan, sentindo que já não odiava Ramirez como antes.

Juan contou para Rosalinda que morara por um tempo com um brasileiro que o acolhera, mas, sem expor os motivos, contou que precisou sair da casa do amigo. Ela, por sua vez, explicou que sempre soube da existência da feira e lá foi o primeiro local no qual foi buscar ajuda. A mulher foi bem acolhida pelo grupo e tornara-se uma das funcionárias mais queridas das barracas.

Juan trabalhou por mais outro domingo na feira e intimamente adorava aquela movimentação. A barraca de Guadalupe e Zenon vendia apenas bebidas típicas, umas alcoólicas, e outras, não. Ver tantas pessoas alegres também o deixava feliz. No terceiro domingo, embora se sentisse animado, não parecia muito bem-humorado. Pensava em Jarbas e imaginava se o amigo teria ficado muito preocupado com seu desaparecimento. Talvez devesse voltar apenas para lhe contar que estava bem e para tranquilizá-lo. Estava arrependido por ter fugido como um adolescente rebelde.

— Quanto custam essas bebidas? — ele ouviu um cliente perguntar em espanhol.

Ao erguer a cabeça para responder, estacou ao ver Jarbas parado ali, sorrindo para ele. Ao seu lado estava Bia, que o encarava com curiosidade.

Imediatamente, Juan deu a volta para sair da barraca e abraçou o velho amigo com força. Em seguida, olhou para Bia e limitou-se a fazer um aceno com a cabeça. A moça, naturalmente, compreendeu o recado.

— Então é aqui que o moço fujão está se escondendo! — Jarbas olhou em volta com aprovação. — Pelo menos fico feliz em saber que você está junto dos seus.

— Eu me sinto muito bem aqui — revelou Juan. E de fato se sentia mesmo, apesar da sensação de que algo estava faltando em sua vida.

— Bia e eu estamos procurando por você desde que saiu do meu apartamento — vendo a expressão desconfiada com que Juan a encarou, Jarbas emendou: — Sim, ela está arrependida. Já sei de tudo o que houve entre vocês e acho que precisamos ter uma conversa. Se você puder sair da barraca, gostaria que viesse conosco para casa.

Jarbas percebeu quando Juan recuou alguns passos, sacudindo a cabeça negativamente.

— Não posso.

— Por que não? Acha que não queremos você com a gente?

— Acho que este é o meu lugar, Jarbas — Juan apontou para Zenon e Guadalupe, que observavam com bastante atenção o diálogo de dentro da barraca. — Estou morando na casa deles. Tratam-me muito bem e até conseguiram este emprego para mim. Também ganho um dinheiro extra ajudando-os nas costuras que fazem para as lojas. São meus conterrâneos, pessoas da minha terra. É aqui que desejo ficar.

— Tem certeza?

— Sim... — Juan apertou os lábios. — Eu lhe agradeço muito por ter me ajudado quando mais precisei. Mesmo de longe, sempre vou considerá-lo meu melhor amigo, porém, acredito que eu deva ficar aqui porque...

— Eu te amo, Juan! — Bia disparou de repente, falando em português. A moça sentiu-se tola e ridícula por ter dito aquilo, contudo, não conseguiu conter a torrente de palavras que continuava saindo: — Sei que você não vai acreditar, mas essa é a verdade. E... — ela tocou na barriga. — Anteontem, fiz um exame e descobri que estou grávida.

— Ela está esperando um filho seu — traduziu Jarbas sorrindo com simpatia. — Você será papai.

Ao ouvir as últimas palavras de Jarbas, Juan empalideceu e apoiou-se no encosto de uma das cadeiras disponíveis para os clientes. Sua respiração tornou-se ofegante.

— O que você está dizendo? — perguntou reagindo à notícia.

— Eu não planejei este filho — interveio Bia, enquanto Jarbas traduzia rapidamente o que ela falava. — Naquela noite em que invadi seu banho, queria apenas seu corpo, que sempre me atraiu... Desde o início desta semana, comecei a passar mal sentindo enjoos, febre e mal-estar. Cheguei a pensar que tivesse contraído algum tipo de vírus, porém, meu avô, sempre muito experiente, pediu que eu fizesse um teste de gravidez... e deu positivo.

Incrédulo, Juan olhava de Bia para Jarbas. Ela continuou:

— Não viemos aqui para exigir que volte para casa, porque descobriu que terá um filho comigo. Você conhece meu avô o suficiente para saber que esse não é o perfil dele. Estamos aqui, pois eu precisava lhe falar algumas coisas. Se você acreditará nelas ou não, isso ficará a seu critério.

Como Juan parecia petrificado, Bia encarou-o no fundo dos olhos.

— Nunca mais me interessei por alguém depois que meu namorado morreu no acidente de moto. Eu estava com ele e poderia ter morrido também. Você já deve saber que, por muito tempo, eu acusei meu avô pelo que aconteceu até perceber que ele nunca foi culpado pela morte de Téo. Quando cheguei dos Estados Unidos e o conheci, senti que você era diferente. Além de bonito, tinha algo que me cativava muito. Mesmo assim, fiquei irritada por vê-lo no apartamento, porque sentia ciúmes de sua amizade com vovô. Era como se eu quisesse que você saísse de lá e, ao mesmo tempo, que ficasse comigo. Quando conversamos logo após o sexo, e você me contou que não sentia nada por mim, algo morreu aqui dentro. — Bia colocou ambas as mãos sobre os seios. — Então, deixei a raiva tomar conta de mim, por isso eu o forcei a sair... No entanto, nunca pensei que você realmente iria embora.

— Não entendo seus sentimentos por mim — balbuciou Juan.

— Nem eu mesma consigo entender. O que sei é que já fiz burradas demais em minha vida e agora quero consertar meus erros, mostrando que posso agir de outro jeito. Para isso, preciso de uma chance e lhe peço que me perdoe pelo que lhe disse. Preciso que, ao menos, diga que tentará ser meu amigo. — Bia esticou a mão e segurou a de Juan. — Não quero que você me namore, muito menos que se case comigo. Muito menos desejo que você esqueça o que sente por Marta por minha causa. Apenas quero seu perdão e a oportunidade de lhe provar que não sou uma bruxa.

Assim que Bia parou de falar, Juan respirou fundo e olhou para o casal de amigos no interior da barraca. Em seguida, fitou o rosto enrugado de Jarbas e sentiu algo aquecê-lo por dentro. Não sabia que sensação era aquela, mas era muito agradável.

— Esperem um momento — Juan girou o corpo e voltou à barraca para conversar com Guadalupe e Zenon. O papo não levou mais que três minutos, e, quando ele retornou, o rapaz trazia um sorriso no rosto. — Não posso abandoná-los. — Ele indicou os bolivianos. — São grandes amigos e me deram a oportunidade de um emprego.

— Tudo bem, meu querido. Só queremos o melhor para você. — Com os olhos marejados, Jarbas segurou a mão de Bia. — Quanto a nós, precisamos voltar. Sempre que quisermos falar com você, já sabemos onde encontrá-lo.

Bia chorava baixinho, concordando com a cabeça. A moça apoiou o braço nas costas do avô, e os dois começaram a se afastar abraçados.

— Esperem! — gritou Juan gesticulando com a mão. — Aonde estão indo?

Jarbas virou-se, secando uma discreta lágrima que escorrera pelo canto de seu olho.

— Para casa. Por que a pergunta?

— E como ousam ir embora sem mim? — sorriu Juan.

— O que ele está dizendo, vovô? — Bia quis saber.

Jarbas fez um sinal para que ela esperasse e caminhou de volta até Juan.

— Não estou entendendo. Você disse que queria ficar aqui...

— Eu disse que quero continuar trabalhando aqui e na casa deles. Falei que eles são grandes amigos... mas que você, Jarbas, é minha família no Brasil.

— Menino, quer me matar de emoção? Meu velho coração não aguenta esse baque!

Juan virou-se para Bia, foi até onde ela estava e colocou as mãos sobre o ventre da moça.

— Na Bolívia, um homem íntegro e honesto sempre honra os filhos que tem. Quero ver esse menino crescer e ficar parecido comigo, mas com a personalidade teimosa da mãe. Acho que será uma deliciosa mistura — ele ergueu os olhos para Bia e falou em um português machucado. — Não vamos namorar. Ainda não. Mas podemos nos conhecer melhor, e, quem sabe, um dia o amor possa surgir.

Aquelas foram as palavras mais bonitas que Bia ouvira nos últimos anos. A moça atirou-se nos braços de Juan, e Jarbas juntou-se a eles num abraço coletivo. Guadalupe e Zenon haviam saído da barraca e acompanhavam a cena com sorrisos nos lábios. Após se separarem, Juan anunciou:

— Acabei de falar com Guadalupe e Zenon, e eles concordaram que eu continue trabalhando na casa deles como costureiro. Agora tenho dois empregos, pois continuarei como ajudante na feira aos domingos. Terei meu próprio dinheiro, e o melhor: estarei morando com vocês. Obrigado por existir em minha vida, Jarbas.

— Você é um presente que a vida me deu, sabia? Amo você, *chico*!

— Minha vida está ficando melhor a cada dia! — riu Juan.

— E continuará cada vez melhor — prometeu Jarbas. — O futuro se formará a partir de suas atitudes no presente, portanto, plante coisas boas e cultive o melhor que tiver para dar. Faça tudo com carinho, prazer e muita alegria. Capriche, empenhe-se, dedique-se e coloque fé naquilo que deseja conquistar. A colheita, mais cedo ou mais tarde, virá. Tenha certeza disso.

Momentos depois, quando foi liberado pelos amigos bolivianos, Juan acompanhou Jarbas e Bia de volta ao apartamento deles. Ao chegarem, Jarbas ligou para o delegado e informou-lhe que o amigo estava de volta e as buscas poderiam ser encerradas.

***

Dois dias depois, durante uma terça-feira chuvosa de abril, Juan procurou Jarbas na cozinha. Bia estava com ele, ajudando-o a preparar o jantar. O rapaz acabara de chegar do trabalho e, como Guadalupe e Zenon o pagavam pelo dia trabalhado, ele sempre tinha algum dinheiro no bolso.

— Tive uma ideia e queria a opinião de vocês — começou Juan ao entrar no cômodo. Por sugestão de Jarbas, ele estava tentando falar o máximo possível em português e, quando não conhecia a tradução da palavra que desejava dizer, pronunciava-a em espanhol. A mistura de idiomas sempre fazia o velho amigo rir muito. — Você tem muito dinheiro no banco, Jarbas?

— O que é isso? — Jarbas riu alegremente. — Não me diga que pretende me assaltar ou sequestrar minha neta e pedir resgate.

— Queria um empréstimo. Em maio será o aniversário de *mamita*... minha mãe. Tenho vontade de vê-la e ver meu pai também.

— Já sei. Você quer que eu lhe compre as passagens para viajar à Bolívia e visitar seus pais por alguns dias.

— Sim. Sei que é caro, mas pagarei tudo de volta com o tempo. Seria uma surpresa para eles e um presente para minha Dolores.

— Eu sabia que em algum momento você me pediria para regressar a El Alto. Minha dúvida é: será que você vai voltar?

— Vou — Juan respondeu sem hesitação. — Não consegui juntar o dinheiro que esperava ao vir para cá. Será apenas uma visita rápida para...

— Matar a saudade — completou Bia. — Esta palavra não tem tradução em seu idioma.

— Sim. É isso.

Juan calou-se e encarou Jarbas à espera da resposta. O amigo enxugou as mãos no pano de prato, foi para perto de Juan e comentou:

— Só vou lhe emprestar o dinheiro com uma condição.

— Qual?

— Que Bia e eu também possamos viajar com você para conhecermos sua família. Se você concordar, considere as passagens como meu presente para seus pais. Você não precisará me devolver nem um centavo.

Juan abriu a boca para responder e, atordoado, fechou-a logo depois.

— Isso é sério? Claro que vocês podem ir. Meus pais gostarão de conhecer a futura mãe do meu filho. — E piscou um olho para Bia.

— Sendo assim — desfechou Jarbas —, assim que terminarmos o jantar, compraremos as passagens pela internet. Bolívia, aí vamos nós!

E, neste clima de descontração e tranquilidade, os três continuaram fazendo planos.

Na manhã seguinte, foram despertados pelo toque insistente do telefone fixo. Jarbas atendeu à ligação, ouviu atentamente e falou que estariam no local o mais depressa possível. Juan já estava sentado na cama quando o amigo desligou.

— Era o delegado — Jarbas informou a Juan. — Ele está convocando-o na delegacia imediatamente. Vou acompanhá-lo.

— Aconteceu alguma coisa? — Juan estava pálido e trêmulo. — Será que vão me prender?

— Não alimente pensamentos fantasiosos que fazem de coisas pequenas verdadeiros monstros. Não tente se adiantar ao que ainda não aconteceu. A realidade é sempre mais fácil e objetiva que os dramas e exageros que criamos com nossa mente agitada. Lembre-se de que você é sempre mais importante que qualquer coisa. Agora, vamos nos trocar para que eles não fiquem nos esperando.

Quarenta minutos depois, os dois homens estavam na delegacia. O rosto sereno do delegado não demonstrava tensão, raiva ou desejo de prender Juan, como ele estava imaginando. Ele simplesmente focou a atenção no rapaz e fez um gracejo:

— Você tem boa memória? — perguntou rapidamente.

— Acho que sim — devolveu Juan em português. Ele estava começando a entender os brasileiros, mesmo quando eles falavam depressa. — Por quê?

— Prendemos três pessoas e precisamos que nos ajude a reconhecê-las. Venha por aqui. Senhor Jarbas, aguarde na sala de espera, por favor.

O delegado, dois policiais fardados e Juan seguiram por um corredor estreito e longo, que dava em uma janela de vidro. Ele apontou para ela.

— Diga-me quem são os três homens que estão lá dentro. Pode olhar com calma e sem receio, porque eles não conseguem nos ver.

Juan aproximou-se do vidro e sentiu o coração dar um estalo ao se descobrir fitando os olhos apertados de Ramirez. Ao lado dele, estavam seus dois guarda-costas: Ortega e Calderón.

— Meu Deus! — Juan sussurrou como se temesse ser ouvido. — Ali está Ramirez, o dono da fábrica em que trabalhei! Os outros dois são os guarda-costas dele.

— Eles foram presos nessa madrugada, após o caminhão que dirigiam ser parado em uma *blitz* policial. No interior do caminhão havia cinco pessoas amarradas, que certamente seriam seus novos escravos — vendo que Juan parecia confuso, o delegado resumiu: — Ele ia começar tudo de novo em outro lugar. Os grandões já nos deram o endereço de onde ele pretendia instalar a nova fábrica. Ramirez já tinha as primeiras vítimas.

— Por favor, ele precisa ficar preso! Ramirez é um assassino!

— Já percebi isso só por analisar sua expressão. Provavelmente, todos serão deportados à Bolívia, seguindo para as prisões de lá. Pelo que eu soube, o sistema carcerário boliviano é mais rígido e severo que o nosso.

— Encontrei outra pessoa que trabalhava na fábrica. O nome é Rosalinda. Ela trabalha na Feira da Kantuta.

— Sabe onde ela mora?

Juan fez que não com a cabeça.

— Infelizmente, não podemos esperar até o próximo domingo para localizá-la na feira e trazê-la aqui para fazer o reconhecimento. Seu depoimento já nos basta. Esses sujeitos terão o que merecem. Obrigado pela colaboração.

Quando saiu da delegacia acompanhado de Jarbas e contou ao amigo que haviam prendido Ramirez e seus dois capangas, Juan experimentou uma indescritível sensação de paz e teve certeza de que Marta, onde quer que estivesse, também estava feliz porque a justiça havia sido feita.

Agora, Juan poderia deixar o passado desgastante para trás e traçar planos maravilhosos para um futuro promissor, que certamente estava por vir.

32

Faltavam dois dias para o mês de abril terminar, quando Margarida e Vinícius desceram no estacionamento do hospital onde Fabiano trabalhava.

Desde a tarde em que Sidnei foi detido pela polícia, tudo aconteceu muito rápido. Margarida e Fabiano precisaram prestar depoimento duas vezes, e Vinícius já estava à beira da exaustão por ter de repetir sua história — da qual não se orgulhava nem um pouco — às pessoas que o enchiam de perguntas, como o delegado, a assistente social, o representante do Conselho Tutelar e a psicóloga especializada em traumas infantis.

Quando finalmente pararam de encher a paciência de Vinícius, o adolescente foi encaminhado a um abrigo para crianças e adolescentes. A instituição era uma espécie de orfanato que ficava na própria cidade e era sustentada pela prefeitura. Havia apenas sete internos vivendo lá, incluindo Vinícius, que era o mais velho. Sem saber se teria a oportunidade de morar temporariamente com Margarida, o garoto tornou-se acabrunhado e pouco comunicativo. Não era visto sorrindo nem tampouco chorando. Quando alguma funcionária do abrigo tentava puxar assunto com ele, Vinícius dizia apenas que estava com saudades de Tirano e de Margarida. Raramente, mencionava a mãe e jamais tocava no nome do padrasto.

Sem que Vinícius soubesse, Margarida começou a se movimentar para tentar apressar o processo de custódia provisória do garoto. Fabiano estava ao lado dela o tempo inteiro. Como o médico conhecia muitas pessoas na cidade, incluindo o próprio prefeito, cortaram caminho evitando uma série de procedimentos burocráticos, que só trariam lentidão ao caso.

Margarida foi entrevistada várias vezes pela assistente social, pela coordenadora do abrigo e por uma psicopedagoga que a prefeitura também inserira na história. Ela comentou com Fabiano que era impressionante a quantidade de pessoas que haviam surgido do nada para defender Vinícius, sendo que nenhuma delas esteve presente quando ele mais precisou.

— Agora que o caso veio a público, querem mostrar serviço — opinou Fabiano. — Penso que não será muito fácil você conseguir que Vinícius more em sua casa.

Na manhã seguinte à prisão de Sidnei, Margarida entrou em contato com as duas imobiliárias da cidade para conhecer os imóveis disponíveis para locação e venda. O município era tranquilo, acolhedor e agradável, por isso ela não se importaria de morar ali por algum tempo. Talvez um dia voltasse a São Paulo apenas para fazer uma visita breve e para rever Anabele. Não tinha o menor interesse em reassumir seu cargo à frente da empresa ou qualquer outra vaga que tivessem para lhe oferecer. É claro que ela teria de arrumar um emprego, pois seu dinheiro não duraria eternamente, mas Margarida decidira focar sua energia em Vinícius naquele momento.

Ela optou por comprar uma casa mobiliada de três dormitórios para que tivesse um quarto para si mesma, outro para Vinícius e um terceiro onde montaria uma espécie de santuário, com fotos e outras pequenas lembranças de seus familiares. Também havia um quintal grande e espaçoso para que Tirano pudesse se divertir.

Com o contrato assinado, Margarida deixou o hotel (onde consentiram que Tirano dormisse por uma única noite) e mudou-se em seguida para seu novo lar. Os móveis e eletrodomésticos que acompanhavam a propriedade eram todos novos, discretos e de ótimo gosto, mas ela pretendia redecorar o ambiente com o passar do tempo.

Com Fabiano pressionando o delegado e até o próprio prefeito para resolverem a questão da guarda de Vinícius, uma audiência foi marcada às pressas no fórum da cidade. Margarida contratou um dos advogados que trabalhava para a revista e que era um excelente profissional para trabalhar no caso. Ele ficou surpreso ao descobrir que a empresária de sucesso, nacionalmente conhecida, havia se escondido em uma cidade do tamanho de uma moeda e estava desempregada, apesar de possuir um bom montante guardado no banco.

— O valor que você possui em sua conta poderá convencer o júri a lhe dar a guarda do menino, mas é fundamental que esteja trabalhando — orientou o advogado. — Com as despesas de uma casa e um adolescente para manter, você só terá gastos e nenhuma verba entrando, pois está desempregada.

Margarida descobriu que, às vezes, o dinheiro abria portas, que facilitavam a vida das pessoas. Ela, então, retornou ao hotel em que estivera hospedada e procurou o dono, que se tratava de um senhor na casa dos sessenta anos e que ficou boquiaberto quando ela lhe mostrou seu currículo. Margarida perguntou se ele tinha interesse em formar uma sociedade com ela, que injetaria algum dinheiro para fazer reformas e outras melhorias que agradassem aos hóspedes.

— Pretendo expandir o prédio e aumentar, gradativamente, seu hotel para o nível de quatro estrelas. Há uma área ociosa no fundo da propriedade, onde seria possível construir duas piscinas: uma infantil e outra para adultos. Como estamos estrategicamente localizados próximos à rodovia, precisaremos melhorar o marketing para atrairmos turistas para cá, desde que ofereçamos um atendimento de qualidade. Também precisamos elevar o padrão das refeições. Durante o período em que me hospedei aqui, as refeições eram terríveis, sem tempero nem gosto. Isso também precisa ser mudado. Seu hotel não é o único da cidade, mas pode se tornar o melhor.

O dono do hotel ficou encantado com a proposta e decidiu abrir espaço para que Margarida o auxiliasse a administrar o empreendimento. Depois que oficializaram todos os trâmites no cartório, na prefeitura e em outros órgãos públicos e privados, ela, finalmente, se tornou acionista do hotel. O valor investido por ela lhe concederia 40 por cento dos lucros líquidos que arrecadassem.

— Agora, acredito que tenha todas as armas para lutar pela tutela de Vinícius — conjeturou Margarida durante uma conversa com seu advogado.

A audiência foi marcada para a última semana de abril e transcorreu rapidamente. O juiz consultou a papelada do processo, onde constava a prisão de Sidnei por uma lista infindável de acusações e a internação de Heloísa em um centro de tratamento de saúde mental. A assistente social e a médica psiquiatra que acompanhava a mãe do adolescente elaboraram um relatório, que foi anexado ao processo. Nesse documento, a médica afirmava que Heloísa estava muito debilitada física e emocionalmente. Após a quebra de sua rotina, de ir à igreja e voltar dela todos os dias, o cérebro da mulher pareceu se degenerar, e agora ela nem sequer se lembrava de ter um filho. Heloísa não tinha a menor condição de exercer responsabilidade sobre o adolescente.

O juiz analisou calmamente todo o contexto. Averiguou que Margarida fora presidente de uma das revistas políticas de maior circulação do país, da qual ele era assinante, e que agora era sócia minoritária do hotel da cidade, onde fixara residência. Ele ouviu relatos do delegado e do próprio prefeito de que ela era uma mulher confiável e também ouviu algumas breves palavras de Vinícius, que foi convidado a participar da audiência. O garoto disse que amava Margarida como uma mãe, e, assim, o juiz decidiu conceder a guarda do menino a ela por tempo indeterminado, podendo, inclusive, realizar viagens nacionais e internacionais na companhia do menor.

Margarida considerou aquilo como mais uma vitória, mais uma conquista de seu espírito. Ela começou a chorar de alegria ao abraçar Vinícius e Fabiano. Quando os dois foram para a nova casa, o garoto reviu Tirano, e nesse momento novas lágrimas surgiram. Muita harmonia e boas energias imperavam ali.

E agora, quase uma semana após a decisão judicial, os três saltavam do carro diante do hospital no qual Fabiano trabalhava.

O saguão do prédio era claro, muito limpo e arejado. Nas paredes havia cartazes e folhetos sobre leucemia e outros tipos de câncer, além de informativos sobre prevenção a doenças infectocontagiosas ou sexualmente transmissíveis. Também apregoavam a importância da doação de sangue e das doações financeiras que pudessem ser feitas ao próprio hospital.

A sala de espera não estava lotada, mas quase todos os assentos haviam sido ocupados. Todos os adultos ali presentes estavam acompanhados por crianças, algumas pequenas, outras maiores; algumas ainda preservavam os cabelos; outras tinham a cabeça raspada.

Margarida reparou que Fabiano foi cumprimentado pela maioria dos funcionários que eles encontraram pelo caminho, sinal de que o médico deveria ser muito querido ali. Os três subiram de elevador até o terceiro andar e saltaram num corredor imenso com portas dos dois lados.

— Aqui é tão grande que eu poderia andar de *skate* — com os olhos brilhando, Vinícius virou-se para Margarida. — Você compraria um pra mim?

— Claro que sim, desde que você se esforce na escola.

Margarida matriculara Vinícius em uma escola particular um dia depois da audiência. Ele apresentava muita defasagem escolar, segundo a professora que realizara uma sondagem com o garoto para checar se ele sabia ler e escrever corretamente e se possuía domínio das operações matemáticas básicas.

— Ah, tem algumas lições que são muito chatas. Tenho vontade de dormir quando a aula é de história. O que me interessa a vida de pessoas velhas que já morreram há mil anos?

— Elas não morreram há tanto tempo assim, e conhecer a história do nosso país é muito importante para nossa cultura e para nosso aprendizado, portanto — ela fingiu puxar a orelha dele —, você só ganhará o *skate*, se as notas do seu boletim me agradarem.

— Isso tem cara de chantagem... — Vinícius resmungou para Fabiano.

— Ah, é por uma boa causa, vá! — Fabiano riu e empurrou uma porta dupla de vidro no fim daquele imenso corredor. — É aqui!

Assim que entraram, Margarida e Vinícius viram cerca de doze crianças sentadas em cadeiras coloridas diante de uma grande televisão, que exibia um programa infantil. Acompanhando-as, havia duas enfermeiras. Elas riam de algo engraçado que tinham ouvido instantes antes de eles entrarem no local.

— Bom dia, crianças! — cumprimentou Fabiano. — Trouxe novos amigos para vocês conhecerem.

Os rostinhos das crianças voltaram-se para os visitantes, e Margarida reparou que ali todas elas estavam carecas. Algumas pareciam coradas e sadias, enquanto outras aparentavam estar mais fragilizadas.

— Bom dia, doutor Fabiano! — uma menina de uns sete anos levantou-se e foi correndo até o médico para beijá-lo. Depois, olhou com expectativa para os recém-chegados e ofereceu-lhes a mão direita. — Eu sou a Maísa. Adoro novos amigos.

— Eu sou a Margarida, e este é Vinícius — ambos cumprimentaram Maísa, que pareceu satisfeita. — Você é uma menina muito linda, sabia?

— Eu era mais bonita quando tinha cabelo — ela fez uma careta, alisando a cabeça. — Eles eram bem longos e escuros, assim como os seus, mas o doutor Fabiano me disse que eles vão crescer de novo quando eu me curar.

— Isso acontecerá mais depressa do que você imagina — prometeu Margarida.

— Você não pode ir embora sem antes conhecer Tiago — Fabiano pegou no colo um menino que estava sentado em uma cadeira própria para nenês. — Ele tem apenas onze meses e já está lidando com a leucemia. Mas ele também vai sarar logo.

Tiago esticou os bracinhos magros para Margarida, que o segurou no colo e beijou sua cabecinha careca. O menino abriu um largo sorriso banguela, e ela viu dois dentinhos que já estavam nascendo em sua gengiva inferior.

— A gente podia brincar de algo bem da hora, não acham? — sugeriu Vinícius para animar as crianças. — Qual é a brincadeira preferida de vocês?

Enquanto todos falavam das brincadeiras de que mais gostavam, Fabiano chamou Margarida para um canto do salão. Ela ainda segurava Tiago no colo, que estava entretido mexendo nos cabelos da mulher.

— Enquanto Vinícius distrai a galera, gostaria que você fosse conhecer a outra ala dos nossos pacientes, que, infelizmente, foram desenganados pela nossa equipe. O câncer nessas pessoas já se encontra em estágio terminal e não há nada que possamos fazer. — Os olhos dele marejaram. — Sei que deveria estar acostumado, pois é frequente perdermos pacientes para a doença, porém, nunca deixo de me emocionar quando isso acontece.

— Eu imagino. Vocês os veem como filhos.

— Melhor definição não existe. Venha aqui, Tiago.

Fabiano pegou a criança novamente no colo e a devolveu à cadeira em que estava sentada. Depois, avisou a Vinícius que levaria Margarida à outra parte do hospital.

— Só lhe peço uma coisa, Margarida — tornou Fabiano, novamente no longo corredor. — Independente do que veja, ouça ou sinta, nunca chore diante dos pacientes, pois isso faz que eles se sintam culpados por entristecerem as pessoas.

— Pode deixar. Depois que meu marido e meus filhos morreram, tudo o que eu fazia era chorar. Não creio que ainda haja lágrimas em meus olhos. Eles sabem do diagnóstico? Isto é, sabem que vão...

— Os que estão no quarto para onde vou levá-la já sabem, pois foram informados pelos pais. Nós nunca damos esse tipo de notícias a eles, porque achamos que só piora o quadro clínico, todavia, como foram os próprios familiares que quiseram contar...

Os novos pacientes estavam deitados em camas estreitas. Cada quarto era composto de três camas, e todas estavam ocupadas. Havia nove pacientes naquela ala. Quando entraram, Fabiano cumprimentou uma enfermeira e parou perto da porta, pedindo que Margarida se aproximasse dos leitos.

Das três crianças ali presentes, com idades que variavam entre oito e dez anos, apenas uma dormia. De fato, estavam magras, com os olhos fundos, e tinham olheiras escuras. Quando viu os visitantes, um menino fez um grande esforço para conseguir se sentar e gemeu um pouco. Para surpresa de Margarida, ele abriu o mais belo sorriso que ela já vira.

— Bom dia, doutor Fabiano! Bom dia, moça bonita!

— Bom dia, meu lindo! — Margarida caminhou até o leito dele. — Como você se chama?

— Caíque. Tenho nove anos. Nunca vou fazer dez, porque minha mãe me disse que só tenho uns dois meses de vida.

Margarida sentiu um nó na garganta e a voz embargar.

— Será que isso é verdade? Você é um garoto tão maravilhoso. Não acredito que vá morrer tão cedo.

— É verdade, sim — a menina do leito ao lado também se esforçou para se sentar. — Todas as noites a gente reza para não morrer, e, pelo menos até hoje, isso tem dado certo.

As duas crianças riram com ar de cumplicidade, enquanto Margarida se esforçava para não desobedecer as ordens de Fabiano e se render ao pranto sentido.

— Qual é o seu maior sonho, moça? — perguntou Caíque fitando Margarida.

— Meu maior sonho?

Alguns meses antes, o sonho de Margarida era que o acidente não tivesse passado de um pesadelo e que Guilherme e as crianças jamais tivessem morrido. Ela demorara muito para assimilar e aceitar a realidade. — Meu sonho é ver as pessoas felizes.

— Então, aqui você o realizou — a menina sorriu. — Somos muito alegres, mesmo sabendo que não temos muito tempo de vida. Por isso, a gente aproveita os dias que nos restam para rir, contar piadas, assistir a desenhos legais e até jogar *video game*, quando as enfermeiras deixam.

— Quando a gente ri, as dores diminuem — reforçou Caíque. — Não queremos morrer chorando para que nossos pais e irmãos não se sintam tristes. Queremos estar sempre felizes, para que eles se lembrem de nós com um sorriso na boca. Não é porque o câncer aumentou muito em nosso corpo que precisamos nos matar antes da hora.

Eram palavras sábias para um menino de nove anos, e Margarida pigarreou e piscou várias vezes para não deixar que eles vissem suas lágrimas suprimidas. Ela percebeu que, se continuasse ali por mais cinco minutos, desataria a chorar.

— Quero muito que vocês se recuperem e voltem para casa. Deus é muito poderoso e pode curá-los. Eu penso e acredito nisso. Nada é mais poderoso que a nossa fé.

— Por isso eu lhe disse que sempre rezamos. — A menina continuava sorrindo.

— Agora, preciso ir. Fiquei muito contente de conhecê-los.

— Venha mais vezes nos visitar — pediu Caíque. — Só não posso lhe prometer que ainda estaremos aqui quando você voltar.

Margarida beijou-os com carinho e lançou um olhar para a terceira criança, que não havia despertado. Beijou-a também e saiu depressa do quarto. Mal Fabiano fechou a porta, viu-a soluçando convulsivamente.

— Meu trabalho não é fácil, mas lhe garanto que é gratificante — Fabiano apoiou a mão no ombro de Margarida. — Lembro a você que a grande maioria consegue se curar.

— Estou chorando por ter me dado conta do quanto fui tola ao tentar me matar, pensando que, assim, reencontraria meu marido e meus filhos. Fui ingênua por querer desperdiçar minha vida e hoje vejo crianças em seus últimos dias batalhando pela vontade de viver, sempre sorrindo e com alto astral. Eles fazem tudo pela vida, não importa se estão curados ou moribundos. Acho que tenho muito a aprender com todos eles.

Fabiano concordou com a cabeça, satisfeito com as impressões que Margarida obtivera com a visita. Muitas pessoas tinham verdadeiros aprendizados após passarem alguns instantes com os pacientes, e ele esperava sinceramente que aqueles exemplos servissem de alguma forma para mudar positivamente a vida da amiga.

33

Na primeira semana de maio, Fabiano resolveu passar na casa de Margarida para compartilhar uma notícia que, em sua opinião, era excelente e queria ver qual seria a reação dela e de Vinícius quando a recebessem.

Fabiano também havia saído do hotel, pois tinha uma casa nas proximidades do hospital do distrito vizinho. Ele havia fechado várias parcerias e arrecadado muitas doações durante o tempo em que permanecera hospedado ali. Como as distâncias eram relativamente próximas, visitava Margarida e Vinícius ao menos três vezes por semana. Os três haviam se tornado grandes amigos.

Margarida começara seu trabalho na administração do hotel, mostrando a que viera. Em uma semana, deu início às reformas no empreendimento com a construção das piscinas e com a pintura da fachada do prédio. O *hall* de entrada e a recepção também estavam passando por modificações.

Ela era uma mulher muito esforçada, inteligente, com visão de futuro. Não fora por acaso que Margarida chegara ao topo na empresa anterior. Ele pensava nas qualidades dela, quando tocou a campainha, e Margarida destravou o portão após reconhecê-lo pela câmera de segurança. Era um domingo, e Fabiano tinha meio período de folga.

Quando entrou na casa, Fabiano encontrou Margarida e Vinícius almoçando. Tirano estava aos pés da mesa, torcendo para ganhar algum petisco saboroso. Recuperado do período de debilitação, o cachorro já estava gordinho e saudável outra vez.

O que deixou Fabiano agradavelmente surpreso foi a aparência de Margarida, que estava perfeita com seu novo corte de cabelo. Ela rejuvenescera uns dez anos, e, sem parecer exagerado, Fabiano diria que ela aparentava ser a irmã mais velha de Vinícius.

Margarida vinha pensando em modificar o visual havia alguns dias, pois estava cansada dos cabelos compridos e castanhos, que quase sempre prendia num coque. Agora, alisara-os e cortara-os na altura do maxilar. Para completar, fizera alguns reflexos alourados e deixara uma franja charmosa cobrir-lhe a testa. Para Fabiano, era outra pessoa.

— Não sabia que você viria para cá — Margarida levantou-se para recebê-lo com um beijo no rosto. — Ou o teríamos esperado para que almoçasse conosco.

— Acho que entrei na casa errada — Fabiano fingiu uma expressão confusa. — Não conheço essa mulher loira à minha frente.

— Pare de ser bobo! Só quis mudar um pouco, ora. Faz parte dos meus projetos me tornar uma nova Margarida!

— Acho que você já é uma nova pessoa faz muito tempo.

— Ela comprou o *skate* para mim — interveio Vinícius da mesa. — Também, com o dez que tirei em Ciências e em Geografia, era o mínimo que ela poderia fazer!

— Menininho, não seja abusado! Tirar notas altas é sua obrigação — brincou Margarida, fazendo todos rirem.

— Agora que me recuperei do choque por encontrar uma loura desconhecida diante de mim, acho que posso dizer por que estou aqui — Fabiano colocou a mão no bolso da calça e tirou alguns papéis dobrados. — Olhem só a surpresa que eu trouxe!

— O que é isso? — Interessado, Vinícius saiu da mesa às pressas.

— Depois de quase cinco anos de trabalho contínuo, tirei férias por trinta dias e achei que seria justo tirarmos uma semana para viajarmos juntos, os três. Sei que é uma ideia meio doida, pois você, Margarida, agora trabalha no hotel, e Vinícius está estudando. Contudo, nada deixará este médico mais alegre do que vocês aceitarem esse convite.

— Eu estou dentro! — Vinícius socou o ar num gesto de euforia. — Perder aulas durante uma semana não vai matar ninguém.

— Terá que repor todo o conteúdo, Vinícius — lembrou Margarida.

— Isso é moleza! Os caras me emprestam os cadernos deles, e eu copio as lições atrasadas.

— Afinal, para onde pretende nos levar? — Margarida fixou Fabiano. — Parece que já está tudo decidido, então, acho que nem poderemos declinar do convite.

— Uma semana em Paris. Tirano ficará no hotel para cães e gatos que fica próximo ao hospital em que trabalho. Viajaremos neste sábado e retornaremos no sábado seguinte. A Cidade Luz nos aguarda!

— Paris? — Margarida não podia acreditar. — Você está falando sério?

— Nós merecemos isso e muito mais, principalmente vocês dois que lidaram com tantas coisas até chegarem aqui — Fabiano sacudiu as passagens. — E então? Vão ou não aceitar a viagem?

Vinícius segurou a mão de Margarida, ergueu-a para o alto e respondeu:

— Nós aceitamos.

Naquela noite, Margarida teve um sonho diferente. Ela viu-se em uma espécie de caramanchão decorado com flores brancas. Estava sentada em um banco de ferro, como se aguardasse a chegada de alguém. O ambiente sugeria paz e harmonia, e Margarida sentia uma leveza profunda.

Duas pessoas entraram caminhando devagar, e, ao reconhecer uma delas, Margarida remexeu-se no banco, irrequieta. Mesmo que não a tivesse visto nos últimos vinte anos, ela jamais se esqueceria do rosto de sua mãe.

O homem ao lado de Elza, embora lhe fosse familiar, não trouxe nenhuma recordação à mente intrigada de Margarida. Ela não compreendia o que aquilo tudo significava, nem mesmo como havia parado ali.

— Como você está, Margarida? — Sem obter resposta, o homem sentou-se ao lado dela no banco. — Meu nome é Paulo. Somos grandes amigos de outras vidas.

A sensação de familiaridade aumentou, ainda que ela continuasse sem saber exatamente de onde o conhecia.

— O que estou fazendo aqui? — apontou para Elza. — O que ela faz aqui?

— Consegue se lembrar de Elza? — Paulo perguntou.

— Sempre pedi a Deus que apagasse as imagens dela da minha cabeça, mas isso nunca funcionou. Como se não bastasse eu ter me reencontrado com Sidnei, agora dou de cara com essa mulher. O passado retornou para me assombrar?

Tentando encerrar aquela reunião, Margarida preparou-se para levantar-se do banco, contudo, foi gentilmente detida por Paulo.

— Por favor, espere! Este não é um encontro comum, já que está sonhando, caso prefira chamar assim. Seu espírito reuniu-se conosco, enquanto seu corpo físico repousa na matéria durante o sono.

— O que querem comigo?

— Elza tem algo a lhe dizer, Margarida. Gostaríamos apenas que você a ouvisse, sem interrompê-la. Assim que ela terminar, respeitaremos qualquer decisão que venha a tomar.

Margarida permaneceu calada, batendo o pé no chão com impaciência. De pé diante da filha, Elza começou:

— Margarida, quero começar pedindo-lhe perdão por tudo o que aconteceu anos atrás. Só depois de desencarnar compreendi o quanto fui omissa como mãe. Eu a deixei de lado, porque meu foco estava nas bebidas alcoólicas. Poderia ter me afastado de Sidnei, mas, em vez de fazer isso, ainda abri espaço para que ele a machucasse. Estou muito arrependida por tudo, filha.

Elza cruzou os braços, esforçando-se para não chorar.

— Depois que morri e acordei no astral, comecei, após recuperar minha consciência, a entender tudo o que eu havia feito ou deixado de fazer. Eu não me via como um ser importante e achava que tinha que suportar calada tudo o que Sidnei me impunha. Acho que, à minha maneira, eu o amava ou só estava acostumada com a presença dele. Ou, ainda, tudo o que eu sentia era medo de ficar sem uma companhia masculina.

— Éramos felizes até pouco antes de Sidnei surgir em nossa vida — proferiu Margarida. — Eu me lembro disso.

— Éramos, sim — concordou Elza. — Naquela época, eu não era viciada em álcool. O fato é que, quando despertei no mundo espiritual, quis procurá-la para lhe pedir perdão, do mesmo jeito que estou fazendo agora. Sei que nada disso mudará o passado, porém, penso que podemos mudar o futuro a qualquer época e eu não gostaria de seguir em frente sabendo que você me odeia ou me despreza. Para mim, isso seria o equivalente a uma segunda morte.

— Eu não a odeio; apenas não gosto de me lembrar dos anos traumatizantes que vivi.

— Tem toda a razão — Elza aproximou-se do banco em que Margarida e Paulo estavam sentados e continuou: — Também gostaria de dizer que fui parcialmente responsável por sua depressão após a morte do seu marido e dos seus filhos. Nunca tive a intenção de influenciar seu campo energético, porque nem sequer sabia o que isso significava. De alguma forma, acabei afetando seu emocional e ferindo seu psicológico. Minha vibração inferior a fez ficar muito mais sensibilizada e depressiva perante o acidente. Sinto muito.

Margarida ia responder, quando Paulo cobriu a mão dela com a dele.

— Você tem se transformando positivamente, desde que compreendeu que é a responsável por sua felicidade. Os últimos fatos que vivenciou mostraram que você é a dona do seu destino e que pode esculpi-lo como achar melhor. Você escolhe ser feliz, e, quando faz essa opção, ninguém pode impedi-la. Por isso, não há razões para guardar mágoa ou rancor pelo que Elza fez ou deixou de fazer anos atrás. Cada um é como é, e ela agiu do jeito que foi possível. Se foi uma mãe ausente, não cabe a nós julgarmos seu comportamento. E mesmo que tenha enveredado pelo caminho do alcoolismo, Elza nunca deixou de amá-la.

— Mesmo que você não acredite, eu ainda a amo, filha — sorriu Elza. — Só preciso do seu perdão para seguir meu caminho, sempre desejando o melhor para você.

Margarida respirou fundo, levantou-se e olhou tão fixamente para Elza que a fez recuar dois passos. Para surpresa dela, Margarida mostrou um imenso sorriso.

— Sabe por que eu a perdoo? Porque foi graças a você que tive a oportunidade de nascer no mundo e conhecer Guilherme, Ryan e Zara. Graças a você, que me trouxe à vida, tornei-me presidente de uma grande empresa, conheci um adolescente encantador e um grande amigo, que desenvolve um lindo trabalho com crianças em um hospital — pensando em Vinícius e Fabiano, o sorriso de Margarida ampliou-se. — Tenho percebido que, desde a prisão de Sidnei, me sinto muito mais leve. Não encarei esse acontecimento como um castigo ou uma punição, mas como um desfecho das coisas que ele mesmo plantou. Obrigada, mãe, por ter sido você mesma e ter tido a coragem e a humildade de expor seus erros tão abertamente. Quem de nós nunca cometeu tolices das quais se arrependeu depois? Eu estou comigo mesma agora, do meu lado, amando-me cada vez mais, e ainda tenho em minha companhia duas pessoas maravilhosas. E por tudo isso, não somente a perdoo, como lhe peço um abraço bem apertado.

Muito emocionada, Elza não segurou o pranto. Margarida foi até ela e envolveu-a num abraço repleto de ternura, compreensão, respeito e carinho. As duas mulheres permaneceram assim durante alguns instantes, unidas por laços invisíveis de fraternidade. Quando se separaram, Elza olhou para Paulo e colocou a mão sobre o coração num gesto de profunda gratidão.

— Eu me lembro de quando você me disse que haveria alguns resultados positivos a partir do reencontro entre Margarida e Sidnei. — Elza enxugou algumas lágrimas que caíam insistentes. — Acabei de me deparar com um deles... talvez o melhor de todos.

— Houve outros. — Paulo foi até elas. — Margarida agora tem a guarda de Vinícius, tirando-o daquela situação. Além disso, estreitou a amizade com Fabiano, venceu e superou o passado de uma vez por todas após perdoá-la. Os caminhos de vocês se separam a partir daqui, e cada uma terá como objetivo fazer-se feliz.

— Eu já posso garantir que terei dias de muita alegria após ser perdoada e compreendida por Margarida — garantiu Elza, ainda muito emocionada.

— Ver vocês aqui é uma grande prova de que a espiritualidade realmente existe e que existe vida após a morte — Margarida fitou Paulo e fez a única pergunta, cuja resposta ela mais ansiava ouvir. — Eles estão aqui?

Paulo sabia a quem ela se referia. Não havia erros. Sorriu.

— Sim, estão. Você poderá revê-los em breve. Desde já, aviso que Guilherme, Ryan e Zara estão ótimos e sentindo muitas saudades suas.

— É uma bênção saber que amigos e familiares que já partiram continuam vivendo em outras dimensões — comentou Margarida, maravilhada.

— A vida é uma grande dádiva e é repleta de coisas boas — concordou Paulo. — Agora, você precisa retornar ao seu corpo. Fiquei muito feliz com esse encontro.

— Obrigada por ter um coração tão generoso — Elza agradeceu a Margarida.

— Obrigada por ter sido minha mãe, independente de qualquer coisa.

E foi nesse clima de descontração, harmonia e paz que Margarida despertou em sua casa sentindo uma energia gostosa e revigorante. Ela lembrava-se perfeitamente de ter sonhado com Elza e de a ter perdoado. Também havia um homem com elas, que conduziu o reencontro com sabedoria.

A primeira coisa que Margarida fez ao acordar foi apanhar o celular e ligar para Anabele. Eram sete horas da manhã, mas sabia que sua ex-secretária já estaria acordada.

— Bom dia, senhora Lafaiete! — cumprimentou Anabele com sua voz jovial.

Fazia tanto tempo que Margarida não era chamada pelo sobrenome do marido e não pôde disfarçar um sorriso.

— Bom dia, minha amiga! Estou ligando apenas para lhe contar que sou uma mulher feliz e que estou a caminho de Paris com um adolescente e um amigo querido para passar alguns dias de diversão e encantamento.

— Amigo? Sei... — provocou Anabele.

— Somos apenas amigos. Adoro Fabiano, mas não o enxergo com segundas intenções. Nesse sentido, meu coração ainda pertence a Guilherme.

— Vamos ver por quanto tempo! — Riu a moça do outro lado da linha. — Estou muito contente em saber que a mesma pessoa que tentou se suicidar de tanta tristeza agora está empolgada como uma criança que ganha um brinquedo novo. Você venceu, Margarida! Está extravasando alegria pela voz!

Margarida fez um resumo dos últimos acontecimentos, enfatizando que estava com a tutela provisória de Vinícius. Anabele ficou surpresa e animada com aquela informação. Era importante que ela tivesse uma companhia para que não sentisse tanto a ausência dos filhos e do marido.

As duas amigas continuaram conversando, e, quando desligou o telefone, Margarida trazia a felicidade estampada no rosto. Ela havia passado por uma dolorosa perda, sofrido muito, chorado mais ainda e mergulhado em uma onda avassaladora de tristeza, que, inclusive, a fizera abandonar uma carreira sólida para trás. A vida, contudo, trouxera-lhe Vinícius e Fabiano, duas pessoas maravilhosas, e uma nova carreira como gerente de um hotel. Tudo se transformara para melhor.

E Anabele realmente estava certa. Ela vencera ao superar a morte dos entes queridos e ao realizar grandes conquistas. Sua maior conquista, no entanto, foi perceber que era uma mulher feliz.

✲✲

Em um grande salão iluminado, três espíritos estavam reunidos. Paulo contemplava com um sorriso o casal de senhores à sua frente. Não era a primeira vez que se reunia com Heitor e Anita para conversarem sobre amigos queridos que estavam no mundo corpóreo.

— Sempre fico emocionado quando vejo as pessoas descobrirem e acionarem sua força interior para lidarem com todos os desafios da vida — dizia Paulo. — Foi assim com Margarida. Ela poderia ter se entregado à derrota, mas reuniu toda a sua coragem e vontade de vencer para seguir em frente do melhor jeito possível.

— O mesmo aconteceu com Juan — comentou Heitor. — Ele sempre foi um rapaz forte e destemido, que nunca se rendeu a nenhum obstáculo. Mesmo que tenha também vivenciado algumas situações difíceis, que serviram para fortalecer seu espírito, ele nunca se deixou abater. É outro exemplo de que as pessoas reencarnam para serem vitoriosas. Aliás, ninguém perde na vida.

— O que me deixa mais feliz é saber que Juan e Margarida sempre estiveram juntos em vidas passadas — revelou Anita. — Foram amigos, mãe e filho, marido e mulher, tio e sobrinha e até primos próximos. Na última encarnação, foram irmãos gêmeos. Os dois sempre se deram muito bem, e há uma afinidade imensa entre eles. Entretanto, sempre que um desafio maior surgia em seu caminho, eles se entregavam à fraqueza, à tristeza e ao sofrimento. Não agiam para modificar uma situação desagradável nem tentavam animar o espírito com outras coisas. Em todas as vivências que tiveram, eles morreram devido a uma depressão intensa ou acabando com a própria vida. Desta vez, antes de reencarnarem, garantiram que fariam tudo diferente. Para isso, nasceriam longe um do outro e não teriam uma vida em comum. Juan reuniu-se com espíritos queridos que o aguardavam em outro país: Dolores e Vicenzo, seus pais. Também encontrou Marta, que já está dando início a um lindo trabalho aqui no astral, que será combater o preconceito de pessoas encarnadas contra os estrangeiros. E, finalmente, Juan se encontrou com Jarbas, outro espírito lúcido que o tem orientado em suas escolhas. Infelizmente, há quem não tenha escolhido o caminho do bem. Dinorá encontra-se em uma área muito triste e sombria do astral inferior, junto de centenas de outros espíritos. Esperamos que ela consiga perdoar a si mesma em busca de uma segunda chance.

Após uma pausa rápida, Anita continuou:

— Juan e Margarida escolheram passar por situações que os fizessem usar sua força interna. Ele, enfrentando os dias de escravidão na fábrica e o desencarne de Marta; ela, lidando com os anos de maus-tratos de Sidnei e a vinda do marido e dos filhos para o astral.

— Houve um momento em que achei que Margarida não fosse resistir, quando decidiu tomar todos aqueles comprimidos. — Recordou-se Paulo. — Mas graças a Anabele, que é mais um espírito amigo, Margarida mudou sua maneira de enxergar os fatos e provou para si mesma que é uma mulher forte, poderosa e que não se deixa abater perante nenhum conflito.

— Quanto a Marta, Guilherme, Ryan e Zara, eles já compreenderam as razões pelas quais vieram para cá — emendou Heitor. — Eles o fizeram, principalmente, por amor a Juan e Margarida. Queriam ajudá-los a superar a maior dificuldade de seus espíritos, que era justamente não se entregar ao sofrimento diante do que se costuma chamar de tragédia. Ao final, todos eles, cada um em seu caminho, formaram um time de companheirismo, amor, respeito, união, amizade e ternura.

Paulo e Anita assentiram com a cabeça, concordando. Realmente, a vida era uma maravilha, e é por isso que, independente do que aconteça na vida das pessoas, por maiores que sejam a desilusão, a frustração, o desânimo ou o sofrimento, sempre há uma nova chance para recomeçar.

34

    Foi durante o sono da madrugada que antecederia sua viagem a Paris que Margarida se viu de volta ao caramanchão. Ela sentia-se bem naquele lugar e perguntou a si mesma se teria outra conversa com Elza, mas qual não foi sua surpresa quando viu Paulo entrar seguido por Guilherme, Ryan e Zara. Por alguns instantes, Margarida permaneceu paralisada, sem conseguir acreditar que realmente estava vendo-os ali, tão lindos e alegres quanto ela sempre se lembrava deles.

    — Meus amores! — Foi tudo o que ela disse, antes de correr ao encontro deles e mergulhar num abraço, no qual os quatro se juntaram.

    Depois de alguns instantes, quando as lágrimas de emoção cessaram, Margarida deu um passo para trás para olhá-los melhor.

    — Vocês estão tão bem! Continuam do mesmo jeito que eu me lembro. É como se não tivesse passado nenhum dia, desde que...

    — Aqui é exatamente igual na Terra, Margarida — tornou Guilherme. — Sentimos muito sua falta, mas sabemos que o espírito é eterno e que um dia estaremos novamente juntos. Saiba que eu a amo muito, porém, não acho que deva guardar luto eterno no seu coração. Garanto que não ficarei com ciúmes, caso se envolva com alguém.

    — Não sei se um dia faria isso... — murmurou Margarida.

— Nós amamos você, mamãe. — Sorriu Ryan, abraçando-a de novo.

— Mamãe bonita — completou Zara, imitando o irmão e abraçando-a também.

— Eu também os amo muito. Obrigada pelos anos felizes que me concederam, enquanto estiveram comigo. E agradeço a Deus por ter permitido que eu os conhecesse.

Margarida realmente se sentia grata por vê-los ali, à sua frente, tão cheios de vida, como se jamais tivessem morrido. E, de fato, eles estavam mais vivos do que nunca, pois a morte nada mais é do que a possibilidade de nos reencontrar com as pessoas amadas de um jeito diferente.

As imagens do sonho ainda estavam nítidas em sua mente, quando ela chegou ao Aeroporto Internacional de Guarulhos na companhia de Vinícius e de Fabiano. Durante o longo trajeto até lá, ela comentou sobre o fascinante sonho que tivera durante a noite e finalizou:

— Consigo me lembrar da voz deles e de tê-los tocado. Acordei com a sensação de que estivemos juntos de verdade. Essa é mais que uma prova de que o mundo espiritual existe! — Margarida gritou de alegria. — Ah, como sou uma mulher feliz!

— E eu sou mais feliz ainda por você ter escolhido cuidar de mim — enfatizou Vinícius. — Eu te amo, sabia?

— Sabia, sim. Também te amo, meu anjo.

— Posso chamá-la de mãe? — A pergunta do menino chegou de repente.

Margarida pensou ter ouvido mal, embora Fabiano estivesse meneando a cabeça em consentimento, como se confirmasse que ela escutara direito. Agora, ela teria um filho do coração, ou, na visão de Fabiano, simplesmente um filho, como se ela o tivesse gerado.

— Claro que pode, Vinícius! Achei que nunca fosse dizer isso! Você acabou de me dar o direito de também chamá-lo de filho.

Margarida chorou de emoção durante todo o trajeto até o aeroporto. Após despacharem as bagagens no *check-in* da companhia aérea, Fabiano colocou a mão no ombro dela e a olhou com seus olhos verdes brilhantes.

— Passaremos dias muito felizes em Paris, Margarida. Queria que soubesse disso.

— Eu já sei. Com você, meus dias se tornam mais iluminados.

Os dois continuaram se encarando durante alguns instantes até que a magia do momento foi quebrada por Vinícius, que dizia estar com fome. No entanto, ela vira algo no olhar do médico que ia além de amizade e carinho por ela. Margarida, no entanto, vira algo brilhar como uma chama. Algo que a aquecera por dentro. Será que sua relação com Fabiano se tornaria mais que uma forte amizade? Com certeza, ela descobriria a resposta para essa pergunta durante a viagem para Paris.

Ainda com essa ideia na mente, Margarida fez um sinal para que Vinícius e Fabiano a acompanhassem até uma das lanchonetes do aeroporto.

✻✻✻

A alguns metros dali, Jarbas, Bia e Juan também já haviam deixado suas malas aos cuidados da empresa de aviação que os levaria à Bolívia em algumas horas. Os três caminhavam juntos pela imensidão do aeroporto, e Juan olhava atentamente para todos os lados, como se quisesse ver e conhecer tudo de uma vez só.

— Quando cheguei aqui com Marta, Ramirez e Dinorá já estavam à nossa espera e não tivemos tempo de conhecer nada. Como eu gostaria que Marta estivesse aqui agora.

— Acho que ela está feliz por sua felicidade, Juan — opinou Bia. — Quando gostamos de uma pessoa, nos sentimos bem quando a vemos contente.

— Não pense em nada que o entristeça agora, Juan — sugeriu Jarbas. — Este é um momento de alegria. Seus pais ficarão muito animados quando o virem chegar, até porque eles não sabem que você está indo homenagear Dolores pelo aniversário.

— Sim, será uma surpresa e tanto! — Juan já podia imaginar a cara que sua mãe faria quando o visse entrar em casa. Pensar nisso o deixava animado.

— Vamos tomar um café? — Bia apontou para uma lanchonete. — Estou faminta. Não se esqueceram de que agora me alimento por dois, não é?

Juan e Jarbas riram e foram até o local que ela indicava.

— Vou me sentar com Bia naquela mesa, enquanto você compra um café e um lanche para nós. — Jarbas entregou algumas cédulas a Juan. — Lembre-se de que é fundamental treinar seu português. Por isso, vá lá e capriche no pedido!

— Verdade! — riu Juan. — Volto já.

Assim que se virou, ele viu Marta. Durante um ou dois segundos, Juan pensou que estivesse sonhando, mas ali estava ela, parada ao lado de algumas pessoas que comiam, olhando-o com um sorriso nos lábios. Ele ouviu-a dizer em espanhol:

— Abrace a felicidade, que ficará completa com a chegada do seu filho. Eu te amo, Juan. Sempre estarei com você.

Aos poucos, a figura de Marta desvaneceu-se no ar. Ela estava mais linda do que nunca e tão viva quanto ele. O coração de Juan batia em um ritmo acelerado, quando ele virou para trás e observou Bia, que o fitava com carinho. Era uma moça bonita, que deixara toda a arrogância de lado. A cada dia, Bia e o avô se davam cada vez melhor, o que deixava Juan satisfeito. Ele não a amava, pelo menos ainda não, mas admitia que já nutria um carinho especial por ela. Quem sabe um dia...

Juan estava na fila para fazer o pedido do lanche, quando alguém cutucou suas costas. Devagar, ele virou-se para olhar, e seu coração voltou a dar um salto ao ver uma mulher parada ali. Uma grande e inexplicável alegria inundou o peito do rapaz, que não sabia que seu espírito reconhecera sua grande companheira de vidas passadas.

Margarida também olhava o rapaz com curiosidade. Nunca tivera amizade com nenhum boliviano, então, como explicar a sensação de familiaridade que estava experimentando naquele momento?

— Desculpe por chamá-lo. Eu só queria saber se você estava na fila — ela disse.

— Estou, sim. A fila está grande, mas logo chegará nossa vez — Juan respondeu, esforçando-se para caprichar no idioma português.

— É verdade. Será que nos conhecemos de algum lugar?

— Acho que não... mas seu rosto não me é estranho.

Margarida não disse nada, e foi Juan quem completou:

— É bom viver, não é?

Ela olhou para a mesa em que Fabiano e Vinícius a aguardavam.

— Sim, é muito bom! A vida é um presente incrível — confirmou Margarida.

Juan, por sua vez, voltou-se para a direção em que estavam Jarbas e Bia.

— Acho que viver nos torna fortes e corajosos — ele continuou.
— Então... somos vencedores.

Juan concordou com a cabeça, pois, para ele, era mesmo uma vitória estar ali com Bia e Jarbas a caminho de sua terra natal, após tudo o que vivera no Brasil. Para Margarida, a vitória era representada pelas duas pessoas que a acompanhariam na viagem a Paris.

Quando eles se separaram no caixa, após cada um fazer seu pedido, ainda trocaram um último olhar antes de se reunirem nas mesas com seus acompanhantes. Aqueles eram exemplos de pessoas que sofreram, choraram, aprenderam e modificaram sua vida positivamente. Pessoas que construíam todos os dias seu destino e que tinham como objetivo uma vida repleta de felicidade. Pessoas que conheceram a força de uma amizade sincera e que superaram momentos dolorosos. Pessoas que descobririam o poder do amor, onde quer que estivessem. Pessoas que tinham grandes amigos, na matéria e no astral. Pessoas que se reencontravam para, juntas, criarem um belo futuro.

Pessoas como quaisquer outras, que riem, sonham e aprendem que o melhor da vida é estar em paz consigo mesmas. E que compreendem que realmente vale a pena viver.

FIM

© 2022 por Amadeu Ribeiro
©iStock.com/SensorSpot ©iStock.com/CiydemImages ©iStock.com/francescoch

Coordenadora editorial: Tânia Lins
Coordenador de comunicação: Marcio Lipari
Capa e projeto gráfico: Equipe Vida & Consciência
Preparação: Janaina Calaça
Revisão: Equipe Vida & Consciência

1ª edição — 1ª impressão
1.500 exemplares — maio 2022
Tiragem total: 1.500 exemplares

**CIP-BRASIL — CATALOGAÇÃO NA PUBLICAÇÃO
(SINDICATO NACIONAL DOS EDITORES DE LIVROS, RJ)**

R367d
    Ribeiro, Amadeu
    Depois do fim / Amadeu Ribeiro. - 1. ed., reimpr. - São Paulo :
Vida & Consciência, 2022.
288 p. ; 23 cm.

    ISBN 978-65-88599-02-0

    1. Romance brasileiro. I. Título.

20-67791   CDD: 869.3
                           CDU: 82-31(81)

Todos os direitos reservados. Nenhuma parte desta edição pode ser utilizada ou reproduzida, por qualquer forma ou meio, seja ele mecânico ou eletrônico, fotocópia, gravação etc., tampouco apropriada ou estocada em sistema de banco de dados, sem a expressa autorização da editora (Lei nº 5.988, de 14/12/1973).

Este livro adota as regras do novo acordo ortográfico (2009).

Vida & Consciência Editora e Distribuidora Ltda.
Rua das Oiticicas, 75 – Parque Jabaquara – São Paulo – SP – Brasil
CEP 04346-090
editora@vidaeconsciencia.com.br
www.vidaeconsciencia.com.br

Rua das Oiticicas, 75 — SP
55 11 2613-4777

contato@vidaeconsciencia.com.br
www.vidaeconsciencia.com.br